BIRGIT DIETZ

IMMER DIESE UMWEGE

KAPITEL 1

Ich will jetzt nicht rumjammern, ich habe auch gar keine Zeit dafür, schließlich stehe ich wadentief im Wasser. Aber mir fällt gerade auf, dass ich schon lange kein Glück mehr hatte. Nein, nicht im Sinne von »Glückwunsch, Sie haben gewonnen!«, dazu müsste ich ja erst einmal an einem Glücksspiel teilnehmen. Auch nicht das kurze Glück, das man empfindet, wenn man im Auto nach dem Handy kramt und trotzdem noch rechtzeitig den Rückstau an der roten Ampel wahrnimmt.

Ich meine auch nicht das große Glück, dass ich zwei wunderbare Kinder habe, die sich, wie auch meine Eltern, bester Gesundheit erfreuen. Auch nicht die Bekundung wohlmeinender Verwandter und Bekannter: »Was hast du doch ein Glück, dass du eine Arbeit hast, die du liebst!« Oh ja, ich habe eine Arbeit, die ich liebe, und auch so viel davon, dass ich der glücklichste Mensch auf der Welt sein müsste. Aber diese Art von Glück meine ich nicht. Ich meine das Glück, glücklich zu sein. Einfach so, ganz unspektakulär, ohne Anlass. Es ist noch gar nicht so lange her, da konnte ich schier platzen vor Glück, wenn ich meine Kinder oder ihren Vater nur ansah, mit Freunden einen schönen Abend verbrachte, oder mich voller Tatendrang auf das Leben stürzte. Von dieser übersprudelnden Energie bin ich gerade meilenweit entfernt, ich habe eher das Gefühl, dass ich nur noch brav, routiniert und pflichtbewusst funktioniere.

Dabei weiß ich natürlich, dass da ganz viele Glücksmomente im Alltag versteckt sind und ich sie ganz einfach finden könnte, wenn ich nur etwas aufmerksamer – oder achtsamer, wie das heute heißt – in den Moment hineinfühlen würde. Ganz einfach. Ja doch! Ich weiß, wie das geht. Klappt aber nicht immer und im Moment irgendwie so gar nicht. Eigentlich tue ich nur so, als wäre ich glücklich, weil ich es laut Definition doch sein müsste! Das klingt jetzt undankbar und es ist ja nicht so, dass ich dauernd Trübsal blase und gar keinen Spaß am Leben habe. Nein, überhaupt nicht, aber es ist einfach nicht mehr so rosarot und unbeschwert. Also ich sag's mal so: Ich bin zufrieden, ja natürlich ... also nicht glücklich, aber wenigstens zufrieden. So, und jetzt muss ich mich endlich mal um das blöde Wasser kümmern.

»Igitt, das auch noch!«

»Was ist passiert?«

»Mir läuft das Wasser in die Gummistiefel.«

»Ich habe dir gleich gesagt, du sollst die hohen Stiefel anziehen und nicht diese halben.«

»Och Papa! Nicht jetzt!«, gebe ich genervt zurück. Zum einen, weil wir gerade Wichtigeres zu tun haben als die Klärung alltäglicher Vater-Tochter-Konflikte und zum anderen, weil er leider recht hat. »Gib mir lieber mal die schmale Schaufel, ich muss hier vorne die Abflussrinne freischippen.«

»Ich mein' ja nur, hättest du auf mich gehört ...«, versucht er weiter auf seinem Recht zu beharren, während er mir die Schaufel reicht.

»Und ich mein' ja nur«, unterbreche ich ihn, um das Gespräch in eine sinnvolle Richtung zu lenken, »hättest du auf mich gehört und die Elektrik schon im letzten Winter erneuern lassen, stünden wir jetzt nicht bis zu den Knien im Wasser!« Das leidige Thema macht mich schon sauer genug, aber meine Energie auch noch an eine ergebnislose Diskussion zu verschwenden, dazu habe ich jetzt wirklich keine Lust. Also wende ich mich schwungvoll von meinem Vater ab und ramme die Schippe in den Matsch.

Normalerweise sind wir froh, wenn es regnet. »Was der Himmel gießt, müssen wir nicht wässern«, hatte meine Oma immer gesagt. Ach, wie ich sie vermisse, meine liebe Oma. Ihr Mann, also mein Opa, war mit Leib und Seele Gärtner gewesen, ein fleißiger, fachlich äußerst kompetenter »Schaffer«, der sich mit liebevoller Hingabe jedem noch so kleinen Pflänzchen widmen konnte, aber mit Menschen hatte er es nicht so. Der Kontakt zu den Angestellten, Lieferanten, Kunden und sogar zur eigenen Familie hatte ihn immer überfordert. Meine Oma dagegen hat den Umgang mit Menschen geliebt. Sie war dabei nicht einfach nur höflich oder nett gewesen, sondern herzlich, wohlwollend und großzügig. Die beiden ergänzten sich trotzdem perfekt. Während meine Oma liebevoll lächelnd sagte: »Der Opa redet halt lieber mit den Bäumen«, war Opas Miene in Gegenwart seiner Frau immer entspannt und weich. Mein Opa ist schon vor einigen Jahren nach längerer Krankheit gestorben. Wir hatten damals viel Zeit, uns von ihm zu verabschieden. Als aber meine Oma eines Morgens, vor etwa acht Monaten, einfach nicht mehr aufwachte, waren wir völlig unvorbereitet. Niemand von uns hatte jemals darüber nachgedacht, dass sie so plötzlich nicht mehr da sein könnte.

Was den Regen betrifft, sind wir im Moment aber alles andere als froh, denn es schüttet schon die ganze Nacht wie aus Kübeln. Durch die ganz leichte Neigung des weitläufigen Geländes, die geschickte Anordnung der Wege und das ausgeklügelte Entwässerungssystem, fließt das Wasser eigentlich gut ab. Trotzdem haben sich überall kleine braunrote Bäche in die Wege und Beete gefressen. Und in unserem ältesten und auch kleinsten Gewächshaus, das den beiden Wohnhäusern am nächsten steht, streikt mal wieder die uralte Elektrik. Oder besser gesagt: Sie entwickelt ein Eigenleben. Anders ist es nämlich nicht zu erklären, dass sie die großen Lüftungsklappen im Dach, trotz Wind- und Regensensor, mitten in der Nacht geöffnet hat. Durch den heftigen Westwind wehte so viel Wasser hinein, dass jetzt auf den Pflanztischen darunter etwa 800 junge Pflänzchen traurig im Matsch schwimmen. Das Ergebnis wochenlanger Pflege ist auf einen Schlag dahin. Die Tische haben zwar einen umlaufenden Metallrand, der verhindert, dass das Gießwasser sofort abläuft, aber für solche Wassermassen ist er nicht hoch genug. Die übergelaufene Brühe, eine Mischung aus Pflanzerde und Blättern, hat den Ablauf verstopft. Und das Schlammwasser, das unter der alten Tür durchfließt, ist auch nicht hilfreich.

Auf meine Schaufel gestützt richte ich mich ächzend auf und versuche, meinen Rücken durchzudrücken. *Na super Hanne, deine Mutter ist fitter als du*, schimpfe ich leise mit mir selbst. Dann rufe ich laut zu meinem Vater am anderen Ende des Gewächshauses: »Ich bin jetzt hier fertig. Und wie sieht es mit dem Abfluss nach draußen aus, Papa?«

»Bei mir läuft es wieder ab, ich habe drei Schubkarren Matsch rausgefahren«, antwortet mir mein Vater, während er seine Handschuhe auszieht und sich das Wasser von der Halbglatze streicht. Typisch, mir meine falsche Schuhwahl vorwerfen, aber selbst ohne Jacke oder Kopfbedeckung draußen rumlaufen, während die Welt untergeht. Aber das muss er selbst wissen, er ist schließlich alt genug. »Hilf mir mal«, bittet er mich und reicht mir ein Ende einer Plastikplane. Wir spannen die Plane über die Tische, damit der restliche Schlamm nicht auch noch weggeschwemmt werden kann. Wenn es aufhört zu regnen, werde ich die kläglichen Reste darunter entsorgen müssen.

»So, geschafft!«, murmele ich, während ich die Schaufeln auf ihren Platz stelle. Dann sage ich zu meinem Vater: »Ich rufe sofort bei Krawetz an, die müssen uns die Anlage so schnell wie möglich herrichten, damit wir die Dachluken wieder schließen können. Und diesmal ist die komplette Erneuerung fällig«, setze ich mit Nachdruck hinzu und verlasse, ohne auf eine Reaktion zu warten, das Gewächshaus.

»Ja, mach' mal«, höre ich dennoch die mürrische Antwort meines Vaters.

Ich hatte den ortsansässigen Elektriker Edwin Krawetz schon im Winter bestellt. Krawetz reparierte die Anlage notdürftig und riet uns dringend zur Erneuerung. Aber als mein Vater sah, was das kosten würde, blies er die Sache wieder ab. »Läuft doch, was willst du mehr?«, stellte er lapidar fest. Die Sparsamkeit meines Vaters kommt manchmal einer Zukunftsverweigerung gleich. Ginge es nach ihm, hätten wir noch ein Kurbeltelefon und würden jede Rechnung von Hand schreiben. Und dass wir, dank nächtelangem Einsatz meinerseits, einen passablen Internetauftritt haben, hält er für völlig überschätzten Quatsch. »Was willst du denn mit den ganzen Bildchen? Die Leute müssen herkommen und die Qualität unserer Pflanzen mit eigenen Augen sehen. Und unser eigentlicher Vorteil ist immer noch die fachliche Beratung. Da können die Baumärkte und Discounter nicht mithalten«, ist seine Standardantwort. »Ja Papa, aber die Kunden müssen zuerst mal wissen, dass es uns gibt und feststellen, dass es sich wirklich lohnt zu uns rauszufahren, anstatt im Supermarkt ein Pflänzchen für den halben Preis zu kaufen. Und auch nicht jeder Käufer will persönlich beraten werden, sondern informiert sich lieber im Internet. Dort steht nicht nur, welche Pflanzen an welchem Standort wachsen, sondern auch, wie man sie pflanzt und pflegt, Schritt für Schritt, einfach alles. Außerdem kann man sich heute absolut jede beliebige Pflanze schicken lassen, vom Primelchen bis zur ausgewachsenen Palme«, versuche ich meinem Vater zu erklären, dass wir im 21. Jahrhundert leben und auch der Gartenbau ein hartes Geschäft geworden ist. Mein Vater erwidert darauf nur: »So ein Quatsch, wer will schon eine ausgewachsene Palme?«

Als ich nach meinem Studium in den elterlichen Betrieb einstieg, wurde mir klar, dass wir unser Warenangebot reduzieren beziehungsweise spezialisieren müssen, um zukunftsfähig zu bleiben. Damals hatten wir ein Vollsortiment an Bäumen, Sträuchern, sämtlichen Obstsorten, Rosen und Stauden. Dazu kam noch eine Unmenge selbst gezogener und zugekaufter Saisonware, wie zum Beispiel Frühlingsblüher, dann Geranien und andere Sommerblumen, Grabgestaltung im Herbst und im Winter schließlich Amaryllis und Weihnachtssterne. Für die arbeits- und zeitintensive Aufzucht und Pflege dieser meist auch noch sehr empfindlichen Pflänzchen benötigten wir alle acht Gewächshäuser und eine ganze Armee an Mitarbeitern und Aushilfskräften. Aber diese »Armee« schrumpfte, zumeist altersbedingt, über die Jahre hinweg. Weil es insgesamt schwieriger wurde, Arbeitskräfte zu finden, war ich gezwungen, einige Abläufe zu vereinfachen. So habe ich den Betrieb nach und nach in eine Staudengärtnerei umgewandelt. Ein großer Vorteil von Staudenpflanzen ist nämlich, dass sie robust sind und größtenteils von Anfang an im Freiland kultiviert werden können. Dadurch konnten wir auch weitgehend auf die energie- beziehungsweise kostenintensive Produktion in den Gewächshäusern verzichten. Diesem Argument konnte sich sogar mein Vater nicht verschließen. Nach zähem Feilschen willigte er schließlich unter der Bedingung ein, dass wir wenigstens noch ein gewisses Angebot an bienen- und vogelfreundlichen Blühsträuchern sowie Beerensträuchern behielten. Ich glaube, er weiß bis heute nicht, dass ich mit diesem Kompromiss gut leben kann. Und meiner Mutter zuliebe blieben einige gut zu kombinierende Rosensorten und Gräser, die einem Staudenbeet eine gewisse Struktur oder den passenden Hintergrund verleihen können, im Sortiment. Mein persönliches Steckenpferd, der Anbau mediterraner Kräuter, kommt bei den Kunden so gut an, dass ich überlege, die Fläche zu verdoppeln. Und irgendwann will ich in dem alten Gewächshaus, in dem wir gerade die Abflüsse gereinigt haben, Pilze anbauen. Zumindest erscheint mir das leicht feuchte Klima, in dem etwas in der Erde versenkten und im unteren Drittel mit Backsteinen gemauerten Gebäude, dafür geeignet. Ein Bekannter hat mir die Adresse eines Pilzzüchters gegeben, der Seminare für den gewerblichen Anbau anbietet. Mein Vater will von diesen Plänen natürlich nichts hören: »Klar, mir meine Geranien wegnehmen, aber Pilze anbauen ...«

Als meine Urgroßeltern Ende der 20er-Jahre die Gärtnerei gründeten, war unser Dorf baulich noch nicht mit der Stadt verbunden. Heute sieht es aus, als wäre es ein Stadtteil. Unser Betrieb liegt am östlichen Dorfrand und war früher auf drei Seiten von Wiesen und Feldern umgeben. In den letzten 30 Jahren entstanden im Süden ein Neubaugebiet und im Osten ein kleiner Gewerbepark. Nördlich an unseren Betrieb grenzend, besitzen wir noch eine Fläche von fast drei Hektar, die wir als Ponyweide nutzen. Mein Urgroßvater kaufte die ersten beiden Ponys, die damals noch als Arbeitspferde eingesetzt wurden. Die Tiere waren kleiner und wendiger als Ackerpferde und konnten daher zwischen den engen Reihen der Baumschule gute Dienste leisten. Unsere jetzigen Pferdchen, Biene und Hummel, sind etwa 20 Jahre alt und fressen hier unermüdlich ihr Gnadengras. Außer mir kümmern sich meine Tochter Irma und ihre Freundin Marie um die Tiere. Die Mädels sind mit ihren knapp 15 Jahren in diesem Übergangsalter, in dem sie einerseits kichernd mit ihren Pferden unterwegs sind und andererseits geschminkt in bauchfreien Tops auf Partys gehen wollen. In nicht allzu ferner Zukunft wird die Versorgung der Ponys wohl allein meine Aufgabe werden.

Unsere Ortsbürgermeisterin Frau Peppenkofer liebäugelt schon lange mit unserer Wiese. Sie würde dort nur allzu gerne noch so ein gleichförmiges Neubaugebiet aus dem Boden stampfen, wie es sie überall gibt. Sie kommt des Öfteren »eben mal auf einen netten Plausch vorbei«, wie sie es nennt, um sich geschickt, quasi durch die Blume, nach einer möglichen Kaufoption zu erkundigen. Meine Mutter fragt dann gerne: »Was darf es denn heute sein, Frau Bürgermeisterin, ein bisschen Lavendel für den Vorgarten oder eine Pferdeweide?« Aber abgesehen davon, dass das Gebiet wegen des Bachlaufs, des felsigen

Untergrunds und der Hanglage für eine Bebauung nicht geeignet ist, sind meine Eltern und ich uns absolut einig, dass der Blick über die Wiese, auf die bewaldeten Hügel dahinter, unbezahlbar ist.

»Hanne, habt ihr den Abfluss wieder freibekommen?«, ruft mir meine Mutter zu, als ich vom Gewächshaus in Richtung meines Hauses laufe.

Fröstelnd trippele ich durch den Regen zu ihr und stelle mich unter das mit gelben Kletterrosen umwachsene Vordach des alten Sandsteinhauses. »Ja, Mama! Alles wieder frei. Aber diesmal muss Krawetz die gesamte Elektrik erneuern, das geht so nicht weiter«, sage ich kopfschüttelnd.

»Das sehe ich genauso, da kommt dein Vater nicht mehr drum herum«, pflichtet sie mir bei und fragt besorgt: »Wie sieht es sonst draußen aus? Sind die Ponys schon Seepferdchen?«

Ich muss lachen »Naja, der Bach in der Weide ist doppelt so breit wie sonst, aber Biene und Hummel stehen oben in ihrem Unterstand und wirken nicht sonderlich beunruhigt. Ich gehe nachher mal zu ihnen. Aber hier im Betrieb haben wir eine Menge Arbeit, das Wasser hat überall Gräben hinterlassen.«

»Wie ärgerlich«, seufzt meine Mutter, »... aber zum Glück ist der Keller trocken geblieben! Wenn der Regen etwas nachlässt, mache ich den Laden auf. Laut Wetterdienst kommt heute nicht mehr viel, aber morgen soll es noch ein paar kräftige Schauer geben.« Dann sagt sie mit einer scheuchenden Handbewegung in meine Richtung: »So, und jetzt geh' und zieh' dich um, sonst erkältest du dich noch!«

»Ja Mama, das mache ich gleich. Sag' mal, sind die Kinder schon weg?«

»Ja, seit etwa fünf Minuten. Mit Frühstück und Pausenbrot.«

»Danke Mama, bis gleich.« Ich wende mich schon zum Gehen, da fällt mir noch etwas ein: »Ach und denkst du bitte daran, dass ich heute Abend zum letzten Mal zur Wirbelsäulengymnastik gehe?«

»Klar Hanne, die Kinder können wieder bei uns zu Abend essen.«

Vor meiner Haustüre lungern unsere Hunde Theo und Tarzan herum, sie scheinen auch genug vom Regen zu haben, außerdem ist ihr Frühstück überfällig.

»Na ihr Racker, wie seht ihr denn aus? Wart ihr beim Schlammcatchen?«, begrüße ich sie. Dem großen Theo dusche ich die Beine mit dem Gartenschlauch ab. Alte Handtücher liegen für solche Ereignisse immer hinter der Haustüre parat. Den kleinen Tarzan darf ich jetzt nicht entwischen lassen, er würde sich völlig ungeniert auf das Sofa kuscheln. Im Waschbecken des Hauswirtschaftsraumes spüle ich ihm den Schlamm aus dem Fell. »Deine Haare sind wieder ganz schön lang, du Zottelbär, du musst unbedingt zum Friseur«, sage ich zu ihm, während ich ihn trockenrubbele.

Unsere Kinder haben sich schon immer einen Hund gewünscht. Nach der Scheidung von meinem Mann Michael vor zwei Jahren habe ich dann eingewilligt. Irma war gerade 13 geworden und Jakob war fast 9. Irma bestand darauf, einen Hund aus dem Auslandstierschutz zu adoptieren. Nach kurzer Suche im Internet fand sie Theo. Einen dreijährigen spanischen Mischling, in Größe und Fellfarbe einem Schäferhund ähnlich, mit weißem Brustfleck, zwei weißen Pfoten und nach vorne abgeknickten Ohren. Die Tierschutzorganisation beschrieb ihn als eher gemütlichen, freundlichen Hund, der mit allem und jedem gut auskäme. Wie man auf den Bildern sähe, wäre er allerdings unzertrennlich mit dem kleinen Mischling Nicki befreundet. Die beiden gab es also nur im Doppelpack. Der Kleine wäre anfangs bei fremden Menschen etwas distanziert. Er müsse erst auftauen, warmwerden. Aber dann würde er sicherlich auch anhänglich und verschmust werden. Bald war uns klar, dass dieser kleine Wicht jeden Morgen erst warmwerden muss. Solange er nicht ausgiebig seine Ländereien inspiziert, dabei den einen oder anderen imaginären Eindringling in die Flucht geschlagen und ein Stück Butterbrot bei meinen Eltern gefrühstückt hat, ist er unleidlich.

Zu den realen Eindringlingen seines Reiches gehören allerdings Katzen und die müssen unbedingt von ihm vertrieben werden. Ich bewundere dabei seinen energischen und mutigen Auftritt oder wohl eher Größenwahn, weil die Stubentiger fast das gleiche »Kampfgewicht« auf die Waage bringen wie er. Eines Morgens, wir saßen gerade beim Frühstück, erdreistete sich eine Katze doch tatsächlich, vor »seiner« Terrassentüre entlang zu stolzieren. Nicki warf sich mit dem für kleine Hunde so typischen, ohrenbetäubenden Sirenengeheul gegen die Scheibe. Jakob rannte zu ihm und imitierte den Schrei von Tarzan, wie er ihn im Zeichentrickfilm gehört hatte. Der kleine Hund hielt kurz inne und sah Jakob ehrfürchtig an. »Findest du Tarzan gut? Mama, ich finde Tarzan passt viel besser zu ihm als Nicki!«, stellte Jakob fest, dann bellten sie gemeinsam der längst geflüchteten Katze hinterher.

Tarzan sieht aus wie ein etwas zu groß geratener Yorkshire Terrier. Man könnte sagen, er entspricht eher dem Urtyp dieser alten englischen Hunderasse. Sein Fell ist nicht ganz so seidenweich wie das der heutigen Hündchen, muss aber trotzdem fast täglich gebürstet und in regelmäßigen Abständen geschoren werden, damit es nicht verfilzt. Was man bei dieser Rasse nicht unterschätzen darf, ist ihr Jagdinstinkt. Egal ob süß, zierlich und mit Haarschleife auf dem Kopf oder Naturbursche, sie alle widmen sich mit Herzblut ihrer ursprünglichen Aufgabe als Rattenfänger und Mäusejäger. Schon in den ersten Tagen in der Gärtnerei wäre Tarzan diese Leidenschaft fast zum Verhängnis geworden. Nach seiner morgendlichen Inspektionsrunde war er nicht auffindbar gewesen. Auch Theo, der sich immer in Tarzans Nähe aufhält, war verschwunden.

»Die Leute vom Tierschutz haben gesagt, dass ehemalige Straßenhunde jede Gelegenheit nutzen, um auszubüxen. Wir müssen sie in der Nachbarschaft suchen!«, sagte ich aufgeregt zu meinem Vater.

»Aber wo sollen sie denn durchgeschlüpft sein? Das Grundstück ist rundherum kaninchensicher eingezäunt und wegen der Rehe auch hoch genug. Das Tor zum Kundenparkplatz ist auch zu. Ich denke, wir suchen sie nochmal auf dem Gelände«, versuchte mein Vater mich zu beruhigen.

Wir teilten uns auf. Mein Vater ging rufend nach rechts, an den Blühsträuchern entlang. Ich nach links. Als ich in Höhe des unteren Gewächshauses wieder ihre Namen rief, erschien Theo in der Tür. Er kam aber nicht zu mir, sondern verschwand wieder im Gewächshaus. Dort stand er ganz hinten und schaute auf den Boden. Ein klägliches Winseln drang von unten zu mir. Dann wurde mir klar, wo der kleine Hund steckte. Ein Teil der Abdeckung über der Ablaufrinne war zu Reinigungszwecken herausgenommen worden. In dieses Loch hatte Tarzan wohl eine Maus verfolgt und war stecken geblieben. Schnell befreite ich den kleinen Helden und er kuschelte sich, zum ersten Mal widerstandslos, in meine Arme. Seitdem hüpft er abends nach einem arbeitsreichen Tag aufs Sofa, krabbelt auf meinen Schoß und lässt sich zufrieden grunzend das Bäuchlein kraulen.

KAPITEL 2

Dieses blöde Zwicken im Rücken und die hartnäckige Verspannung meines Nackens gehen mir auf die Nerven. Ich bin doch erst 41 Jahre alt und körperliche Arbeit gewöhnt! Außerdem arbeiten im Moment neben meinen Eltern den sechs Vollzeit- und drei Teilzeit-Mitarbeitenden noch sieben Aushilfskräfte im Betrieb mit. Aber trotz aller Hilfe und Entlastung wollen mich diese zermürbenden Schmerzen nicht loslassen.

»Sie haben zu viel Stress! Auf Ihren Schultern lastet schließlich die ganze Verantwortung für die Kinder und den Betrieb«, klärte mich meine Ärztin über die Ursache auf.

»Ja schon, aber meine Eltern …«, setzte ich zu einer Widerrede an, wurde aber sofort von einem energisch erhobenen Zeigefinger zum Schweigen gebracht.

»Papperlapapp. Ich verschreibe Ihnen Massagen und Krankengymnastik. Außerdem rate ich Ihnen dringend, zur Wirbelsäulengymnastik in der Volkshochschule zu gehen, die Kurse sind wirklich gut. Machen Sie mal etwas für sich.« Sie drückte mir zwei Rezepte und das neue Programm der VHS in die Hand.

Juhu Massagen, jubelte ich innerlich. Und da der Leidensdruck groß genug war, meldete ich mich sofort zum nächsten Gymnastikkurs an.

Heute ist leider schon die letzte Stunde. Während ich in Richtung Eingangstüre haste, sehe ich vor dem zweiten Eingang des Gebäudes einen großgewachsenen Mann, der sich lässig von seinem Fahrrad schwingt. Ich verlangsame meine Schritte und beobachte, natürlich völlig unauffällig, wie er sein Fahrrad abschließt und seinen Helm am Rucksack einhakt. Schnell scanne ich den Unbekannten: In meinem Alter, etwa 1,85 m groß, dafür habe ich einen Blick, weil ich selbst 1,77 m groß bin. Gutaussehend, glatt rasiert, heute eher selten. Ein paar Pfündchen zu viel, trotzdem nicht unsportlich. *Und diese Augen haben so ein schelmisches Glitzern*, seufze ich und registriere im nächsten Moment, dass ich stehengeblieben bin und den Mann verträumt anschaue. Der Fremde nickt mir belustigt zu. Ertappt wende ich mich ab und stolpere prompt über eine kleine Erhebung im Pflaster.

Klasse Hanne, so elegant!, schimpfe ich in Gedanken mit mir, während ich versuche mein Gleichgewicht wiederzuerlangen. Ich muss an die rosa Prinzessinnen-Postkarte an meinem Kühlschrank denken: *Aufstehen, Krönchen richten, weitergehen!* Ich sortiere also meine Arme und Beine, strecke beherzt den Rücken durch und schreite los. Kurz vor der Tür riskiere ich einen schnellen Blick zur Seite und sehe, dass der Mann besorgt in meine Richtung schaut. Ich nicke ihm betont gelassen zu und betrete das Gebäude. Endlich im vierten Stock angekommen, erblicke ich ganz am anderen Ende des Flurs wieder den Fremden. Er begrüßt zwei Männer, die kurz nach ihm die Treppe hochkommen, und beginnt ein Gespräch mit ihnen. Ein älterer Mann gesellt sich zu ihnen, ebenso eine junge Frau. Gerade in dem Moment, als ich merke, dass ich ihn schon wieder anstarre, bewegt sich die Gruppe in Richtung Kursraum. Der Fremde entdeckt mich, winkt mir augenzwinkernd zu und geht hinein. Zwei weitere Männer kommen eilig die Treppe herauf und verschwinden in dem Raum.

»Die armen Leute, ist aber auch gut, dass ihnen hier geholfen wird, ne? Mein Nachbar, der Robert, der war auch jahrelang bei diesen Treffen. Das ist der Mann von der Moni, weißt du, die von der ich immer die leckeren Muffin-Rezepte bekomme. Also der Robert, der war ja zu nix mehr zu gebrauchen und konnte auch kaum noch arbeiten als Schreiner. Also an Monis Stelle hätte ich den schon längst rausgeworfen. Aber ich glaube mal, der hat das jetzt endlich im Griff.« Renate, unsere Kursälteste, steht neben mir und schaut mit bedauerndem Kopfschütteln in die gleiche Richtung wie ich. »Die haben ihren eigenen Eingang im Innenhof, da ist noch ein Treppenaufgang. Damit sie niemand sieht, die wollen ja nicht erkannt werden, ist ja logisch«, setzt sie bedeutsam nickend hinzu.

»Renate, entschuldige bitte, ich kann dir nicht ganz folgen. Wovon sprichst du?«, frage ich sie irritiert.

»Na von dem Treffen der Anonymen Alkoholiker, dort drüben«, raunt sie mir zu und zeigt dabei mit ihrem Kinn auf das andere Ende des Flurs.

»Oh!«, entfährt es mir überrascht.

»Ja, traurig, nicht? Gut, wenn man damit nix zu tun hat … So, jetzt müssen wir aber rein, Mädchen, die anderen sitzen schon auf ihren Matten. Und nachher musst du unbedingt meine Aprikosen-Cupcakes probieren, das Marzipan-Frosting ist sensationell, sag' ich dir. Das Rezept …«

Der Rest ihrer Ausführungen bleibt mir zum Glück erspart, weil ich direkt neben der Tür meine Matte auf den Boden lege und mich schnell daraufsetze, während sie ans andere Ende des Raumes läuft. Etwas an Renates Erklärung erscheint mir nicht ganz schlüssig. Wie passt der Wunsch nach Anonymität zu dem öffentlichen Gebäude der Volkshochschule? Und warum habe ich diese Leute nicht schon früher hier gesehen? Naja, ich sollte mir nicht so viele Gedanken darüber machen, schließlich ist heute unser letzter Termin.

»Frau Kessler-Beck, die Arme etwas höher bitte und den Kopf nicht nach vorne senken«, korrigiert unsere Kursleiterin meine Haltung und reißt mich damit aus meinen Gedanken.

KAPITEL 3

Gestern hatte ich telefonisch mit dem Elektriker vereinbart, dass er so schnell wie möglich jemanden zu uns schickt, der nicht nur die Dachluken schließt, sondern sofort die Erneuerung der gesamten Elektroanlage in Angriff nimmt. Da wir seit über 30 Jahren sämtliche Elektroarbeiten in Haus und Hof bei Krawetz in Auftrag geben, sicherte mir Herr Krawetz zu, dass heute Morgen zuerst mal nur ein Mitarbeiter käme, der dann aber ab morgen mit Hilfe seiner Kollegen bis zum Freitag komplett fertig werden müsste. So viel Arbeit sei es ja auch wieder nicht, weil das Gewächshaus ziemlich klein sei und die Leitungen nur auf Putz ausgetauscht werden müssten. Ich war begeistert.

»Einen wunderschönen guten Morgen! Mein Name ist Maik Jung von der Firma Krawetz«, begrüßt mich beunruhigend gut gelaunt der Elektriker, kaum dass ich die Tür einen Spaltbreit geöffnet habe. »Mein Chef sagt, Sie hätten Probleme mit 'ner alten Leitung?«, fragt er und stützt sich mit einer Hand an den Türrahmen. Am Handgelenk blitzt unter der grauen Arbeitsjacke ein Tattoo in Form einer geschwungenen Pfeilspitze hervor.

»Morgen. Sie sind ja früh dran«, grüße ich knapp zurück, ohne auf die alte Leitung einzugehen.

»Für eine schöne Frau wie Sie stehe ich doch gerne so früh auf«, schäkert mich der junge Maik mit entwaffnendem Lächeln an.

Junge, wie kann man nur so früh schon so charmant lügen, denke ich. Und miesepetrig, wie ich um diese Zeit bin, provoziere ich ihn: »Und für die nicht so schönen Frauen?«

Er grinst mich ertappt an und kontert: »Ich stehe natürlich jeden Morgen so früh auf, aber ich sage nicht zu jeder Kundin, dass sie schön ist.« Dabei hebt er die Hand vom Türrahmen und wiegt den erhobenen Zeigefinger hin und her, so dass ich etwas mehr von dem Pfeil-Tattoo sehen kann.

Na klar, was für ein Sprücheklopfer, denke ich, stülpe mir meine Gummistiefel über die Füße und sage: »Gut, dass wir das schon mal geklärt haben, junger Mann. Kommen Sie.«

Ich gehe voraus in das Gewächshaus und zeige ihm den Schaltkasten, die Dachluken und im Nebenraum die alte Heizung, die wir eventuell auch bald erneuern müssen. Außerdem erkläre ich ihm, dass ich plane, eine automatische Bewässerung einbauen zu lassen. Maik folgt mir auf den Fersen, immer einen Tick zu nah, so dass ich nicht vermeiden kann, den Cocktail an Gerüchen, der ihn umwabert, wahrzunehmen. Da ist eindeutig Weichspüler im Vordergrund, dann ein metallischer Geruch, den ich auf die Arbeitsjacke zurückführe, aber da liegt noch ein feiner Duft darunter, kein billiges Deo oder Aftershave, ein gutes Parfum vielleicht?

»Uiuiui, die Anlage ist wirklich noch aus den Anfängen des elektrischen Zeitalters. Da liegen ja Drähte blank, ein Wunder, dass Ihnen noch nichts abgefackelt ist. Aber die Lichtschalter aus Bakelit finde ich klasse, vielleicht können wir die wiederverwenden.« Maik steht jetzt vor dem Sicherungskasten und schaut sich begeistert die Schraubkappen aus Porzellan an. »Perfekt, Sie haben die Sicherungen schon rausgedreht«, lobt er mich mit breitem Grinsen, was ich natürlich mit einem Stirnrunzeln quittiere, so billig lasse ich mich nicht einwickeln. Dann streicht er über seinen gepflegten Dreitagebart und sagt: »Es wird zwar ein

Weilchen dauern, bis ich da den vollen Durchblick habe, junge Frau, aber in spätestens zwei Stunden können Sie die Luken wieder schließen.«

»Na, da bin ich mal gespannt. Soll ich Ihnen nachher einen Kaffee rausbringen?«

»Ja, sehr gerne. Aber natürlich nur, wenn es keine Umstände macht. Sie haben doch bestimmt selbst viel zu tun.«

Na, höflich ist er wenigstens, das muss ich ihm lassen, Sprüche hin oder her. Und irgendwie ist er charmant. Und knackig ... sehr sogar.

Jetzt aber schnell ins Haus, ermahne ich mich, *die Kinder müssen in die Schule.* In der Küche hält Jakob mir einen zerknitterten Zettel seiner Schule vor die Nase.

»Das ist eine Einladung zum Elternabend, wegen dem Schulfest und so, von der hohlen Nuss.«

»Was von wem?«, frage ich nach.

»Die Hohle Nuss! Mensch Mama, er meint die Holler-Nüsslein, seine Klassenlehrerin«, klärt mich Irma genervt auf, während sie hektisch auf ihrem Handy herumtippt.

Ich erinnere mich an den ersten Elternabend der fünften Klasse und den Elternsprechtag. Frau Holler-Nüsslein hatte einerseits wortreich Jakobs Auffassungsgabe und vielfältigen Interessen gelobt, andererseits aber seine geringe Konzentrationsfähigkeit bemängelt. Er wäre noch sehr verspielt und ließe sich leicht ablenken. Außerdem würde er sämtliche von ihr aufgestellten Regeln in Frage stellen und wolle ständig darüber diskutieren. Ihre Aussage, er hätte wohl noch leichte »Anpassungsschwierigkeiten« im Gymnasium, überraschte mich. Seine Lehrerin in der Grundschule hatte ihn nämlich immer als wortgewandte, durchaus anstrengende, aber vor allem umgängliche Frohnatur beschrieben. Vielleicht habe ich als Mutter ja eine allzu rosarote Brille auf, aber ich sehe ihn genauso, meinen Kleinen. Wobei der Punkt »durchaus anstrengend« nicht zu leugnen ist und ganz oft ganz oben steht.

»Und wenn die behauptet, ICH hätte den Sekundenkleber in den Verschluss ihrer Tasche gefüllt, dann stimmt das nicht, ich war's wirklich nicht!«, informiert mich mein Sohn netterweise schon mal vorsorglich über eventuelle Probleme, die an diesem Abend auf mich zukommen könnten. Einen schwachen Moment lang überlege ich, diesen Elternabend meinem Exmann zu überlassen, verwerfe den Gedanken aber schnell wieder. Die Luft, die ich für diese Diskussion brauchen würde, kann ich mir getrost sparen. Michael war und ist ein Meister der Ausrede. Nach ewigem Hin und Her würde ich wieder resigniert nachgeben müssen und diesen kleinen Triumph gönne ich ihm nicht. Also sage ich zu meinem Sohn: »Okay, danke für die Vorwarnung, Jakob ... Aber du weißt, wer es war, oder?«

»Klaro Mama, aber ich kann dir das nicht verraten, ich bin doch keine Petze!«

»Ach so. Tja, das ist natürlich sehr ehrenhaft von dir dem eigentlichen Übeltäter gegenüber, aber ...«

»Ich habe ihm sogar noch gesagt, dass das keine gute Idee ist, aber da war es schon zu spät«, gesteht mir Jakob mit Unschuldslammblick.

»Okay, ich verstehe. Aber warum glaubt denn deine Lehrerin, dass du es warst?«

»Keine Ahnung, wie sie auf die blöde Idee kommt ... die ist halt 'ne hohle Nuss ...« Jakob zuckt mit den Schultern, dann wuchtet er seinen Ranzen darauf, eilt Richtung Haustür und ruft mir zu: »Mamilein, du kriegst das schon hin, hab' dich lieb! Wir müssen los!« Und schon schwirren meine süßen Kinderlein zur Tür hinaus, meine Antwort »Darüber reden wir heute Abend nochmal!« verhallt ungehört im Flur.

Nachdem ich mit meinen Eltern und den Mitarbeitenden die anstehenden Aufgaben des Tages besprochen habe, koche ich Kaffee, lege ein paar Kekse auf das Tablett und trage es ins Gewächshaus. Dort steht Maik auf einer Leiter und überprüft die Stromleitung an der vierten Lüftungsklappe. Seine Jacke hat er ausgezogen, weshalb man jetzt deutlich die Muskeln unter seinem T-Shirt sieht. Und zwar irgendwie überall. Ich sehe auch, dass der gewundene Pfeil am Handgelenk die Schwanzspitze eines grimmig dreinblickenden Drachens darstellt, der sich bis zum Oberarm windet und dort eine Kugel zu bewachen scheint. Als Maik mich bemerkt, steigt er behände von der Leiter.

»Ah, der Kaffee UND Kekse, wie lecker ... genau zum richtigen Zeitpunkt, schöne Frau. Meine Retterin vorm 9-Uhr-Loch!« Er lacht mich augenzwinkernd an, gibt reichlich Zucker in seine Tasse und während er – mit der freien Hand nach oben zeigend – von einer Klappe zur nächsten läuft, plaudert er munter weiter: »Ich bin schon ein gutes Stück vorangekommen. Ich habe nämlich da oben an der Abzweigung sowohl die Leitung zu dem Regensensor als auch den Anschluss zu der zweiten Klappe erneuert. Damit ich an den anderen weitermachen kann, muss ich aber noch ein Ersatzteil bei Krawetz besorgen. Und sehen Sie hier ...«, er sieht mich mit ernster Miene an und fordert mich auf, ihm zum Schaltschrank zu folgen, »hier diese Schmelzsicherung ist bei dem Kurzschluss, den die Feuchtigkeit verursacht hat, durchgekokelt, jetzt ist der Plättchen-Kennmelder lose. Ich tausche vorsichtshalber auch noch die anderen Sicherungen aus, damit wir da auf der sicheren Seite sind«, sagt er entschieden. Während er mit der Tasse in der einen Hand auf die Sicherungen zeigt, umfasst seine andere Hand meinen Oberarm. Die Geste ist so beiläufig, flüchtig, aber auch warm und irgendwie vertraut, dass ich gar nicht reagieren kann.

»Äh, ja schön ... äh, machen Sie das«, stottere ich unbeholfen, dann reiße ich mich zusammen und sage gefasst: »Und wenn Sie fertig sind, sagen Sie mir bitte Bescheid. Ich erledige heute Vormittag Büroarbeit und bin im Haus. Ihr Chef will mir das Angebot mailen und Sie sollen wegen der Materialien für die Heizung und Bewässerung nochmal draufschauen, ob noch etwas fehlt.« Was ist nur mit mir los? Ich lasse mich doch sonst nicht von solchen Schmeicheleien beeindrucken, aber irgendwie bringt mich der junge Mann aus dem Konzept.

»Alles klar, Chefin. Ich freue mich schon, bis nachher.«

Eine knappe Stunde später steht Maik vor der Tür, er sei jetzt fertig.

»Kommen Sie rein, ich schaue mir gerade die Mail Ihres Chefs an.«

Als er mit mir die einzelnen Kostenpunkte durchgeht, klingelt das Telefon. Ich neige mich zur Seite, um nach dem Hörer zu greifen, da durchzuckt ein heftiger Schmerz meinen Nacken. Ich verziehe das Gesicht und greife mit der freien Hand nach der schmerzenden Stelle.

»Nackenschmerzen?«, flüstert Maik mitfühlend.

Irgendwie drückt er mit seiner Samtstimme den richtigen Knopf bei mir, ich schaue mit Leidensmiene in seine Richtung und nicke vorsichtig mit dem Kopf. Dann widme ich mich dem Telefon und begrüße eine unserer treuesten Kundinnen: »Guten Morgen Frau Leinsack, wie kommen Sie mit der Umgestaltung im Garten voran? Sind die Sträucher gut angewachsen?«

Während mir Frau Leinsack vorschwärmt, wie hübsch die neue Weigelie und der Perlmuttstrauch gerade blühten, neige ich meinen Kopf von einer Seite zur anderen. Da legt Maik behutsam seine warmen Hände auf meine Schultern und beginnt, mit ruhigen Bewegungen meinen Nacken zu massieren. Natürlich schlägt sofort die innere Vernunftglocke Alarm: *He, was erlaubt der sich? Wirf ihn sofort raus!*

Tut aber gut ... warum denn gleich rauswerfen?, beschwichtige ich die Alarmglocke und erlaube mir den Gedanken: *Was ist schon dabei, wenn dir mal jemand den Nacken massiert und dann noch so gekonnt?* Während Frau Leinsack eine Auswahl mediterraner Kräuter für ihr neues Hochbeet bestellt, wandern Maiks Hände langsam meinen Rücken herunter. *Wie kann ein Mann nur so lecker riechen?*, stelle ich irritiert fest. Das Anstandsglöckchen wird immer leiser und verstummt schließlich ganz. Als er dann meinen Hals küsst, kann ich das Telefongespräch – gerade noch einigermaßen sinnvoll – beenden.

Einige Zeit später klingelt das Telefon erneut und ich schrecke vom Sofa, auf das wir es irgendwie geschafft haben, hoch. Ich sammle schnell meine verstreuten Kleider auf und ziehe mich an.

»Ich ... also ich muss jetzt ... weiter arbeiten und ...«, stammele ich verwirrt.

»Keine Panik, meine Schöne. Nichts muss uns peinlich sein. Und ich erzähle bestimmt niemandem davon«, beruhigt mich

Maik, während auch er sich anzieht, und fährt fort: »Ich muss leider heute Nachmittag noch bei einem anderen Kunden einen Auftrag fertig machen. Morgen und übermorgen komme ich dann mit meinen Kollegen und unserem Lehrling. Am Freitag kommt der Lehrling nochmal mit, aber ab Mittag hat er frei, dann bin ich wieder ganz alleine für dich da, meine Schöne.«

An den nächsten beiden Tagen sehen wir uns nur ein paarmal zwischendurch, wenn kein Kollege in Sicht ist. Wir schaffen es auch immer, den Kindern nicht zu begegnen. Abends fährt Maik nach Hause, er wohne im Haus seiner Mutter in der Dachgeschosswohnung und müsse ihr ab und zu etwas helfen, außerdem versorge er die Katze. Am späten Freitagnachmittag wird Maik mit der Installation fertig. Weil die Kinder noch im Basketballtraining beziehungsweise beim Turnen sind, haben wir es uns auf dem Sofa gemütlich gemacht. Da klingelt im Büro das Telefon.

»Oh nein, wer ist das denn jetzt?«, stöhne ich. »Wer ruft denn um diese Zeit auf dem Festnetz an?« Ich stehe widerwillig auf und gehe nach nebenan. »Gärtnerei Kessler-Beck«, sage ich in den Apparat.

»Guten Abend, hier ist die Laura«, meldet sich eine junge Frau. »Zuerst habe ich es auf dem Handy probiert, aber er geht nicht dran, dann habe ich bei Krawetz angerufen und die haben gesagt, dass der Maik noch bei Ihnen ist. Ich bin natürlich froh, dass er so fleißig ist und so viele Überstunden macht. Aber heute ist doch Freitag und da sind wir zum Spieleabend bei Isa und Jan eingeladen und jetzt ist es schon fast sieben.«

»Haben Sie eine Katze?«, frage ich ohne Umschweife.

»Eine Katze? Nein, wieso?«

»Aber Sie wohnen mit Maik bei seiner Mutter?«

»Ja, aber warum wollen Sie das wissen?«

»Ach, nur so. Ich schicke ihn gleich nach Hause. Spielen Sie schön.«

Ich gehe zurück ins Wohnzimmer. Maik hat die Fernbedienung des Fernsehers in der Hand und schaut sich eine Sportsendung an.

»Na meine Schöne, wer hat uns gestört?«

»Deine Katze, sie will zum Spieleabend!«, sage ich schlicht.

Wenige Sekunden später ist die Sache erledigt. Jegliche Erklärung oder gar Entschuldigung könne er sich sparen, sage ich zu ihm. Dann gebe ich ihm sogar noch ganz sachlich den Rat, seiner Freundin in Zukunft treu zu sein. Er könne froh sein, eine so gutmütige und arglose Frau zu haben, denn das habe er nicht verdient. Während Maik vom Hof fährt, sinke ich auf mein Sofa und starre minutenlang geradeaus ins Nichts. Was war nur mit mir los? Wie hatte mir so etwas passieren können? War ich schon so wahllos auf jegliche Art von Zuwendung angewiesen?

Neben mir auf dem Sofa registriere ich eine leichte Bewegung. Tarzan setzt sich unschlüssig an meine Seite und sieht knapp an mir vorbei. Theo liegt vor mir auf dem Teppich, er hat seinen Kopf zwischen den Pfoten abgelegt. Aber auch er ist nicht entspannt, seine Augen und Ohren bewegen sich unruhig. Die beiden merken, dass es mir nicht gut geht, sind aber unsicher, wie sie mit der ungewohnten Situation umgehen sollen.

»Ach ihr Lieben, euer Frauchen ist manchmal ganz schön doof!«, bemitleide ich mich selbst und eine heiße Welle der Scham erfasst mich. Dadurch, dass ich die Tiere ansehe und zu ihnen spreche, ist die bedrückende Stimmung für sie aufgehoben. Tarzan hopst auf meinen Schoß und versucht mein Gesicht abzulecken. Theo hat sich aufgesetzt und schubst meine Hand mit seiner Schnauze an. Ich streichele und kraule meine beiden treuen Freunde und beruhige mich langsam wieder.

»So, genug bedauert. Nur hier rumsitzen macht die Sache auch nicht besser.« Ich muss mich irgendwie ablenken und beschließe, ein paar Dinge für das Wochenende einzukaufen, bevor ich die Kinder vom Training abholen muss.

Zum Glück ist nicht mehr viel los im Supermarkt, die Gefahr, jemandem zu begegnen, scheint gering zu sein. Ich laufe planlos durch die Gänge und lade wahllos ein paar Artikel in den Einkaufswagen. *So, jetzt noch ein paar Flaschen Wein, dann kann der Abend kommen,* murmele ich grimmig vor mich hin und steuere meinen Wagen durch die Getränkeabteilung.

»Hallo!«, grüßt mich plötzlich eine freundliche Stimme von hinten. Ich drehe mich um und vor mir steht der Mann aus der Volkshochschule.

»Hallo!«, grüße ich distanziert und frage, ohne zu überlegen: »Was machen Sie denn hier?«

»Einkaufen?«

»Das sehe ich. Aber sollten Sie nicht besser Wasser oder Limonade kaufen?«

»Äh, nein. Ich soll für das Fest eines Freundes ein paar gute Flaschen Wein mitbringen.«

»Klar, für einen Freund. Das würde ich an Ihrer Stelle auch sagen.« Dann entdecke ich die letzten beiden Flaschen meines Lieblingsweines in den Händen des Fremden. »Und die zwei hier nehme ich mal lieber an mich, bevor sie noch in die falschen Hände oder besser gesagt ›Kehlen‹ gelangen!«, sage ich stolz über meinen kleinen Wortwitz, greife beherzt zu und lege den Wein in meinen Wagen. »Schönen Abend noch«, wünsche ich dem verblüfften Fremden und rausche zur Kasse.

KAPITEL 4

Am nächsten Abend sind Nadja, Vera und ich bei Liane eingeladen. Nadja kenne ich von klein auf. Wir sind auf den Monat gleich alt und waren immer in der gleichen Klasse. Ihre Großeltern waren als sogenannte Spätaussiedler nach Deutschland gekommen. Nadjas Oma arbeitete in der Gärtnerei und nahm die Enkelin mit, wenn deren Mutter arbeiten musste. Während ich meist in Latzhose und Stiefeln draußen spielte, tänzelte Nadja bei jedem Wetter in Ballettkleidchen und Ballerinas um die Blumenbeete. Und es war schon früh erkennbar, dass sie nicht nur hübsch, sondern auch sehr klug war. Logisches und mathematisches Denken sind ihre Stärken. Sie begann ein Studium der Betriebswirtschaft und jobbte nebenher bei einem Cateringunternehmen. Als die Nachbarn ihren alten Mercedes in der nicht gerade unauffälligen Farbe »Champagner-Gold« verkauften, war Nadja begeistert. Fortan folgte sie ihrem Stern, wohin er sie auch führte. Eines Tages führte er sie mit einem kaputten Scheinwerfer ins Autohaus Schmied. Sie hatte nicht so genau auf die Öffnungszeiten geachtet und fuhr recht spät auf das Werkstattgelände. Dort sah sie einen jungen Mann, der an einem Auto rumschraubte. Sie hielt ihn für einen Angestellten und fragte, ob er sich ihr Auto mal ansehen könnte. Philip Schmied verriet ihr erst beim vierten Treffen, dass er der Sohn der Autohausbesitzer war. Im Gegenzug gestand Nadja ihm, dass sie eigentlich studierte und bei dem Caterer nur jobbte. Als im Geschäft seiner Eltern ein Jubiläum anstand, sorgte Philip dafür, dass Nadjas Chef das Catering übernahm. Nadja bediente die Gäste, flink, herzlich und zuvorkommend. Plötzlich nahm Philip sie in den Arm und küsste sie vor allen Gästen. Nach der Feier zog ihn sein Vater zur Seite und meinte, das Mädchen wäre ja wirklich sehr hübsch und nett und er könne ihn durchaus verstehen, ließ aber auch mit der einen oder anderen Bemerkung durchblicken, dass sie doch nur eine Bedienung wäre. Philip erklärte ihm, dass Nadja nach ihrem Studium einen höheren Abschluss hätte als er selbst und dass er sie heiraten werde.

Liane zog erst mit 15 Jahren mit ihrer Mutter in unsere Stadt und kam in eine Parallelklasse an unser Gymnasium. Sie wirkte immer etwas überdreht und fand nie wirklich Anschluss an eine Gruppe. Aber sie hatte als eines der ersten Mädchen einen älteren Freund, der sie manchmal mit dem Auto zur Schule brachte und wieder abholte. In der Oberstufe besuchten wir einige Kurse gemeinsam und Nadja und ich lernten Liane näher kennen. Sie erzählte uns, dass sie nach der Trennung der Eltern lieber bei ihrem Vater geblieben wäre. Der war aber beruflich oft im Ausland, teilweise über mehrere Monate am Stück und konnte sich deshalb nicht dauerhaft um die Tochter kümmern. Ihre Mutter war leider nervlich etwas angeschlagen und häufig mit ihrem eigenen Leben überfordert. So blieb Liane oft sich selbst überlassen. Dadurch war sie zwar einerseits früh selbständig, andererseits aber im Umgang mit Menschen nicht so geschickt. Eigentlich wollte sie immer nur irgendwo dazugehören und verbarg hinter der überdreht lustigen Fassade ihre Unsicherheit. Mehrmals hinderten Nadja und ich sie daran, von der Schule abzugehen. Wir halfen ihr beim Lernen und schleiften sie mit Ach und Krach durch das Abitur. In dieser Zeit fühlte sie sich in unseren Familien mehr zu Hause als bei ihrer Mutter. Studiert hat sie trotzdem nicht, sondern eine Ausbildung zur Optikerin gemacht. In Beziehungsdingen greift Liane leider nach wie vor konsequent daneben. Einmal hatte sie einen netten, man könnte sagen »normalen« Mann erwischt. Sie waren mehrere Jahre zusammen, aber als es ernst wurde und er vom Zusammenziehen sprach, bekam sie kalte Füße und beendete die Beziehung.

Vera zog vor ungefähr 14 Jahren mit ihrem Mann Olav in ein 60er-Jahre-Haus, nur ein paar Straßen von uns entfernt. Nach der Renovierung des Hauses kaufte sie bei uns Pflanzen für den Garten und hatte dabei ihren einjährigen Sohn Lukas auf der Hüfte sitzen. Ich stand ihr mit Irma auf dem Arm gegenüber. Wir verabredeten uns zu einem Spielemittag für die Kinder und besuchten gemeinsam eine Krabbelgruppe. Bei einer Geburtstagsfeier von mir lernten dann Nadja und Liane Vera kennen und verstanden sich auf Anhieb prächtig mit ihr.

Jetzt stehe ich mit einer Flasche Wein vor der Haustür des Mehrfamilienhauses, in dem Liane wohnt, und klingele bei ihr. Einfach mal zum Quatschen, ein bisschen Klatsch, Snacks und Wein, hat sie gesagt. Dass mir eher zum Heulen zumute ist, sehen die drei schon, als ich reinkomme

»Alles okay mit dir?«

»Brauchst du einen Schnaps?«

»Welcher gute Geist hat dich denn verlassen?«

»Alles okay, Mädels«, sage ich matt, nehme dankbar ein Glas Wein von Liane an und erzähle ihnen haarklein die Sache mit Maik und der Katze.

»Wie kann jemand mit Einser-Abitur nur so dumm sein?«, fragt Vera, die Vernünftige von uns.

»1,4«, berichtige ich.

»Stimmt, nur 1,4! Das ändert natürlich alles«, kommentiert sie sarkastisch. »Du musst doch gemerkt haben, dass da etwas faul ist, der war doch viel zu jung!«

»Ich weiß auch nicht, wie das passieren konnte. Mein Hirn hat ja noch eine Vollbremsung hingelegt, aber die Hormone waren schneller und haben einfach meinen Körper übernommen«, versuche ich mich zu verteidigen, wohl wissend, dass die Erklärung ziemlich abgedroschen klingt. »Und was heißt hier ›viel zu jung‹? Der war höchstens 10 Jahre jünger als ich ...«, spiele ich die Entrüstete.

Liane beugt sich zu mir vor, ihre gefühlt 27 orientalisch angehauchten Modeschmuckketten klimpern und glitzern um die Wette, dann blinzelt sie mir schelmisch über den Rand ihrer Brille zu und fragt mit anzüglichem Unterton: »War es die Sache denn wenigstens wert?«

»Liane! Was stellst du denn wieder für Fragen?«, weist Vera Liane mit ernster Miene zurecht. »Es geht doch hier nicht darum, ob sich ›die Sache‹, wie du es nennst, gelohnt hat. Sondern darum, dass der junge Mann Hanne belogen hat. Und seine Freundin hat er nebenbei betrogen. Klingt nicht so, als wolle er Verantwortung im Leben übernehmen, der will doch einfach nur seinen Spaß. Aber was Hanne braucht, ist doch ein zuverlässiger, alltagstauglicher Mann, der gerne auch ein helleres Licht am Leuchter sein darf als ein Elektrikergeselle.«

Liane lehnt sich wieder in ihr Sofa zurück, streicht lässig die hennaroten Haare aus dem Gesicht und erwidert mit geschürzten Lippen: »Also wenn du mich fragst, hat so ein bisschen Spaß noch nie geschadet ... Außerdem bist du ganz schön überheblich, weißt du das? Nicht jeder kann ein Studium vorweisen, das heißt aber nicht, dass derjenige ein schwaches Licht ist, wie du das nennst … Und selbst wenn …«, sie grinst genüsslich in die Runde, »… also ich weiß aus eigener Erfahrung, dass so ein gedimmtes Licht im Bett oft besser ist als ein helles, weil die hellen manchmal blenden.«.

Nadja fängt an zu kichern.

»Das kann ich bestätigen!«, sage ich noch einigermaßen beherrscht, aber als Liane und Nadja losgackern, lache ich herzlich mit. »Veralein, gönn' mir doch mal ein bisschen Spaß. Dass daraus keine Beziehung fürs Leben wird, war mir irgendwie auch klar. Aber etwas länger hätte sie schon dauern können«, maule ich enttäuscht.

»Ihr seid echt schrecklich albern!« Vera schüttelt tadelnd den Kopf, dann sagt sie zu mir: »An Olavs Geburtstag stelle ich dir mal seinen Arbeitskollegen Patrik vor. Die beiden haben zwar miteinander studiert, arbeiten aber erst seit einem Jahr für dieselbe Firma. Ich denke, Patrik könnte dir gefallen, außerdem ist er zu 100 % alltagstauglich.«

»Wow Hanne, er hat Veras oberstes Gütesiegel der Beziehungsfähigkeit erhalten … Da musst du zugreifen!« Nadja macht sich offensichtlich über Veras Qualitätskriterien eines geeigneten Mannes lustig.

»Aber sicher! Den darf ich mir natürlich nicht entgehen lassen«, antworte ich genauso ironisch und frage Vera mit einer gewissen Skepsis in der Stimme: »Und dieser Patrik ist auch Elektroingenieur wie dein Olav?« Olav ist ohne Zweifel ein herzensguter Mensch und ich kann ihn wirklich gut leiden, aber er ist eher der behäbige, bequeme Typ und manchmal ziemlich verpeilt.

»Ja, klar.«

Liane und Nadja verstehen sofort, worauf ich anspiele.

»Sei uns nicht böse, liebe Vera, wir wollen natürlich nicht das Klischee des Computernerds bemühen, aber ein bisschen spritziger als dein Olav dürfte er schon sein«, kichert Nadja.

»Na, die Hürde ist niedrig!«, setzt Liane abgeklärt hinzu.

Jetzt muss auch Vera lachen. »Ihr habt ja recht, mein lieber Mann ist nicht unbedingt die spontane Lebensfreude pur ... Naja, ich verrate jetzt nichts. Nächsten Samstag lernt ihr Patrik kennen, dann vergleichen wir die beiden miteinander.«

»Wie viele Gäste kommen eigentlich?«, fragt jetzt Liane und wechselt damit das Thema.

»Ungefähr 34 ... 35.«, antwortet Vera.

Dann besprechen wir, wer welches Essen zum Fest mitbringt. Nadja vereinbart mit Vera, beim Aufbau zu helfen, außerdem soll Philip am Vortag ihren Gasgrill und ein paar Biertischgarnituren vorbeibringen.

»Hanne, wie lange bleibt Helene eigentlich?«, fragt mich Vera plötzlich.

Ich erstarre, Helene hatte ich angenehmerweise ganz vergessen. »Bis Donnerstag oder Freitag, warum?«

»Ach, ich dachte nur, wenn sie am Samstag noch hier wäre, hättest du sie gerne mitbringen können.«

»Nee, lass mal. Mir reichen die paar Tage schon«, winke ich ab.

»Was du nur immer hast? Ich finde sie sehr nett und unterhaltsam.«

Nett und unterhaltsam, so konnten nur familiär unbelastete Menschen meine Schwester Lene beschreiben. Nett im Sinne von »nicht unfreundlich« mochte ja noch stimmen, aber »unterhaltsam« war eine stark verharmlosende Untertreibung von krankhaft selbstdarstellerisch und zwanghaft mitteilsam. Meine Schwester kann jeden ohne große Anstrengung ins Koma schwafeln. Dabei streut sie gerne so Bemerkungen ein wie: »Als ich das erste Mal dort war«, oder »Hätte ich gewusst, dass die Ureinwohner …«, noch so ein Klassiker von ihr: »Ich habe ja eigentlich keine Angst vorm Fliegen, warum auch? Aber ich kann euch nur raten, fliegt nie mit einer über 60 Jahre alten Lockheed Frachtmaschine über die Anden. Bei diesem Flug dachte ich wirklich ›Leni, das war's jetzt‹.« Spätestens bei dieser Geschichte hängen alle Zuhörer wie hypnotisiert an ihren Lippen, obwohl niemand außer ihr jemals in die wahnwitzige Situation käme, so etwas entscheiden zu müssen. Man sieht den Zuhörern an, dass sie äußerst dramatische Szenen aus Actionfilmen vor Augen haben, in denen das Flugzeug nach einer Bruchlandung mit nur noch einem Flügel über die Landepiste hinaus schlittert und ganz knapp vorm Abgrund zum Stehen kommt. Helene weiß das, korrigiert die Vorstellung aber nicht, sondern überlässt den Zuhörenden die Regie in ihrem Kopfkino. Beneidenswert. Natürlich finden alle diese lässige Dame von Welt cool. Aber ich kann solche Fragen wie:»Hanne, da macht dir deine kleine Schwester noch was vor, ne?« oder »Wolltest du so etwas nie machen?« nicht mehr hören. Wenn ich dann verlegen mit den Schultern zucke und ein gedehntes »Jaa …« oder »Nein …« von mir gebe, werde ich mitleidig angesehen und bekomme Sprüche wie:»Naja, es kann ja nicht jeder um die Welt reisen, ne?« oder »Die Gärtnerei kann man ja schlecht mitnehmen, hahaha …«. Das ist der Punkt. Mobil, immobil.

Helene ist 33 Jahre alt und lebt beziehungsweise arbeitet als sogenannte »Digitale Nomadin« überall auf der Welt, nur nicht in Deutschland. Digitale Nomaden arbeiten meist als Selbständige, manche aber auch als Angestellte, ausschließlich über das Internet, also ortsungebunden. Sie sind untereinander bestens vernetzt und tauschen Erfahrungen aus über Visabestimmungen, die Sicherheit in einigen Ländern, wo das Wetter oder das Internet besonders gut und die Lebenshaltungskosten günstig sind beziehungsweise was man in manchen Ländern unbedingt oder auf keinen Fall tun sollte. Da Helene schon in ihrer Schulzeit halb Europa bereist und von der weiten Welt geträumt hat, war es nicht verwunderlich, dass es sie nach ihrem Grafikdesignstudium zuerst mal für ein Jahr nach Amerika zog. Danach war sie kurze Zeit in Deutschland angestellt, aber nicht sonderlich glücklich damit. Sie machte sich selbständig und nahm ihre Aufträge einfach mit auf Reisen. Seit eineinhalb Jahren reist sie nicht mehr allein, sondern mit John, ihrem aus Australien stammenden Freund, um die Welt. Je nach Einreisebestimmung des betreffenden Landes bleiben sie ein paar Wochen bis mehrere Monate, arbeiten an ihren jeweiligen Projekten und schreiben zusätzlich noch einen Reiseblog. Die beiden reisen also nicht wie Touristen, die in den zwei bis drei Wochen ihres Jahresurlaubs alles erleben wollen, was der Urlaubsort zu bieten hat. Stattdessen suchen sie sich einen Lebensabschnittsort, den sie dann ganz unaufgeregt mit viel Zeit erkunden. Und wenn es ihnen aus irgendwelchen Gründen nicht mehr gefällt, reisen sie weiter. Helene und John verdienen genug, um sich eine einfache Unterkunft, ihre Hobbys, Flüge oder sonstige Reisekosten leisten zu können. Außerdem haben beide eine Krankenversicherung und investieren hier und da in Aktien oder andere Anlagen zur Altersvorsorge. In den letzten vier oder fünf Jahren war Helene nie länger als zwei Wochen am Stück zu Hause. Wobei sie den Begriff »zu Hause« sicherlich anders definieren würde als ich. Was ich persönlich gleichermaßen faszinierend, beneidenswert wie erschreckend finde, ist, dass Lene zwar noch ihr Zimmer bei unseren Eltern und ein paar Dinge im Keller hat, aber sonst nur ihren Tourenrucksack samt Inhalt, einen Laptop und ein Handy besitzt. Das ist alles. Sie muss sich nie darum kümmern, dass die Kinder genug Obst und Gemüse essen, die Gas-, Strom-, Müllgebühren richtig abgebucht werden, die Blumen gegossen sind oder das Auto neue Winterreifen braucht.

Ich versuche Vera eine Antwort zu geben: »Ich weiß, was du meinst. Aber genau dieses ›alle sind von der tollen Kosmopolitin begeistert‹ geht mir so auf die Nerven. Egal wo sie auftaucht, reißt sie die Aufmerksamkeit an sich, da können alle anderen einpacken.«

»Naja, so genau kenne ich Helene natürlich nicht. Als wir damals hergezogen sind, hat sie gerade Abitur gemacht und fing dann an zu studieren. Seitdem habe ich sie höchstens einmal im Jahr gesehen«, sagt Vera.

»Ich weiß, was Hanne meint«, mischt sich Nadja jetzt ein. »Helene ist ausgesprochen hübsch, so zart und lieblich ... und weiß das auch. Außerdem ist sie redegewandt, voller Energie, versprüht gute Laune und wirkt trotzdem immer so gelassen und mega cool ... Aber man darf sich davon nicht täuschen lassen, sie kann auch ein richtiges Biest sein und hat Hanne oft gegen die Eltern ausgespielt.« Nadja nickt mir verständnisvoll zu, sagt dann aber noch: »Aber ... liebe Hanne. Ich glaube, wir wissen alle, dass du bei diesem Thema auch gerne mal übertreibst und eigentlich ein bisschen neidisch bist auf Lenes Lebensstil und ihre Freiheit, so ungebunden durch die Welt zu tingeln.«

»Nein, bin ich nicht!«, reagiere ich sofort sichtlich angefressen, gebe dann aber, nach einem Sei-ehrlich-Blick von Nadja kleinlaut zu: »Jedenfalls nicht mehr so sehr wie früher ...«

Nadja fährt fort: »Und für manche Probleme, die du mit ihr hast, kann sie nichts, weil sie schlicht und einfach acht Jahre jünger ist als du. Ich weiß zum Beispiel noch, wie du dich aufgeregt hast, weil sie zeitgleich mit dir ein Handy bekam. Du hast dir deins selbst gekauft und deine Eltern haben nach erster Abwehr erkannt, wie praktisch so ein Ding ist, und Leni eins geschenkt, damit sie sich von überall her melden konnte beziehungsweise für deine Eltern erreichbar war.«

»Stimmt, das Handy!«, ereifere ich mich. »Mir hätte mein Vater mit 15 ganz sicher keins gekauft ... ›So ein Quatsch, ein Telefon zum Mitnehmen, das setzt sich nicht durch ...‹, hätte er gesagt.«

Vera und Nadja stimmen mir lachend zu und bestätigen, diese Einstellung auch von ihren Eltern zu kennen. Liane dagegen erzählt, dass sie ihr erstes Mobiltelefon, mit dem Gewicht eines Backsteins, von ihrem Vater zum 18. Geburtstag bekommen hat.

Mir fällt wieder ein, was ich noch erzählen wollte, und sage: »Viel schlimmer war für mich die Sache mit dem Reisen. Helene schwirrte schon mit zwölf Jahren in jeden Ferien mit irgendwelchen Jugendgruppen davon, in den Sommerferien sogar vier Wochen lang. Sie gewöhnte unsere Eltern früh an ihre Selbständigkeit oder besser gesagt Abwesenheit. Ich dagegen durfte in ihrem Alter nicht in diese Jugendfreizeiten, sondern immer nur zu meiner Tante Wiltrud, oder mal ein paar Tage zu meiner Patentante ins Allgäu, Kühe gucken!«

»Kühe vor Bergpanorama sind doch ganz bezaubernd ...«, stichelt Nadja.

»Ja, für Kleinkinder und Senioren ... aber nicht für Teenager!«, lacht Vera.

»Ja, genau, das nutzt sich mit der Zeit ab«, antworte ich und fahre fort: »Nach dem Abitur planten Nadja und ich mit zwei Freunden, eine Wandertour durch Portugal. Was war das ein Kampf, dass ich wenigstens vier Wochen bleiben konnte. Die anderen blieben noch drei Wochen in Spanien und reisten über Frankreich zurück. Ich nehme meinen Eltern ja ab, dass sie Angst um mich hatten, aber ich denke mal, dass auch meine Arbeitskraft im Betrieb fehlte und sie deshalb darauf drängten, dass ich wieder nach Hause kam.«

»Oje, du Arme«, sagt Vera mitfühlend. »Ich hätte nach dem Abi zwar weggedurft, so wie meine beiden Geschwister vor mir auch. Ich habe mich aber nicht so getraut und habe stattdessen ein Praktikum in einem Architekturbüro gemacht. Aber außer Kaffee kochen, Pläne aufrollen und Stifte anspitzen habe ich dort leider nichts gelernt, ich wäre wohl doch besser verreist ...«, sie verzieht das Gesicht zu einer Grimasse und wir müssen lachen.

»Ach, deshalb gibt es bei dir immer den leckersten Kaffee?«, fragt Liane scherzend und Vera antwortet bedauernd: »Nein, leider nicht. Ich denke mal, das liegt eher an Olavs 2000 Euro Höllenmaschine ...«, dann hat sie noch eine Frage an mich »Woher hatte Lene eigentlich das Geld für die Reisen?«

»Naja, die Jugendfreizeiten haben natürlich meine Eltern bezahlt. Und später war sie einfach schlauer als ich und hat sich von meinen Eltern für ihre Mithilfe im Betrieb bezahlen lassen.«

»Ganz schön geschäftstüchtig ... Und du hast nie Geld bekommen?«

»Nein, für mich war es immer normal, mitzuarbeiten, ich wäre nie auf die Idee gekommen, Geld zu verlangen.«

»Verstehe. Eigentlich klar, dass es bei euch manchmal knirscht ... Will Lene das eigentlich ewig machen, dieses Nomaden-Ding, oder hat sie vor, irgendwann wieder nach Deutschland zu kommen?«

»Keine Ahnung, darüber haben wir noch nie gesprochen, aber ich denke mal, so schnell wird sich daran nichts ändern ... Zum Leidwesen meiner Eltern, die würden sich sicherlich freuen, sie öfter zu sehen und in ›Sicherheit‹ zu wissen. Ihnen ist dieses Nomaden-Leben nämlich äußerst suspekt. Besonders mein Vater sorgt sich immer um sein Augäpfelchen.«

»Ach, Hanne, sag' doch sowas nicht!«, sagt Nadja tadelnd. »Dein Vater weiß sehr wohl, was er an dir hat. Ohne dich hätte er nämlich keine Enkel und der Betrieb würde nicht weitergeführt werden.«

»Ja, du sagst es: ›Er weiß, was er an mir hat‹ ... Aber sobald Lene auftaucht, bin ich abgemeldet ...«, schmolle ich weiter.

»Na, zum Glück kommt sie nicht so oft«, sagt Liane fröhlich und füllt unsere Gläser nach. Dann haken wir das lästige Schwesterthema ab und unterhalten uns noch über Kinder, Eltern, Arbeit und kichern über den einen oder anderen Klatsch und Tratsch.

KAPITEL 5

Am nächsten Tag habe ich das schöne Wetter genutzt und mit den Kindern auf der Terrasse zu Mittag gegessen. Wir sind gerade fertig geworden, ich schenke mir noch ein Glas Wasser ein und die Kinder stehen auf, um ins Haus zu gehen.

»Irma, Jakob, auch wenn heute Sonntag ist, nehmt bitte eure Teller und Gläser mit und stellt sie in die Spülmaschine«, fordere ich meine Kinder auf, einer ihrer wenigen Miniaufgaben im Haushalt nachzukommen, bevor sie sich mal wieder leise davonstehlen können.

»Jaha, hätte ich doch noch gemacht!«, antwortet Irma genervt, obwohl sie schon – Handy voraus – in Richtung Terrassentür läuft.

»Also Mama, die zwei Teller, Gläser und Besteck kannst du doch auch noch reintragen«, glaubt mein Jüngster jetzt zu dem leidlichen Thema beitragen zu müssen.

»Moment, junger Mann, so nicht«, stoppe ich meinen aufmüpfigen Sohn, »es ist zwar nicht so, dass ihr mir mit den kleinen Handgriffen eine große Hilfe seid, aber …«

»Sag' ich doch, dann können wir es doch gleich lassen …«, kickt Jakob jetzt die Bemerkung dazwischen, von der er genau weiß, dass sie mich auf die Palme bringt, noch bevor ich meinen Appell für ein reibungsloses Miteinander und eine gewisse Achtung untereinander beenden kann.

»Nein, eben nicht!«, erwidere ich ungehalten. »Es geht ums Prinzip! Ihr seid hier keine Gäste, sondern müsst wenigstens einen kleinen Beitrag zum Haushalt leisten, als Zeichen des guten Willens, das ist ja wohl nicht zu viel verlangt.«

»Doch! Bei Papa und Petra müssen wir wenigstens nicht helfen ...«, mault Jakob weiter.

»Ja, aber nur, weil du den superteuren Teller geschrottet hast«, plaudert Irma ein kleines Geheimnis aus.

»Ach Quatsch, an dem hässlichen Ding lag es nicht. Petra hat gesagt, dass sie das lieber selbst macht und dass Papa auch nicht helfen muss. Außerdem kommt doch viermal die Woche 'ne Putze.«

»Sag' mal, wie redest du denn über diese Frau? Man sagt nicht Putze, das ist abwertend. Das ist eine Haushalts- oder Putzhilfe«, korrigiere ich Jakob.

»Okay, dann halt Putzhilfe ... Können wir nicht auch so eine haben?«

»Nein, das brauchen wir nicht!«, sage ich entschieden und setze dann etwas versöhnlicher hinzu: »Ich finde, wir schaffen das doch super alleine, wenn wir zusammenhalten und ihr ein bisschen mithelft.«

»Naja ..., alles klappt ja nicht so toll ...«

»Halt endlich die Klappe, du Hirni!«, zischt Irma ihren Bruder an und stößt ihn in die Rippen.

»Moment, wie meinst du das? Hast du vielleicht das Gefühl, dass ich meinen Haushalt nicht im Griff habe?«

Irmas »Nein, so hat er das nicht gemeint ...« kann Jakobs »Naja ...« nicht ganz übertönen. Ich bin schockiert und sauer auf das undankbare Pack. »Dann ist es wohl höchste Zeit, dass ich euch ein paar neue Aufgaben gebe. Da wären zum Beispiel: Staubsaugen, Toiletten putzen, die Hundeköttel ...«

... BECAUSE I'M HAPPY ... CLAP ALONG IF YOU FEEL LIKE ...

Ich schrecke zusammen. Der Klingelton meines Handys brüllt mit gnadenloser Gute-Laune-Musik meine schöne Aufzählung nieder. Die angezeigte Nummer kenne ich nicht.

»Ich geh' dann mal rein«, nutzt Jakob sofort die Gelegenheit zur Flucht.

»Teller!«, sage ich grimmig und zeige auf das Geschirr. Jakob und Irma verdrehen die Augen, nehmen aber brav ihre Sachen mit rein.

Ich höre noch, wie Irma ihren Bruder anmotzt: »Hast du ja prima hingekriegt ...« Jakobs Antwort verstehe ich nicht mehr, weil ich nach meinem Handy greife und das Gespräch annehme.

»Kessler-Beck, hallo?«

»Tach, Chefin, hier ist der Simon«, meldet sich unser neuer Mitarbeiter. Ich habe ihn vor vier Monaten als Schwangerschafts- beziehungsweise Elternzeitvertretung für Blanka eingestellt. Bis darauf, dass er gleich in der ersten Woche mit dem Gabelstapler ein Regal mit dem Angebot der Woche umgefahren hat, hat Simon sich schon gut eingearbeitet. Aber bis er Blanka, die seit ihrem ersten Ausbildungsjahr bei uns ist, ersetzen kann, muss er natürlich noch viele Arbeitsabläufe im Betrieb kennenlernen. Blanka, die Unermüdliche, wie wir sie nennen, gehört schon seit 13 Jahren zu unserem Team und hatte im vergangenen Jahr maßgeblichen Anteil an der Neugestaltung unserer Schaugärten. Leider ging es ihr in dieser Schwangerschaft nicht so gut wie in der ersten. Deshalb will sie bei diesem Kind länger zu Hause bleiben, obwohl sie außer ihrem Mann ein Großaufgebot an Großeltern, Onkel und Tanten am Start hat, das sich schon nach der Geburt des ersten Kindes um dessen Betreuung gerissen hat.

»Simon? Mit dir habe ich jetzt nicht gerechnet. Was gibt's?«

»Also ... es ist so ... Chefin ... ich fahre doch gerne Motorrad ...«

»Ja, du kommst doch jeden Tag damit hierher«, bestätige ich, werde aber aus seinem Gestammel nicht schlau und frage nach: »Ist es kaputt?«

»Ja, das auch ... also gestern war doch so schönes Wetter und da habe ich mit ein paar Kumpels 'ne Spritztour gemacht und da, also da bin ich aus so einer blöden Kurve geflogen und im Acker gelandet.«

»Oh nein, wie schrecklich ... Ist dir etwas passiert?«

»Ja, das ist ja das Doofe ... Ich liege im Krankenhaus.«

»...«

»Chefin? Bist du noch dran?«

»Ja«, sage ich kläglich, »und was hast du?«

»Die linke Schulter ist gebrochen ...«

»Uahh«, unwillkürlich ziehe ich die Ellbogen an den Körper, »das klingt gar nicht gut, du hast bestimmt heftige Schmerzen ...«

»Im Moment nicht, ich hänge hier am Tropf und da ist auch 'ne ordentliche Portion Schmerzmittel drin.«

»Okay, na wenigstens die Drogen sind gut«, versuche ich einen Scherz und stelle dann die unvermeidbare Frage: »Und wie lange dauert die Sache?«

»Naja, ich muss zwei oder drei Tage nach der Operation hier bleiben ... und dann meint der Arzt ich könnte in zehn bis zwölf Wochen schon wieder arbeiten«, beantwortet Simon meine Frage eine Spur zu fröhlich.

»›Schon‹ ... na klasse ...«, sage ich schlapp.

»Ja, ist voll dumm gelaufen, ich weiß …«

»Naja, es dauert so lange, wie es eben dauert«, sage ich aufmunternd, Galgenhumor hilft ja manchmal. »Jetzt werd' erstmal gesund und sei mal froh, dass da kein Baum stand …«

So, ausgewitzelt … Und wie sollen wir denn jetzt die ganzen Hochwasserschäden beseitigen, inklusive der Bewässerungsrohre, die neu verlegt werden müssen? Und wer fährt in den nächsten Wochen die großen Lieferungen aus? Außerdem soll das Gewächshaus, in dem Tarzan mal in der Rinne feststeckte, abgebaut werden. Erst vor kurzem habe ich – nach zähem Ringen – meinem Vater wenigstens den Verkauf des unteren Glashauses abgetrotzt.

Während ich mir bildreich ausmale, wie ich in Arbeit versinke, bis nur noch eine schlaffe Hand herausschaut, springen die Hunde auf und laufen zum Gartentürchen. Kurz darauf betritt mein Vater die Terrasse. »Hallo Hanne. Na, habt ihr schon gegessen?«

»Ja. Wir sind schon eine Zeit lang fertig. Du kommst genau richtig, setz' dich doch«, sage ich und zeige auf einen Stuhl. »Ich habe leider schlechte Nachrichten: Simon hat gerade angerufen und mir gesagt, dass er einen Motorradunfall hatte und …«, dramatische Kunstpause … »zehn bis zwölf Wochen ausfällt! Was sagst du dazu?«

Die Information sitzt, mein Vater sieht mich entsetzt an. »Ich sag' ja immer, dass die Dinger gefährlich sind …«

»Papa, ich rede nicht von dem blöden Motorrad, sondern davon, dass Simon etwa drei Monate ausfällt, verstehst du?«

»Was hat er eigentlich? Ist er im Krankenhaus?«, fragt mein Vater, ohne auf meine Frage einzugehen.

»Schulterbruch, OP, zwei Tage Krankenhaus, dann Reha«, antworte ich knapp.

»Oje, der Arme ...«

»Ja, Papa! Aber wir müssen sofort noch jemanden einstellen, die Schäden vom ...«

»Ach Quatsch, das schaffen wir auch so. Da müssen wir halt ein bisschen mehr anpacken ...«, fällt mir mein Vater ins Wort.

»Noch mehr?«

»Ich kann ja deiner Mutter mal Bescheid sagen, dass sie die Aushilfen zusammentrommeln soll«, sagt mein Vater in jenem unverbindlichen Tonfall, der mir sagt, dass ich Mama besser selbst damit beauftrage. Dann sehe ich, dass sich die Miene meines Vaters wieder aufhellt, schließlich strahlt er über das ganze Gesicht und verkündet: »Na, wenigstens habe ich eine gute Nachricht. Stell' dir vor, Helene kommt heute schon! Ich kann sie um fünf am Bahnhof abholen.«

»Was heute?«, rufe ich entsetzt »Ich dachte, sie ist noch bis morgen bei ihren Studienkolleginnen.«

»So war es geplant, aber bei der Freundin, bei der sie die zweite Nacht bleiben wollte, sind die Kinder krank geworden. Und bevor sie sich noch etwas anderes sucht, kommt sie lieber nach Hause.«

Echt jetzt, wir sind Plan B? Wie großzügig und uneigennützig von ihr ... denke ich, sage aber: »Na, das ist doch prima ...«

»Ja, dann bleibt sie einen Tag länger bei uns!«, freut sich mein Vater. »Mama kocht heute Abend und ich soll dir sagen, dass du um sechs Uhr mit Irma und Jakob rüberkommen sollst. Helene freut sich schon sehr auf die Kinder.«

Ich denke nicht groß nach und frage: »Kann sie sich nicht mal selbst welche anschaffen?«

»Was, Kinder? Aber wie soll sie das denn machen? Kinder passen doch wirklich nicht zu ihrer Art zu leben.«

»Nein, Papa, ihre Art zu leben passt nicht zu Kindern.«

»Das habe ich doch gerade gesagt.« Mein Vater sieht mich verständnislos an.

Es hat keinen Zweck, meinem Vater den Unterschied zu erklären, denn sobald er das Gefühl hat, dass ich in irgendeiner Weise seine Lieblingstochter kritisiere, wird er unsachlich. Mich hatten meine Eltern schon mit 23 gefragt, wann sie denn mit Enkeln rechnen könnten. Ich antwortete immer, dass das ja wohl noch viel Zeit hätte. Drei Jahre später kam Irma zur Welt. Aber sie würden sich nie trauen, Helene nach einem eventuellen Kinderwunsch zu fragen.

»In ihrem Alter hatte ich längst zwei Kinder«, sage ich bockig, mehr zu mir selbst als zu meinem Vater.

»Ja und das war doch gut so, oder nicht?« Mein Vater sieht mich fragend an und sagt dann, als müsste er mich beruhigen »Warte mal, irgendwann kommt Helene wieder zurück oder sie zieht mit John nach Australien, dann bekommt sie auch Kinder.«

Es hat wirklich keinen Zweck.

KAPITEL 6

Ich bin gespannt, wie Helene im Moment aussieht. Im Großen und Ganzen ist sie eine etwas kleinere und zierlichere Ausgabe von mir. Sie ist immer braungebrannt und hat ultralange Haare, die nur sie so lässig mit einem Schal verwoben um den Kopf wickeln kann, dass es aussieht, als käme sie gerade vom Filmset eines Wüstendramas. Bis auf etwas Mascara ist sie immer ungeschminkt, kleidet sich eher schlicht und setzt lieber Akzente mit auffälligem Schmuck oder mit Halstüchern, die mit Perlen und Pailletten bestickt sind. Für Irma ist Lene die Stylingqueen, von der sie sich immer etwas abschaut. Schon als wir den Hausflur meiner Eltern betreten. strömt uns der Duft von Mamas Kartoffelsuppe entgegen.

»Kartoffelsuppe, lecker ... dann macht Oma bestimmt auch Waffeln ...«, schwärmt Jakob.

»Oder Dampfnudeln mit Vanillesoße ...«, Irma schnuppert. »Mmhh, lecker ... Das könntest du auch mal machen, statt nur Fertigpizza.« Zack. Seitenhieb.

Im Stillen hoffe ich auf Dampfnudeln, dazu macht Mama nämlich außer Vanillesoße auch immer ihre köstliche Weinschaumsoße. In ihr könnte ich baden und mit ihr wäre Lene besser zu ertragen. Meine Antwort an Irma, »Dampfnudeln kann Oma besser als ich«, geht allerdings unter, weil uns Lene entgegenkommt »Jakob, Irma ... ich freue mich so, euch zu sehen!« Großes Hallo und Umarmungen folgen und natürlich lassen sie sich von Helene abküssen und durch die Haare wuscheln ... kein Ding.

Dann löst sie sich von den Kindern und begrüßt mich. »Hey, große Schwester lange nicht gesehen ...« Wir umarmen uns, dann tritt Lene einen Schritt zurück und sagt: »Gut siehst du aus ... Die Bluse gefällt mir, irgendwie so retro.«

Ich wittere natürlich prompt eine Provokation und antworte nicht wirklich geschickt: »Die ist nicht retro, die ist ganz neu ...«

»Bleib' locker, Schwesterlein, du musst dich nicht gleich wieder angegriffen fühlen ... Ich finde sie wirklich schön«, flötet Lene und geht, glockenhell lachend, voraus in die Küche. Dort steht unsere Mutter am Herd und rührt in der Kartoffelsuppe. Ich schaue mich schnell um und entdecke auf der Anrichte meinen Rettungsanker, die bauchige Blümchenschüssel mit Deckel, in der Mama immer die Weinsoße serviert. Beruhigend.

»Das Essen ist bald fertig, ihr müsst mir nicht helfen, geht einfach ins Wohnzimmer zu Papa«, schickt uns meine Mutter aus der Küche.

»Sag' mal Lene, wollte John nicht ursprünglich mitkommen?«, frage ich Lene.

»Doch, er wäre gerne mitgekommen, aber dann haben ihm Freunde angeboten, dass er vier Wochen lang auf ihrem neuen Boot mitsegeln kann, sozusagen als Jungfernfahrt, bevor sie dann zwei Monate später zu einer Weltumsegelung starten, da konnte er natürlich nicht Nein sagen.«

»Klar, wer könnte dazu schon Nein sagen?«, bestätige ich und versuche mir die Ironie nicht anmerken zu lassen.

Mein Vater sieht Lene verständnisvoll an und nickt leicht mit dem Kopf, obwohl er eine vierwöchige Segeltour normalerweise als unsinnigen Quatsch abtun würde. Lene ist noch keine Stunde da und hat ihn wieder voll im Griff. Wie macht sie das nur?

»Schaut mal, ich habe euch Geschenke aus Thailand mitgebracht, da komme ich gerade her«, sagt Lene und überreicht Irma ein kleines Stoffsäckchen mit türkisfarbenem Muschelschmuck. Jakob bekommt ein T-Shirt mit einem Elefanten drauf, in das er noch locker zwei Jahre hineinwachsen kann. »Und für dich, Hanne, habe ich eine Buddhafigur. Die musst du in eurem Wohnzimmer so aufstellen, dass du sie von überall sehen kannst und dann solltest du mal anfangen, davor zu meditieren, das beruhigt und hilft dir, deine Mitte zu finden.«

»Welche Mitte? Und was heißt da beruhigen? Ich bin ganz ruhig!«, sage ich bockig.

»Siehst du, das meine ich«, sagt Lene sanft wie zu einem Kind, »du bist immer so angespannt und so negativ drauf. Das Meditieren holt dich runter und entspannt ... nicht nur den Geist, auch den Körper.«

»Mama, das solltest du echt mal machen, du bist immer so schnell genervt«, fällt mir Jakob in den Rücken.

»Bis das hilft, kommt Mama monatelang nicht mehr zum Arbeiten, weil sie den ganzen Tag meditieren muss ...om om om ...«, spöttelt Irma und bringt damit alle zum Lachen. Ich tue so, als würde ich auch darüber lachen und sage: »Jaja, macht euch nur über eure alte Mutter lustig.« Aber eigentlich spüre ich wieder diesen Kloß im Hals, der sich nicht einfach runterschlucken lässt. Lene schafft es immer wieder, mich mit ihrem »Glaube mir, ich weiß, wie es geht, und will dir doch nur helfen«-Gelaber spüren zu lassen, dass sie mich für eine biedere, verkrampfte Hausfrau und Mutter hält, die sich in all den Jahren nicht weiterentwickelt hat. Dabei hat sie doch gar keine Ahnung vom wahren Leben ... und von meinem schon gar nicht. Und was ich ganz und gar nicht leiden kann, ist, wenn sie, wie gerade eben, so nebenbei und scheinbar ohne Absicht, die Kinder instrumentalisiert, sich über mich lustig zu machen.

Lene hat sich Papa zugewandt und fragt ihn: »Na, Papa, wie hat dir mein neuester Blogbeitrag über Koh Samui gefallen?«

»Super, du hast wieder so schöne Fotos gemacht. Ich hätte nicht gedacht, dass die Tempel so bunt sind. Und diese riesigen, goldenen Buddhafiguren sind wirklich beeindruckend«, antwortet Papa begeistert.

»Ja, echt irre, da fühlt man sich so winzig daneben.« Helene wischt auf ihrem Handy herum und zeigt uns ein paar Bilder.

»Und wie findest du die Strandbilder mit den Palmen?«

»Naja, natürlich auch schön. Dort finde ich die Palmen gut, da gehören sie ja auch hin«, sagt mein Vater lächelnd.

»Ich verstehe das nicht, Papa. Du schaust dir regelmäßig Lenes Reiseblog an und telefonierst per Video mit ihr, aber meine Website vom Betrieb hast du dir noch nie ganz angesehen. Wäre das anders, wenn Lene sie gemacht hätte?«, frage ich provokant.

»Nein, natürlich nicht, was du wieder denkst ...«, reagiert mein Vater empfindlich auf meinen Vorwurf.

Lene mischt sich ein: »Ich habe mir deine Website angesehen, die ist okay, aber man hätte einiges besser machen können. Hättest du gefragt, hätte ich dir gerne geholfen.«

Aber natürlich, Schwesterlein, ich schlage mir die Nächte mit dem Programm um die Ohren, dann schaust du mal drauf, änderst hier und da eine Kleinigkeit und dann sagen alle: »Ach, Hanne, wie gut, dass Lene sich so gut damit auskennt, ne?« Aber diesen Triumph gönne ich dir nicht. Deshalb antworte ich so charmant und lässig wie möglich: »Ja, das weiß ich doch, aber das war gar nicht nötig, es war nämlich ganz einfach.«

Bevor Lene antworten kann, ruft unsere Mutter zum Essen. Alle nehmen sich von der Suppe und während meine Schwester wortreich eine anstrengende Wanderung zu irgendwelchen, atemberaubenden Wasserfällen zum Besten gibt, löffele ich schon mal ein Schälchen Weinschaumsoße.

Meine Mutter schaut zufrieden auf ihre futternde Familie und sagt zu Lene und mir: »Als ihr klein wart, war das euer Lieblingsessen.«

»Wir waren nie gemeinsam klein, als Lene klein war, war ich in der Pubertät ...«, stelle ich trocken fest, »und musste immer auf sie aufpassen.«

»Du willst mir jetzt aber nicht schon wieder vorwerfen, dass ich deine Jugend zerstört habe, weil du ab und zu auf mich aufpassen musstest, oder?«, stöhnt Lene genervt.

»Von wegen ab und zu ... Nein, ich denke mal, hier weiß jeder, dass ich fast täglich auf dich aufgepasst habe ... und das wäre ja noch okay gewesen, wenn du wenigstens auf mich gehört hättest. Aber wenn ich mit dir gespielt, gemalt oder gebastelt habe, war dir ganz schnell langweilig und du bist einfach weggelaufen oder hast dich versteckt.«

»Ja, das weiß ich noch. Einmal habe ich mich sogar auf dem Dachboden versteckt«, sagt Lene mit einem verbindenden Blinzeln zu den Kindern. »Da stand so ein alter Ohrensessel ... ich habe die Folie weggezogen und mich mit einer Kiste Bilderbücher von Papa, die ich da oben gefunden habe, hingesetzt. Es muss später Nachmittag gewesen sein, ich war etwas müde und bin in dem Dämmerlicht eingeschlafen.«

»Oh, das war schrecklich«, mischt sich jetzt meine Mutter in Lenes Erzählung ein. »Wir haben über eine Stunde nach ihr gesucht, irgendwann wurde sie von den Rufen wach und hat geschrien wie am Spieß, weil es dort oben mittlerweile stockdunkel geworden war und sie Angst hatte.«

»Echt? Du Arme!«, sagt Irma bedauernd und Jakob fragt: »Und dann?«

»Dann wurde ich ausgeschimpft und bekam für den Rest der Woche Stubenarrest!«, antworte ich anklagend in Richtung meiner Eltern, bevor Lene etwas sagen kann.

»Stimmt. Aber wir waren völlig aufgelöst von der Suche und sauer auf dich, weil wir dachten, dass du das bisschen Aufpassen doch hinbekommen müsstest«, erklärt meine Mutter.

»Ich war erst 13 und Lene ist verschwunden, während ich auf der Toilette war, obwohl ich ihr gesagt habe, dass sie auf mich warten soll«, sage ich mit belegter Stimme.

»Ja, die Strafe war ungerecht, entschuldige bitte«, sagt meine Mutter mitfühlend. »Und ich gebe zu, dass Lene sehr, sehr anstrengend war. Damals habe ich nicht gemerkt, dass du mit der Aufgabe wirklich überfordert warst, ich dachte, du hättest einfach keine Lust.«

»Stimmt beides, zuerst war ich überfordert und dann hatte ich keine Lust mehr.«

Um die gedrückte Stimmung etwas aufzuheitern, fragt meine Mutter: »Wer will jetzt eine Dampfnudel?« Dann verteilt sie das Gebäck und reicht Vanille- und Weinschaumsoße dazu, während ich die Suppenteller in die Küche trage. Als ich mich wieder an den Tisch setze, fragt Jakob seine Tante: »Und was macht man als Grafikdesignerin?«

»Ich gestalte alles, was gedruckt werden und dann besonders schön aussehen soll, wie zum Beispiel Plakate, Flyer, Prospekte und Kataloge.« Sie zeigt ein paar Beispiele auf ihrem Laptop in die Runde. »Schau mal, hier habe ich ein Prospekt mit richtig coolen Poolanlagen für einen Hersteller gemacht.«

»Der ist ja mega«, ruft Jakob und zeigt auf einen Luxuspool unter Palmen »oder der runde da mit Wasserfall ist auch super ... Und das kannst du überall machen, wo du gerade bist?«

»Naja, fast ... ich brauche nur einen guten Internetzugang, aber das ist meist kein Problem.«

»Dann könntest du hier nicht arbeiten«, sagt Irma und grinst, »unser Internet ist nämlich Kacke.«

»Irma!«, rügt meine Mutter ihre Ausdrucksweise.

»Na zum Glück ist das in einer Gärtnerei nicht das wichtigste Arbeitsgerät, nicht wahr, Schwesterlein?«, fragt mich Lene.

Ich weiß genau, worauf sie hinauswill und antworte: »Nein, Schwesterherz, bei uns ist noch wahre, echte Arbeit gefragt, so mit schwerem Gerät und Muskeln und so.«

»Tja, Augen auf bei der Berufswahl, sage ich immer ...«

»Jetzt lasst das doch mal, müsst ihr euch immer streiten?«, tadelt uns jetzt unser Vater.

»Sie hat doch damit angefangen«, sage ich sauer. »Und gleich behauptet sie wieder, dass sie eventuell auch Gärtnerin gelernt hätte, wenn nicht Michael und ich den Betrieb schon ›besetzt‹ gehabt hätten.«

»Ach, Schwesterlein, es ist doch alles gut so, wie es ist, oder?«, fragt Lene scheinbar versöhnlich und beendet somit den Streit ohne Ergebnis.

»Lene, was machst du eigentlich die ganze Woche?«, fragt

Jakob mit einem gewissen Unterton, der vermuten lässt, dass er gerne etwas mit ihr unternehmen würde.

»Zuerst einmal werde ich mindestens drei Tage ausschlafen«, antwortet Lene, schließt die Augen und schnarcht demonstrativ. »Dann habe ich eurer Oma versprochen, endlich mal mein Zimmer und den Keller auszumisten. Und ich will noch ganz viele Freunde und Freundinnen von früher besuchen ... Aber wir drei könnten auch etwas miteinander unternehmen, was meint ihr?«

»Auja ... wir könnten ins Schwimmbad gehen oder in den Zoo oder ... Ich weiß es: Wir gehen klettern im Hochseilgarten!« Jakobs Stimme überschlägt sich fast und er strahlt über das ganze Gesicht.

Lene ist sofort begeistert: »Der Kletterpark ist eine super Idee, Jakob. Was meinst du, Irma?«

Irma scheint sich zwar ein anderes Ausflugsziel erhofft zu haben, aber den Kletterpark fand sie schon immer gut. »Oh ja! Mama dürfen wir mit Lene in den Hochseilgarten?«

»Okay, meinetwegen ...«, gebe ich zögerlich mein Einverständnis.

»Jippieh!«, schreit Jakob.

»Yes ...«

»Aber nur auf die grünen und gelben Routen, die roten sind für Jakob noch zu schwer«, sage ich und bin mir bewusst, dass ich wieder die Spielverderberin bin.

»Nein, gar nicht. Wir lassen lieber die grünen weg, die sind doch für Babys«, versucht Jakob mit mir zu handeln.

»Nein, mein Lieber, die blauen sind für die kleinen Kinder ab vier. Die grünen sind für große Kinder und Erwachsene zum

Aufwärmen und Üben. Euer Basketballtrainer sagt auch immer, dass ihr euch warmmachen müsst.«

»Komm, Jakob, Mama hat recht, die roten sind wirklich schwer. Und von den gelben gibt es eh die meisten«, versucht Irma ihren Bruder zu überzeugen.

»Okay, dann halt nur die einfachen ...« Jakob gibt sich geschlagen. Wir vereinbaren mit Lene, dass sie die Kinder am Donnerstag am frühen Nachmittag abholt. Und weil morgen Schule ist, wird es Zeit, uns zu verabschieden.

KAPITEL 7

Heute ist der Elternabend in Jakobs Klasse. Wir müssen deshalb eine halbe Stunde früher essen und Irma soll mir helfen, den Abendbrottisch zu decken. Nachdem sie drei Teller auf den Tisch gestellt hat, setzt sie sich mit angezogenen Beinen auf einen Stuhl und tippt etwas in ihr Handy.

»Irma, lege bitte dein Handy zur Seite und decke weiter den Tisch«, fordere ich sie freundlich auf, während ich eine Gurke und Paprika zu Rohkost klein schneide.

»Wo ist eigentlich Jakob? Warum hilft der nicht? Ist doch schließlich sein Elternabend«, fragt sie maulig, ohne von ihrem Handy aufzusehen.

»Jakob hat vor zehn Minuten geschrieben, dass der Opa und er bald am Baumarkt losfahren. Sie haben Material für die neuen Ausstellungshochbeete gekauft und das hat natürlich länger gedauert als geplant.«

»Na und? Dafür kann ich doch nichts«, motzt Irma weiter und tippt unentwegt auf ihrem Handy herum. An dem staccatoartigen Piepsen des Gerätes erkenne ich, dass wohl ein reger Austausch mit mehreren Chatmitgliedern stattfindet.

»Was ist das denn für eine Argumentation? Natürlich kannst du nichts dafür. Aber das sollte dich doch nicht daran hindern, den Tisch zu decken? Also: Handy weg und los geht's.«

»Ich habe aber keine Zeit! Siehst du nicht, dass ich beschäftigt bin?« Irma schüttelt genervt den Kopf und sieht mich an, als würde sie an meinem Verstand zweifeln.

»Was hast du denn so Wichtiges zu erledigen?«

»NICHTS!«

»Aha ... verstehe, du bist mit ›nichts‹ zu beschäftigt, um den Tisch zu decken ...«, rufe ich ungehalten, aber dann ändere ich meine Taktik und säusele Ironie triefend: »Weißt du, Irmilein ... ich verstehe natürlich, dass du keine Zeit hast, den Tisch zu decken, aber ich wäre dir wirklich unendlich dankbar, wenn du wenigstens mal ganz kurz die liebenswerte Güte hättest, die Hunde in den Garten zu lassen, falls einer nochmal müsste.«

»Hm ...«

»IRMA! JETZT! SOFORT! Leg' das Handy hin und lass die Hunde raus!« Der Aber-flott-Befehlston scheint mir außergewöhnlich gut gelungen zu sein. Immerhin zuckt Irma kurz zusammen, steht murrend auf, motzt mir ein »Ja, ist ja gut, beruhig' dich mal« hin, wirft in einer theatralischen Geste ihr heiliges Handy auf den Tisch und eilt mit den Hunden durch die Terrassentür nach draußen.

Ich muss keine zwei Sekunden warten, bis die nächste Nachricht eingeht. Ich linse auf das Gerät.

»Party? Stabil, bin am Start!«, steht da von Tanea.

Eine Sekunde später erscheint: »Saturday? Safe!« von Mojo auf dem Display.

Ich scrolle die letzten drei Nachrichten hoch und rekonstruiere daraus, dass meine Tochter für Samstag zu einer Party eingeladen hat. In diesem Moment betritt Irma die Küche wieder.

»Sag mal Irma geht's noch? Was ist das denn?«, frage ich sie entsetzt und halte das Handy in die Höhe. »Du kannst doch nicht, ohne Grund und ohne mir Bescheid zu sagen, deine halbe Klasse einladen, wenn ich bei Vera und Olav bin.«

»Alter, wenn ich EINMAL im Jahr sturmfrei habe, ist das doch wohl Grund genug zum Feiern!«, kontert meine Tochter selbstbewusst. »Und wie kommst du überhaupt auf die Idee, meine Nachrichten zu lesen, das geht ja wohl gar nicht!«

»Also erstens hast du nicht ›sturmfrei‹, weil du nämlich gar nicht hier bist, sondern bei Papa. Und zweitens lag dein Handy nur wenige Sekunden auf dem Tisch, allein in der Zeit gingen zwei Zusagen ein. Aber ich muss mich hier ja gar nicht entschuldigen ... Du gehst mit deinem Bruder zu eurem Vater und fertig! Und vergiss nicht, deine Gäste wieder auszuladen.«

»Och Mama, jetzt chill' mal! Ich will nicht zu Petra, die ist voll strange drauf. Jakob kann die auch nicht leiden und das weißt du ganz genau.«

Na klasse, jetzt noch die Schlechtes-Gewissen-Masche ... Aber im Stillen muss ich meiner Tochter zustimmen. Michaels Lebensgefährtin, unser Scheidungsgrund, ist wirklich reichlich speziell und hat keine Ahnung vom Umgang mit Kindern. Ich hatte Michael im Studium kennengelernt. Er studierte Landschaftsarchitektur und ich Gartenbau. Jahrelang ergänzten wir uns privat und beruflich perfekt. Michael plante überwiegend öffentliche Anlagen, aber auch ein paar private Gärten und zumindest für letztere lieferten meine Eltern und ich einen Großteil der Pflanzen. Eines Tages wurde er von der Architektin Petra Kelkheimer beauftragt, ihren eigenen Garten parkähnlich zu gestalten. Michael schwärmte vom ersten Tag an von der riesigen, hochmodernen Villa, dem üppigen Gartenprojekt und der geistreichen, ach so gebildeten Auftraggeberin. Wenig später zog er bei ihr ein. Bis zu unserer Scheidung vergingen noch anderthalb Jahre, in denen sich Petra – taktisch klug – wenigstens einigermaßen Mühe gab, mit den Kindern auszukommen. Aber mittlerweile drängt sie Michael an jedem Papa-Wochenende zu einer Ausrede, dass die Kinder nicht zu ihnen kommen könnten. So habe ich zwar fast jedes Wochenende die Kinder, habe dafür aber nicht den dauernden Kampf um die Gunst der lieben Kleinen, weil die Teilzeitmami sooo toll ist. Ich muss ja nicht immer »hier« schreien, wenn irgendwo Probleme verteilt werden.

Aber weil Michael dieses Wochenende – fast freiwillig – zugesagt hat, die Kinder zu sich zu nehmen, lasse ich mich von Irma nicht erweichen und sage zu ihr: »Schluss, jetzt! Ich diskutiere mit dir nicht darüber. Ihr wart schon sechs Wochen nicht mehr bei Papa und so schlimm ist Petra auch nicht, ihr geht an diesem Wochenende da hin. Und ich muss jetzt schnell etwas essen und dann los zum Elternabend.«

KAPITEL 8

Frau Holler-Nüsslein hat sich lässig auf die Kante ihres Pultes gesetzt, ihr cremefarbener Hosenanzug und die im Retrostil orange-blau-weiß gemusterte Bluse stehen ihr gut. Sie wartet darauf, dass die Diskussion zum Thema Waffeln oder Kuchen zum Schulfest zu einem Ergebnis kommt. Wir entscheiden uns für Kuchen, weil der Umgang mit den heißen Waffeleisen manchen Eltern zu gefährlich erscheint. Der Ausschank heißen Kaffees scheint dagegen niemanden zu beunruhigen. Einige überqualifizierte Mütter bieten an, laktose-, glutenfrei oder vegan zu backen. Mit meinen schlichten Schoko-Muffins mit Smarties komme ich hier nicht weit. Ich werde Renate nach dem Rezept ihrer Nachbarin fragen und die Küchlein mit einem Vanilla-Cream-Frosting zu Cupcakes aufhübschen müssen. Ein Vater merkt noch an, dass aus Sicherheitsgründen die Kuchen doch bitte schon geschnitten in die Schule gebracht werden sollten, sonst gäbe es noch Verletzte. Sein Einwurf wird mit allgemeiner Erheiterung und Zustimmung belohnt. Für die genaue Planung und den Einkauf von Servietten, umweltfreundlicher Teller und Besteck sowie Kaffee und Sonstigem wird ein Organisationsteam gebildet.

Dann räuspert sich Frau Holler-Nüsslein, steht von dem Pult auf und sagt: »Ich möchte mit Ihnen noch über die Entwicklung der Klasse in diesem Jahr sprechen. Der Wechsel aus der Grundschule ins Gymnasium war für Ihre Kinder natürlich ein großer Schritt. Den haben die meisten auch hervorragend vollzogen«, sie nickt ein paar Eltern wohlwollend zu, »aber einige scheinen immer noch nicht verstanden zu haben, dass auf einem Gymnasium die Spielereien der Grundschulzeit definitiv vorbei sind. Ich verlange ja wirklich nicht, dass sich die Kinder immer perfekt benehmen, aber etwas mehr Ernsthaftigkeit und Vernunft kann man am Ende der 5. Klasse schon erwarten. Und ich muss leider sagen, dass das Verhalten einiger Kinder die Entstehung einer harmonischen Klassengemeinschaft behindert. Und da ich noch nie derartig große Probleme in einer Klasse hatte, überlege ich, mich an unseren Schulsozialarbeiter zu wenden, damit er ein Konzept zur Lösung mit mir erarbeitet.«

»Von welcher Art ›Problemen‹ sprechen wir hier?«, fragt Frau Weiland.

Die Lehrerin wirft Tims Mutter einen strengen Blick zu: »Frau Weiland, gerade Sie als Mutter eines dieser Querulanten wissen doch am besten, wovon ich spreche. Es vergeht keine Stunde, in der Tim nicht durch Zwischenrufe den Unterricht stört. Er meldet sich nie, sondern ruft die Antwort einfach in den Raum. Das ist den anderen Schülern gegenüber nicht fair.«

»Ja, ich weiß. Ich habe ja auch mit ihm darüber gesprochen. Er sagt halt, dass ihm bei Ihnen langweilig ist und bei den anderen Lehrern nicht. Ich habe dann am Elternsprechtag einige Lehrer darauf angesprochen, aber keine Beschwerden über angebliche Zwischenrufe gehört. Vielleicht sollten Sie Ihren Unterricht etwas straffen?« Frau Weiland ist sichtlich angefressen. Sie hatte nicht damit gerechnet, sich nach ihrer einfachen Frage persönlich vor allen Eltern rechtfertigen zu müssen.

»Das wäre natürlich eine Möglichkeit, aber ich denke, Sie sollten ihm auf jeden Fall noch einmal klarmachen, dass er sein

Verhalten ändern muss!« Frau Holler-Nüsslein verzieht die Lippen zu einem schmalen Strich, nickt Tims Mutter abschließend zu und wechselt abrupt das Thema: »Ein weiteres Problem in dieser Klasse ist der Gebrauch der Handys. Das geht nahezu alle etwas an.«

»Ich denke, im Unterricht gibt es ein Handyverbot?«, fragt eine Mutter.

»Natürlich, aber da hält sich doch heutzutage niemand mehr dran. Das ist ja auch kein Wunder, schließlich sehen die Kinder nicht nur die älteren Mitschüler, sondern auch die Erwachsenen den ganzen Tag am Handy.«

Plötzlich werden alle Eltern munter. Es entbrennt eine Diskussion über den richtigen Umgang mit Medien im Allgemeinen und Handys im Besonderen. Eigentlich ist es keine Diskussion, sondern eher der Versuch sich gegenseitig mit der pädagogisch wertvolleren Methode zur Vermittlung von Medienkompetenz zu übertrumpfen. Und natürlich beteuert jeder, privat kaum Zeit vor Bildschirmen jeglicher Art zu verbringen.

Frau Holler-Nüsslein hat sich wieder auf die Kante ihres Pultes gesetzt und verfolgt das Geschehen eine Zeit lang mit einer gewissen Genugtuung. Dann räuspert sie sich und sagt: »Sie sehen, für dieses Thema besteht noch viel Redebedarf. Ich schlage vor, Sie sprechen zu Hause alle nochmal mit Ihren Kindern darüber.« Sie schaut milde lächelnd in die Runde und fast alle Eltern nicken ertappt zurück. »Was ich in letzter Zeit leider auch feststellen musste, ist eine gewisse Nachlässigkeit, was die Erledigung der Hausaufgaben angeht. So etwas kenne ich normalerweise nur von den älteren Schülern. Ich denke, Sie sollten Ihre Kinder vermehrt zur Erledigung der Aufgaben anhalten.«

Wieder braust ein allgemeines Stimmengewirr auf. Die Elternschaft versichert sich gegenseitig, täglich den Nachwuchs an die Hausaufgaben zu erinnern und die Erledigung natürlich auch zu kontrollieren. Dazwischen hört man Sätze wie:

»Der Leon macht jeden Tag seine Hausaufgaben.«

»Die Sophia hat sie erst einmal vergessen.«

»Ich finde ja, es sind zu viele Hausaufgaben. Gestern saß Anne drei Stunden daran. Dann musste sie noch Englischvokabeln lernen und Erdkunde für Freitag.«

Ich mache mir eine Notiz, Jakob zu fragen, ob er weiß, dass am Freitag ein Erdkundetest ansteht. Dann frage ich an Frau Holler-Nüsslein gewandt: »Kontrollieren Sie zu Beginn einer Stunde die Hausaufgaben?«

»Ja, natürlich. Wir gehen die Aufgaben gemeinsam durch und ich stelle Fragen darüber.«

»Sie gehen aber nicht von Tisch zu Tisch und schauen in die Hefte?«

»Nein, so viel Zeit haben wir nicht, ich kann nicht die halbe Schulstunde damit verbringen, jeden Einzelnen zu kontrollieren. Ich brauche die Zeit schließlich für die Vermittlung des neuen Unterrichtsstoffs.«

»Woher wissen Sie dann, dass einige keine Aufgaben gemacht haben?«, stellt ein Vater in der ersten Reihe die Frage, die ich als Nächstes gestellt hätte.

»Das merke ich daran, dass viele nicht mitmachen. Meine Fragen beantworten immer die gleichen und wenn ich ein anderes Kind aufrufe, kann es meist nicht antworten.« Sie kneift den Mund zusammen und verschränkt die Arme vor der Brust.

»Das erklärt doch nicht, ob es seine Hausaufgaben gemacht

hat oder ...«, setzt der Vater in der ersten Reihe zu einer Antwort an, als er im Tonfall zwar nicht unfreundlich, aber doch deutlich von Frau Holler-Nüsslein unterbrochen wird: »Wie dem auch sei, ich denke mal, dass wir das Problem mit den Aufgaben gemeinsam lösen können. Sie achten bitte alle zu Hause darauf und ich kontrolliere in der nächsten Zeit stichprobenartig die Hefte.« Äußerlich wirkt die Lehrerin völlig ruhig, sie lehnt immer noch am Pult, aber ein Zucken um ihre Mundwinkel verrät ihre Anspannung. Ich habe den Eindruck, Frau Holler-Nüsslein stellt gerade fest, dass sie bei diesem Thema nur verlieren kann und gesteht deshalb – ausnahmsweise – eine gewisse Mitverantwortung ihrerseits ein. Aber die Einsicht währt nur kurz, denn sie stößt sich wieder vom Pult ab, sammelt sich, indem sie betont langsam über die Sitzreihen schaut und sagt: »Ich möchte das Thema zu Anfang nochmal aufnehmen, nämlich die Unmöglichkeit der Bildung einer Klassengemeinschaft. Die Disziplin in dieser Klasse lässt zu wünschen übrig. Wie schon gesagt, nicht bei allen. Aber manche gehen hier über Tische und Bänke und animieren damit auch die Vernünftigen, Unsinn zu machen. Kleine Streiche, wie Reißzwecken auf meinem Stuhl, ein mit Kaugummi zugeklebtes Klassenbuch oder der in Öl getauchte Tafelschwamm, sind ja noch lustig. Aber dass jemand den Verschluss meiner Schultasche mit Sekundenkleber aufgefüllt hat, war nicht mehr lustig. Das ist nämlich Sachbeschädigung! Haben Sie eine Idee, wer das gewesen sein könnte, Frau Kessler-Beck?«, fragt sie und fixiert mich mit stechendem Blick.

»Nein, sollte ich?« So, der Moment ist gekommen. Jetzt muss ich aufpassen, was ich sage. »Frau Holler-Nuss ... Nüsslein ... ich weiß, dass mein Sohn Jakob recht lebhaft ist und einer verbalen Auseinandersetzung nicht aus dem Weg geht. Aber Sachbeschädigung gehört nicht zu seinen ... äh ... Methoden. Außerdem hat er mir glaubhaft versichert, dass er die Sache mit dem Kleber wirklich nicht war.«

»Frau Kessler-Beck, Sie wissen doch, wenn Sie nur 20 Prozent von dem glauben, was Ihre Kinder über die Schule erzählen, verspreche ich Ihnen, auch nur 20 Prozent von dem zu glauben, was Ihre Kinder von zuhause erzählen.« Ein süßsaures Lächeln friert nach diesem schalen Witz in ihrem Gesicht fest, dann fragt sie lauernd: »Ganz unbeteiligt war Jakob sicherlich nicht. Er hat Ihnen doch bestimmt verraten, wer es war?«

»Nein, er hat mir nicht gesagt, wer es war. Er sei doch keine Petze, meinte er.«

»Sehen Sie, das meine ich!«, ruft sie plötzlich aufbrausend und stochert mit ihrem Zeigefinger in meine Richtung. »Mutwillig Schaden anrichten, aber nicht dafür geradestehen.« Für einen kurzen Moment bekommt die emotionslos, sachlich wirkende Fassade Risse, das Zucken ihrer Mundwinkel geht in ein Zittern über und sie fährt mit Nachdruck fort: »Sowohl der Täter als auch eventuelle Mitwisser schaden damit der Gemeinschaft, so kann kein Vertrauen entstehen.«

»Aber gerade weil er seinen Klassenkameraden nicht denunziert, entsteht doch Vertrauen. Die KLASSE soll doch zusammenhalten, eine Gemeinschaft werden. Das heißt aber nicht, dass da die Lehrer und Eltern dazugehören, im Gegenteil.« Ein Raunen geht durch die Zuhörenden. Mit einer gewissen Verwunderung nehme ich eine überwiegende Zustimmung wahr und setze in versöhnlicherem Tonfall hinzu: »Hören Sie, natürlich war es absolut nicht in Ordnung, Ihre Tasche zu beschädigen. Aber ich denke mal, dass dem Verursacher nicht bewusst war, welchen Schaden er da anrichtet. Wahrscheinlich wollte er Ihnen einfach nur einen kleinen Streich spielen, die Kinder sind doch erst elf Jahre alt.«

Ich sehe Frau Holler-Nüsslein an, dass sie unentschlossen ist. Das Zittern um den Mund hat nachgelassen, dafür malmt sie jetzt mit dem Kiefer. Sie scheint abzuwägen, ob es sich eher lohnt, Verständnis zu zeigen, oder ob sie auf die Aufklärung des »Falles« bestehen soll. Sie entscheidet sich für die schwammige Mitte: »Da haben Sie sicher recht, aber ich denke mal, es wäre wichtig, dass das betreffende Kind erfährt, dass das kein harmloser Streich war, sondern Sachbeschädigung. Reden Sie zu Hause mit Ihren Kindern darüber, damit sie den Unterschied verstehen.«

Von schräg vorne lehnt sich eine Frau zu mir zurück und stellt sich flüsternd vor: »Hallo, mein Name ist Sylvia Morbacher, wir kennen uns noch nicht, weil beim letzten Elternabend mein Mann hier war. Unser Sohn Emil ist wohl seit kurzem mit Jakob befreundet. Und ich glaube, ich weiß, wer der Übeltäter war. Ich habe nämlich in Emils Schultasche eine Tube mit Sekundenkleber gefunden. Er sagte, die bräuchte er für den Kunstunterricht«, sie hebt verlegen die Schultern. »Ich gehe wohl nachher zu der hohlen Nuss und beichte.«

Ich kann mir ein Grinsen nicht verkneifen, Frau Morbacher ist mir auf Anhieb sympathisch. »Ach herrje, sie Ärmste ... Sie müssen mir unbedingt erzählen, wie die Sache ausgegangen ist. Ich warte auf dem Schulhof auf Sie«, flüstere ich zurück.

»Gute Idee, das mache ich«, antwortet Frau Morbacher und dreht sich wieder nach vorne.

Frau Holler-Nüsslein hat noch einige Informationen zu den Angeboten der freiwilligen Nachmittagsveranstaltungen im nächsten Schuljahr, dann skizziert sie nochmal den zeitlichen Ablauf des Schulfestes, beantwortet dazu einige Fragen und beendet schließlich den Elternabend.

Frau Morbacher und ein paar andere bleiben noch im Saal bei der Lehrerin. Ich verlasse mit den restlichen Eltern das Schulgebäude und geselle mich auf dem Schulhof zu Frau Weiland und ein paar anderen Eltern. Im Großen und Ganzen sind wir uns einig, dass Frau Holler-Nüsslein mit der großen Klasse, es sind immerhin 31 Kinder, etwas überfordert ist, die Verantwortung aber auf die Eltern und Schüler abwälzen will. Was wir ihr allerdings zugutehalten, ist, dass sie mit dem Unterrichtsstoff nicht hintendran ist und die Kinder allgemein gut mitkommen.

»Auf mich wirkt sie, als hätte sie kein Verständnis für die kleinen Kinder oder noch nicht genug Erfahrung mit ihnen. Sie scheint sich ihr Verhalten zu sehr zu Herzen nehmen«, bringt es Frau Weiland auf den Punkt.

Einige Eltern nicken. Abschließend sind wir uns aber einig, dass die Kinder das 6. Schuljahr bei ihr ohne Schaden überstehen werden, solange wir Eltern in engem Kontakt mit der Lehrerin bleiben.

Gerade als die Gruppe sich auflöst und die anderen nach Hause gehen, betritt Frau Morbacher den Schulhof. Sie kommt zu mir und berichtet von dem Gespräch.

»Puh, die hat Haare auf den Zähnen. Zuerst hat sie mir nicht geglaubt. Sie meinte, unser Emil sei doch immer so brav und still. Ich denke, sie war ein bisschen enttäuscht, dass es nicht Jakob war, denn sie hielt ihn weiterhin für den Anstifter. Ich habe ihr dann versichert, dass Emil durchaus alleine auf so einen Blödsinn kommt, stille Wasser sind bekanntlich tief.«

»Danke, Sie haben meinen Sohn rehabilitiert«, lache ich.

»Gern geschehen, das waren wir ihm schuldig, schließlich hat er Emil nicht verraten.«

»Jakob sagte sogar, er hätte ihn noch davor gewarnt.«

»Oh nein, das auch noch? Ich glaube, ich muss mal ein ernstes Wörtchen mit unserem Sohn reden.« Frau Morbacher schüttelt den Kopf. »Es stimmt schon, unser Emil ist wirklich ziemlich still, deshalb fällt es ihm auch so schwer, Freunde zu finden. Wir haben die letzten acht Jahre in Süddeutschland gelebt. Mein Mann ist Maschinenbauingenieur und hat dort für seinen Arbeitgeber einen Produktionsstandort aufgebaut und die technische Leitung übernommen. Aber wir hatten von Anfang an vor, wieder in die Heimat zu kommen und dachten, Emils Schulwechsel ins Gymnasium wäre der beste Zeitpunkt dafür. Emils kleiner Bruder war damals erst fünf und musste nur den Kindergarten wechseln. Er hat hier sofort Anschluss gefunden und wenn er nach den Ferien eingeschult wird, müssen wir uns um ihn keine Gedanken machen. Aber Emil hatte große Probleme sich einzuleben, er kannte hier ja niemanden. Deshalb war ich froh, als er vor einiger Zeit anfing, von Jakob zu erzählen.«

»Na, da haben sich ja zwei gefunden ... Die beiden könnten sich nach der Schule mal zum Spielen treffen«, schlage ich vor.

»Eigentlich sehr gerne«, sagt Frau Morbacher zögernd und erklärt mir dann: »Aber bei uns geht es gerade drunter und drüber, wir leben nämlich immer noch in einer Baustelle. Nach unserer Rückkehr haben wir zuerst bei meinen Eltern gewohnt und darauf gewartet, dass das wunderschöne, aber leider auch sehr kleine, alte Häuschen, das wir gekauft haben, frei wurde. Dann haben wir wochenlang entrümpelt und Stück für Stück renoviert. Und zusätzlich zu den tausend Problemen, die bis jetzt dazwischenkamen, fiel uns beim Ausbau der angrenzenden Scheune auf, dass nicht nur zwei oder drei Dachbalken ausgetauscht werden müssen, sondern eigentlich alle. Das hat uns ein bisschen den Stecker gezogen, wir sind im Moment alle etwas dünnhäutig.«

»Oh je, Sie Armen! Das kann ich mir vorstellen. Na, dann kann Emil doch einfach zu uns kommen, sooft er will. Bei Ihnen ist er aus den Füßen und bei uns fällt einer mehr nicht auf, wir haben viel Platz. Mag er Hunde und Ponys?«

»Ihr habt Hunde UND Ponys? Bestimmt mag er die.«

»Na dann können die Jungs etwas ausmachen. Ich bin übrigens Hanne, also eigentlich Hannerose, nach meiner Großmutter.« Ich strecke ihr die Hand entgegen.

»Sylvia«, stellt sie sich vor, während sie meine Hand schüttelt.

Dann verabschieden wir uns und fahren nach Hause. Ich habe so ein Gefühl, dass Sylvia gut in die Runde meiner Freundinnen passen könnte.

KAPITEL 9

»Wie konnte das passieren? Du dumme Kuh, kannst du noch nicht einmal für einen halben Nachmittag die Verantwortung übernehmen?« Ich bin völlig außer mir und schreie meine Schwester haltlos an. Helene ist mit den Kindern im Hochseilgarten gewesen. Vor einer halben Stunde rief sie bei mir an, Jakob wäre gestürzt und hätte sich an der Hand verletzt. Es wäre nicht schlimm, ich solle mir keine Sorgen machen, aber sie würde vorsorglich ins Krankenhaus fahren und ihn untersuchen lassen. Natürlich wollte ich mir von der Schwere der Verletzung selbst ein Bild machen und meinem Kind beistehen, also vereinbarten wir, uns dort zu treffen.

Jetzt steht sie, etwas blass um die Nase, auf dem Flur der Notaufnahme vor mir, während ich weiterschimpfe. »Ich habe doch gleich gesagt, dass die Kletterei keine gute Idee ist. Aber du meintest ja noch, ich solle mal locker bleiben und nicht immer aus Angst, es könnte etwas passieren, alles, was Spaß macht, verbieten, sondern müsste ihnen auch mal etwas zutrauen. Den Kindern traue ich was zu, aber dir nicht und zurecht, wie man sieht. Du hast halt selbst keine Kinder und du weißt nicht, was es heißt, die Verantwortung für andere zu haben. Dann muss man nämlich auch mal die eigenen Interessen zurückstellen und kann nicht immer machen, was man will.«

Hinter Lene sitzen Jakob und Irma im Warteraum. Irma hat den Arm um Jakob gelegt und zeigt ihm etwas auf dem Handy. Jakob stützt mit der rechten Hand seine linke, macht aber keinen schwerleidenden Eindruck. Ich lasse Lene auf dem Flur stehen und eile zu den beiden.

»Mein lieber Hase, lass mal sehen.« Jakob hält mir vorsichtig die verletzte Hand hin. »Uahhh, das Handgelenk ist ja ganz dick, da sind auch ein Bluterguss und ein paar Abschürfungen ... Hoffentlich ist da nichts gebrochen«, sage ich mitfühlend »Tut es arg weh?«

»Ja, schon ...«

»Jetzt sag endlich, wie's passiert ist ...«, fordert Irma ihren Bruder auf. »Lene kann nämlich nichts dafür. Wir waren nur auf den grünen und gelben Kletterrouten, so wie du gesagt hast, dann hatten wir Durst und wollten ein Eis und dann ...« Irma gibt ihrem Bruder ein aufforderndes Zeichen weiterzuerzählen.

»Naja, du weißt doch, auf dem Weg zum Kiosk ist doch so ein Babyklettergerüst, da wollte ich nur schnell drüber, bin abgerutscht und kopfüber runtergesegelt. Ich wollte mich noch mit der Hand abfangen, bin aber voll draufgeflogen.« Zum besseren Verständnis spielt mir Jakob die Szene pantomimisch vor.

»Ist dir sonst noch etwas passiert, bist du auch auf den Kopf gefallen?«, frage ich besorgt.

»Sollte man meinen ...«, stichelt Irma.

»Nein, bin ich nihicht«, Jakob streckt seiner Schwester die Zunge raus. »Da ist ja auch ganz dick Sand drunter. Eigentlich kann da ja nicht viel passieren, aber meine Hand war trotzdem ›autschi‹.«

»Lene wollte sofort ganz viel Wassereis zum Kühlen kaufen, aber der Typ vom Kiosk hat es uns geschenkt und gesagt, dass wir sofort ins Krankenhaus fahren sollen«, ergänzt Irma Jakobs Erzählung.

»Das Eis ist dann auf der Fahrt komplett geschmolzen ...«, berichtet Jakob.

»Ja, aber zum Teil in dir, statt auf deiner Hand«, fällt Irma ihm verräterisch ins Wort.

Jakob grinst und sagt: »Ja ... und dort hat es fast noch mehr geholfen.«

Helene hat uns gegenüber Platz genommen, sie ist mittlerweile nicht nur um die Nase blass.

»Hanne, es tut mir wirklich leid. Du hast ja recht, ich weiß nicht, wie es ist, Verantwortung für andere zu haben und schon gar nicht für die eigenen Kinder. Aber du kannst mir nicht immer vorwerfen, dass ich keine Kinder habe und deshalb – im Gegensatz zu dir – tun und lassen kann, was ich will. Weißt du, bei dir klingt das immer so, als dürfe man ohne Kinder alles und mit Kindern nichts mehr.« Lene nickt in Richtung der Kinder und sieht mich fragend an.

»Aber nein, so habe ich das doch nicht gemeint«, sage ich schnell, weil ich natürlich nicht möchte, dass meine Kinder das Gefühl haben, eine Last für mich zu sein. »Tut mir leid, dass ich dich gleich so angeschrien habe. Die beiden haben mir erzählt, was passiert ist ...«

»Jakob Beck?«, ruft ein junger Mann im weißen Kittel in den Raum. Wir springen alle vier auf, aber der Mann lacht nur und sagt, dass Irma und Lene warten müssen. Zum Glück ist das Handgelenk nur verstaucht, also die Bänder überdehnt. Die Hand wird gesäubert, mit einer Schiene ruhiggestellt und sollte in zwei Wochen wieder verheilt sein. Auf der Heimfahrt sinniert

Jakob darüber, dass er besser auf die rechte Hand gefallen wäre, dann müsste er morgen wenigstens den Erdkundetest nicht mitschreiben.

KAPITEL 10

Es ist ja nicht so, dass ich jeden Tag zehn Stunden arbeite. Aber oft. Manchmal sind es auch zwölf Stunden. Für mich sind Freitage und Samstage ganz normale Arbeitstage, nur die Sonntage sind wirklich frei. Sogar im Winter, also je nach Witterung von Mitte November bis Ende Februar, wird uns nicht langweilig. Dann beginnen wir zwar nicht ganz so früh morgens und der Verkauf ist geschlossen, aber im Freigelände müssen zum Beispiel Stauden, Sträucher und Rosen geschnitten werden. Im – leider – unbeheizten Gewächshaus werden tausende neuer Pflanzen durch Aussaat, Wurzelschnittlinge oder Stecklinge vermehrt und anschließend wochenlang gehätschelt und gepflegt. Auch die Wartung, Pflege oder Reparatur von Geräten und Maschinen nimmt viel Zeit in Anspruch. Für Helene dagegen ist jeder Tag ein potenziell freier Tag. Und da muss ich Nadja recht geben beziehungsweise mir eingestehen, dass ich Lene darum beneide, vor allem weil das morgendliche Aufstehen absolut nicht zu meinen Stärken gehört. *Augen auf bei der Berufswahl*, würde Lene jetzt sagen. Gestern, am Freitag, brachten meine Eltern Helene zum Bahnhof. Sie wollte zum Flughafen und um 17 Uhr den Flug nach Bali nehmen. Die Reise stand von Anfang an unter keinem guten Stern. Die Regionalbahn hatte eine leichte Verspätung, weshalb sie ihren Anschlusszug verpasste, was nicht so schlimm gewesen wäre, weil der nachfolgende Zug sie noch rechtzeitig zum Flughafen gebracht hätte. Aber ausgerechnet dieser zweite Zug musste auf freier Strecke wegen Getriebeschadens fast zwei Stunden halten. Bis Helene endlich in Frankfurt ankam, war es definitiv zu spät. Also kehrte sie um und fuhr zu uns zurück. Bereits im Zug versuchte sie ihren Flug umzubuchen und rief mich deshalb auf dem Handy an.

»Also, ich könnte morgen früh einen Flug nehmen, dann müsste ich aber spätestens um sechs am Flughafen sein, das heißt, du müsstest mich hinfahren ... Oder erst wieder am Montag um 14 Uhr. Da könnte ich wieder mit dem Zug fahren, zweimal wird es doch wohl keinen Getriebeschaden geben, was meinst du?« Helene lachte unbekümmert, als wäre ein verpasster 17-Stunden-Flug kein Grund sich aufzuregen.

Ich musste nicht lange nachdenken, ob ich in den sauren Apfel beißen und Lene um 4:30 Uhr zum Flughafen fahren oder riskieren sollte, dass sie zu Olavs Party mitkäme, und sagte deshalb munter und ganz locker: »Ich kann dich morgen früh fahren, macht mir gar nichts aus, dann stehe ich halt etwas früher auf als sonst. Ich denke mal, das ist sicherer als am Montag mit der Bahn.«

Halb fünf morgens ist definitiv nicht meine Zeit. Lenes auch nicht. Nach einem genuschelten »Hallo« beziehungsweise »Moin ... mir ist kalt ...« fahren wir schweigend in Richtung Frankfurt und versuchen einen klaren Gedanken zu fassen.

»Wo ist nochmal die Zwischenlandung?«, frage ich Leni.

»Die erste in Abu Dhabi ... Dort habe ich vier Stunden Aufenthalt, dann geht's nochmal siebeneinhalb Stunden über Nacht weiter nach Kuala Lumpur, dort muss ich mich beeilen, denn ich habe nur eineinhalb Stunden Zeit zum Umsteigen nach Denpasar ... der Flug dauert aber nur drei Stunden. Wegen der Zeitverschiebung ist es dann früher Nachmittag. Bis zu meinem endgültigen Ziel bin ich noch drei Stunden mit dem Bus oder etwas schneller mit einem Taxi unterwegs.«

»Aha ... Was ein Stress. Da bist du ja fast zwei Tage unterwegs!«

»Ja klar ... die Verbindung gestern wäre etwas schneller gewesen.«

»Ist das nicht anstrengend? Ich meine Jetlag und so ...«

»Doch ... Man bildet sich ein, man würde sich daran gewöhnen, aber wenn ich ehrlich bin, habe ich den Eindruck, dass es eher schlimmer wird.«

»Naja, jeder was er halt so braucht ...«, versuche ich einen Scherz zu machen.

Lene antwortet nicht sofort, sie schaut in Gedanken versunken geradeaus, dann sagt sie ernst: »Weißt du, ganz ehrlich ... ich beneide dich manchmal um dein ... ich sage jetzt mal ›ruhiges‹ Leben, die Kinder, Mama und Papa immer bei dir ...« Sie macht eine Pause und blickt zu mir herüber. Ich bin überrascht, schaue mit gerunzelter Stirn zurück und sie fährt fort: »Aber die meiste Zeit bin ich mir absolut sicher, dass ich nicht mit dir tauschen will, das wäre mir dann doch alles zu eng und zu nah ... mir reicht ja schon diese eine Woche ...« Lene lacht verlegen. »Versteh' mich nicht falsch, ich war wirklich gerne bei euch, Mama und Papa, aber ich freue mich schon darauf, wieder ganz alleine oder mit ein paar Freunden unterwegs zu sein.«

»Mmhh ... okay. Also mir geht es irgendwie so ähnlich«, sage ich nachdenklich. »Ich wäre zwar gerne mal so ungebunden und frei wie du, könnte reisen, wohin ich will, einfach nur am Computer arbeiten ... Aber ich glaube, dass ich dieses Gefühl von völliger Freiheit gar nicht nachempfinden könnte, selbst wenn ich es versuchte, einfach weil ich die Kinder habe, das kann man nicht abschalten ... Und da ich es nicht so mit Computern habe, ist es sowieso besser, wenn ich bei meinem Beruf bleibe ...« Ich lächele entschuldigend in Lenes Richtung und frage sie: »Sag' mal, du hast gerade von dir allein und Freunden gesprochen, wann kommt denn John wieder vom Segeln?«

»Ich glaube, John kommt so schnell nicht wieder«, antwortet Lene leise.

»Was? Warum?«, frage ich überrascht.

»Naja, weil wir eine Auszeit genommen haben. Er ist wirklich vier Wochen segeln, aber für danach haben wir nichts fest vereinbart.«

»Oje, das tut mir leid, ehrlich.« Damit habe ich wirklich nicht gerechnet, ich hatte ihr die Segelgeschichte abgenommen. »Ich fand John total nett, er war so lustig und passte zu dir, auf mich habt ihr so glücklich gewirkt.«

»Ja, ich war auch glücklich ... Ach Hanne, ich halte es kaum aus ohne ihn.«

Huch, ganz neue Seiten an meiner Schwester. Früher hat sie nur mit dem Finger geschnippt und sich den nächsten aus der Warteschlange geangelt. »Ach herrje. Und warum habt ihr eine Auszeit genommen?«

»Naja, John ist ja schon 39 und er sagt, er hätte mit mir gerne eine Beziehung mit allem Drum und Dran, also auch Kinder und so ... Aber ich bin mir nicht sicher, ob ich das alles überhaupt will, also Kinder und so ... oder vielleicht eher später? Weißt du, was ich meine?«

»Jein ...«, sage ich zögerlich und frage dann nochmal nach: »Euer Deal ist also: Du hast die Wahl zwischen John plus Kind oder kein John? Und er begibt sich dann auf die Suche nach der passenden Mutter für seine Kinder?«

»Nein, wir haben vereinbart, dass wir BEIDE nochmal darüber nachdenken. John sagt, dass er sich erst seit er mich kennt, überhaupt vorstellen kann, Kinder zu haben. Und da wir in letzter Zeit viele glückliche Nomaden-Familien kennengelernt haben, ist der Wunsch in ihm stärker geworden ...«

»Du willst mir aber nicht erzählen, dass es ganze Familien gibt, die so leben wie ihr?«, frage ich ungläubig.

»Doch, natürlich ... was denkst du denn?«, antwortet Lene leicht gereizt.

»Naja, nenn' mich altmodisch, aber ich kann mir das nur schwer vorstellen. Also mal ein Jahr im Ausland leben oder auf Weltreise gehen okay, aber immer?«

»Hanne, es gibt da draußen alles, von einem Baby bis fünf Halbstarke ... das geht ... google das mal, erweitere mal deinen Horizont!«, sagt sie deutlich verärgert über meine naive Unwissenheit.

»Ist ja gut, ich schaue mir das mal an«, antworte ich getroffen. Ich bin überrascht, dass Lene so heftig reagiert und nicht spöttisch wie sonst. Dann frage ich sie: »Und du bist dir nicht sicher, ob du überhaupt Kinder willst?«

„Irgendwie will ich schon ... Aber ich glaube, ich traue mir das nicht zu. Ich finde, bei dir sieht das immer so locker und leicht aus, wie du Kinder, Betrieb, Eltern und Haushalt im Griff hast. Ich dagegen bin 33 und habe schon genug damit zu tun, ohne Hab und Gut von A nach B zu kommen, wie soll das erst mit Kindern gehen?

»Merkt man dir aber nicht an, du wirkst immer so souverän.«

Lene zieht kurz die Schultern hoch. »Ich hab' halt 'ne große Klappe.«

»Ja, allerdings! Was meintest du eigentlich gerade mit ›locker und leicht‹? Bei unseren Eltern hast du noch gesagt, ich wäre immer angespannt und negativ drauf.«

»Sorry! Ich fürchte, das war noch unser altes Muster, ich wollte dich doch nur ärgern ... Ich tu's nie wieder, Ehrenwort!«

»Oho, ganz neue Töne, da bin ich ja mal gespannt.« Wir grinsen uns aus den Augenwinkeln an, Lene verschmitzt, ich eher skeptisch. »Aber nochmal zu der Kinder-Entscheidung ... Da war mein Geschimpfe im Krankenhaus nicht sehr hilfreich, oder?«

»Nein ... oder doch, irgendwie schon ... Du hast dort gesagt, dass ich noch nicht einmal einen halben Nachmittag die Verantwortung für die Kinder übernehmen könnte und dass du den Kindern mehr zutraust als mir. Und obwohl ich an Jakobs Unfall nicht direkt schuld war, kam ich ins Grübeln, weil du damit genau meine Ängste bestätigt hast.«

»Tut mir leid, das wollte ich nicht. Ich war zu aufgeregt und habe dich, ohne auch nur eine Frage zu stellen, verurteilt. Ich war überzeugt: Wenn etwas passiert ist, dann musst du daran schuld sein. Das war nicht fair von mir.« Ich strecke meine rechte Hand in Lenes Richtung aus, sie ergreift und drückt sie kurz. Dann sage ich viel sanfter als bisher: »Aber weißt du, Kinder zu haben ist viel mehr, als es von A nach B zu schaffen. Es ist zum Beispiel auch wunderschön ... und man wächst langsam in die Rolle hinein ... Außerdem hättest du doch John an deiner Seite, zusammen bekommt ihr das auf die Reihe, oder?«

»Mmmhh ...«

»Und wenn alle Stricke reißen, hast du immer noch die Möglichkeit, zu deiner spießig-bürgerlichen Familie zurückzukommen. Naja, das Internet ist Kacke ... aber unsere Eltern würden sich sicherlich begeistert an der Erziehung eines weiteren Enkels beteiligen«, sage ich zuckersüß.

»Ja, klar! Das glaube ich sofort. Die beiden erzählen mir bei jedem Videotelefonat bis ins Detail, was Irma und Jakob gerade machen.«

»Echt, Papa auch?«

»Vor allem Papa! Er erzählt mir auch immer von dir.«

»Oje, bestimmt nicht nur Gutes ...«

»Doch, was denkst du denn? Papa und natürlich auch Mama sind total stolz auf dich und wie du alles managst ... Natürlich beschwert Papa sich auch mal, weil du irgendeine Kleinigkeit ohne ihn entschieden hast, aber Mama winkt dann immer ab und sagt, er solle sich nicht so aufführen, sondern froh sein, dass du so viel Verantwortung übernimmst.«

Wir fahren eine Zeit lang schweigend, jede in Gedanken versunken. Eigentlich weiß ich das ja irgendwie, aber es tut trotzdem gut, es einmal zu hören. Mein Vater geizt nämlich gerne mal mit Lob und Anerkennung, dafür lässt er keine Gelegenheit aus, mitzuteilen, was ihm gerade nicht passt. Dann fällt mir ein, wie die Augen unseres Vaters leuchten, wenn er von Lene erzählt. Deshalb sage ich zu ihr: »Aber gegen dich komme ich trotzdem nie richtig an, du bist Papas Liebling.«

»Ich weiß, was du meinst, aber ich glaube, das stimmt nicht mehr.«

»Wie meinst du das?«

»Ich glaube, Papa ist mittlerweile nur so nett zu mir, weil er es sich mit mir nicht verscherzen will. Weißt du, ich bin kaum da, schnell wieder weg und für ihn schlecht zu fassen. Du dagegen bist immer da.«

»Na vielen Dank auch ...«

»So meine ich das nicht. Bei dir ist er sicher, dass du ihn und Mama nicht verlässt. Und du kannst von uns allen am besten mit ihm umgehen. Du bist stark genug, ihn auch mal stehen zu lassen, bis er sich wieder beruhigt hat, um dann später ohne Vorwurf nochmal in Ruhe mit ihm über das Problem zu reden. Das weiß er zu schätzen.«

»Mag ja sein, aber du hast keine Ahnung, wie anstrengend das ist ... Nur gut, dass wir nicht täglich Probleme wälzen müssen, sonst wäre ich auch irgendwann weg.« Wir fahren wieder ein paar Minuten schweigend.

»Wie unterschiedlich wir doch sind«, sagt Lene plötzlich in die Stille. »Du hast diesen erdverbundenen, im wahrsten Sinne des Wortes ›bodenständigen‹ Beruf und ich flattere mit meinem Laptop als einziges Arbeitsgerät durch die Gegend. Ich weiß gar nicht, warum oder woher ich diese Reiselust beziehungsweise das Fernweh oder den Entdecker-Drang habe, aber eigentlich wollte ich nie etwas anderes machen. Und du? Welchen Beruf hättest du eigentlich ergriffen, wenn unsere Eltern den Betrieb nicht gehabt hätten und vielleicht Lehrer, Metzger oder Hutmacher gewesen wären?«

»Wahrscheinlich Lehrerin, Metzgerin oder Hutmacherin!«, sage ich, ohne zu zögern, und wir lachen herzlich. Dann überlege ich kurz und antworte: »Ich kann es dir nicht sagen, keine Ahnung. Ich glaube, ich war mir von Anfang an sicher, dass ich Gärtnerin werden will und unsere Eltern haben mich natürlich wohlwollend unterstützt, sie haben mich zwar nie dazu gedrängt, mir aber auch keine Alternativen gezeigt. Es war natürlich für alle Beteiligten bequem.«

»Also ich hatte immer das Gefühl, dass es genau das ist, was du machen willst … Bis ich mich damals selbständig gemacht habe und für die ersten sechs Monate durch Griechenland und Italien gezogen bin, da hast du angefangen mit deinen Sticheleien.«

»Ich muss zugeben, ich war ein bisschen neidisch. Und ehrlich gesagt war es in meinem kleinbürgerlichen Denken unvorstellbar, dass das klappt. Ich glaube, ich selbst hatte viel zu viel Angst davor und war mir deshalb sicher, dass du scheitern wirst … aber du bist einfach nicht gescheitert«, sage ich lachend.

»Mensch aber auch, so eine Enttäuschung, noch nicht mal ordentlich scheitern kann ich …«, Lene lacht laut.

»Ich kann warten«, sage ich genüsslich und grinse sie frech an, woraufhin Lene mir die Zunge rausstreckt. Dann fällt mir etwas ein und ich sage zu ihr: »Was ganz anderes … als ich letzten Samstag bei Liane war, habe ich den Mädels erzählt, dass ich in den Ferien nur zu Tante Wiltrud oder ins Allgäu durfte. Und da fiel mir ein, dass wir ja manchmal zusammen bei Wiltrud und Onkel Horst waren. Weißt du noch, dass du mal ihre Katze im Kleiderschrank eingesperrt hast, weil sie dich gekratzt hat?«

»Oh ja, jetzt, wo du es sagst … ich erinnere mich dunkel daran«, ruft Lene entsetzt. »Diese launische Kratzbürste hieß Suleika, hatte eine platte Nase und war noch plüschiger als das Sofa«, sagt Helene mit so viel Abscheu in der Stimme, wie man sie nur morgens um halb sechs fühlen kann.

»Genau … und Suleika harmonierte farblich perfekt mit der

Einrichtung in Eiche-dunkel und Sand-beige.« Wir lachen beide, in Erinnerung an das in Tarnfarben gehaltene Ensemble klobiger Vollholzmöbel, gemusterter Tapeten und Teppiche, dazu flauschige Kissen mit Rüschen und ordentlich in Falten gelegter Übergardine aus Polyester-Samt-und-Seide. Mitunter verschmolz sogar Onkel Horst in seinen kakifarbenen Cordhosen und seinem beigefarbenen Hemd mit der Einrichtung, sicherlich Wiltruds optimale Vorstellung von »Schöner wohnen«.

»Ich glaube, du hast damals zu Wiltrud gesagt, die Katze wäre wohl zum Schlafen in den Schrank geklettert und du hättest aus Versehen die Tür geschlossen, oder?«, fragt mich Lene.

»Naja, du warst ja erst fünf oder sechs. Ich musste dich doch in Schutz nehmen, weil Wiltrud noch sauer auf dich war wegen der Sahnetupfer, die du vom Pudding genascht hattest.«

»Echt? Welche Sahne?«

»Na, von dem Nachtisch. Du hast doch die Schälchen aus dem Kühlschrank genommen und feinsäuberlich die Sahne runtergeleckt.«

»Oh nein, das weiß ich gar nicht mehr. Und wo warst du?«

»Ich habe mit dem Nachbarsmädchen im Garten gesessen und nichts mitbekommen. Aber natürlich war ich trotzdem schuld.«

»Wiltrud war echt eine Hexe.« Lene verzieht das Gesicht und ich antworte: »Wiltrud IST eine Hexe ... kaum zu glauben, dass sie mit Mama verwandt ist.«

»Ja genau, Hanne.« Lene kichert, dann sagt sie: »Es waren aber auch schöne Zeiten dabei, oder?«

»Ja, natürlich«, sage ich sanft und schaue liebevoll zu ihr rüber.

Wir kommen dem Flughafen näher und ich muss mich konzentrieren, den Anweisungen des Navis zu folgen. Wenig später setze ich Lene am richtigen Terminal ab. Wir versprechen, uns öfter auszutauschen, über unsere Eltern, die Kinder, eventuelle Kinder und über uns selbst. Dann ist Lene weg und ich bedauere es fast. Ich bin froh, dass wir uns endlich mal ganz normal unterhalten haben und ein paar dieser unausgesprochenen, ständig zwischen uns schwelenden Konflikte aus der Welt geschafft haben.

KAPITEL 11

Meine Mutter hat heute Mittag für mich mitgekocht und mich dann mit einer Tasse Kaffee auf das Sofa im Wohnzimmer geschickt. Ich bin wirklich sofort eingenickt und würde wohl immer noch schlafen, wenn ich nicht meinen Handywecker auf 30 Minuten gestellt hätte. Ohne diese kurze Pause hätte ich den Nachmittag nicht überstanden. Jetzt ist die Gärtnerei endlich geschlossen, die Kinder sind seit gestern Abend bei Michael und eine große Platte »Tomaten mit Mozzarella« wartet im Kühlschrank darauf, das Buffet auf Olavs Geburtstagsparty zu bereichern. Für Olav habe ich einen Schwedenkrimi gekauft, er liebt diese Thriller. Und Vera bekommt in den nächsten Tagen einen Kofferraum voll Stauden, die ich ihr als Begleitpflanzen in das neue Rosenbeet setzen werde.

Zum Glück habe ich Nadjas heiligen Beautytipp Nr. 1 beherzigt und schon gestern meine Füße und Hände gepflegt, die Fußnägel lackiert, die Augenbrauen gezupft und sowohl die Achseln als auch Beine frisch rasiert. Jetzt stehe ich in meinem Schlafzimmer und überlege, was ich anziehen soll. Ich muss nur die linke Tür meines Kleiderschranks öffnen, weil hinter den beiden mittleren Türen Alltagskleidung auf ihren Einsatz wartet und rechts meine Arbeitskleidung liegt. Unentschlossen schiebe ich ein paar einfarbige und geblümte Sommerkleidchen, das »Kleine Schwarze«, ein ärmelloses Maxikleid und den hellen Leinenanzug, den Michael immer als formlosen Kartoffelsack beleidigte, hin und her. Dann fällt mein Blick auf ein Kleidungsstück ganz außen, das ich mal in einem Anfall von Verschwendungssucht gekauft, aber noch nie getragen habe. Ich habe halt eher selten Gelegenheit einen Overall aus smaragdgrüner Seide, bis zur Hüfte schmal geschnitten, mit tiefem V-Ausschnitt und langen weiten Marlene-Beinen, zu tragen.

»Na dann mal hinein in die Eidechsenhaut!«, mache ich mir Mut und schlüpfe hinein.

»Mondän ... alter Falter!«, stelle ich begeistert fest. Ich zupfe ein bisschen verunsichert an dem ungewohnt tiefen Ausschnitt herum, stelle aber erleichtert fest, dass er gut anliegt und meine, völlig unmondäne Wäsche darunter nicht zu sehen ist. Der Gürtel ist in schmale Falten gelegt und wird seitlich mit einem Band gebunden. Am besten gefällt mir allerdings der Armausschnitt. Er ist so gearbeitet, dass vorne und hinten viel von meiner gebräunten und durch die tägliche körperliche Arbeit gestrafften Schulter zu sehen ist.

Der Blick in den Spiegel sagt mir aber auch, dass ich mein schlichtes »Immer-schön-natürlich-bleiben-Make-up« für dieses Outfit noch gehörig auffrischen muss. Beschwingt greife ich – für meine Verhältnisse kräftig – in den Farbtopf. Und weil ich schon dabei bin, stecke ich mir noch meine langen Haare hoch. Das helle Blond passt perfekt zu dem Grün. Eine Schwäche von mir ist teures Parfum. Das ist mein Luxus, den ich mir auch im Alltag gönne. Lieber den neuen frischen Duft mit Zitrusfrüchten, Minze und Kardamom oder den sommerblumigen mit einem Hauch Sandelholz und Moos? Irgendwie ist mir mehr nach dem zitronigen Duft. Die silbernen Blümchenohrringe, die ich jeden Tag trage, tausche ich gegen kleine Glitzercreolen aus, die ich in Irmas Schmuckkästchen finde. Jetzt brauche ich nur noch ein paar schicke, aber gartenpartytaugliche Schuhe. Guter Witz! Weil ich so groß bin und mein Job eher grobes Schuhwerk verlangt, ist meine Auswahl an Pumps eher übersichtlich. Ich greife nach einem Paar weißen Riemchensandalen mit etwas höherem Absatz, die ich erst einmal anhatte. Ich ahne schon jetzt, dass ich diese Entscheidung im Laufe des Abends bereuen werde. Ein weißes Jäckchen und ein Minihandtäschchen runden mein Outfit ab.

Mit meiner Platte Caprese in den Händen stöckele ich den kurzen Weg zum Haus meiner Freunde und lasse mein Auto zu Hause. Wer sich auskennt, soll gleich außen herum in den Garten kommen, hat Vera gesagt. Auf der Terrasse und dem Rasen stehen schon mindestens 20 Gäste. Anscheinend haben meine Kleiderwahl und mein ungewöhnlich aufwändiges »Styling« länger gedauert, als ich dachte. Ich hatte mein Kommen für sieben Uhr angekündigt, jetzt ist halb acht.

Olav, das Geburtstagskind, läuft mir als Erster über den Weg. »Hanne du siehst ... äh ... toll ... mmh ... ich liebe deine Caprese mit drei Sorten Basilikum«, schwärmt er entzückt und nimmt mir die Platte ab.

»Danke, mein Lieber, und alles Gute zum Geburtstag, lass dich drücken!« Ich überreiche ihm sein Geschenk und umarme ihn.

»Vielen Dank, meine Liebe. Ich stelle die Platte auf das Buffet und kümmere mich mal um Getränke und die Gasgrills, du kennst dich ja aus, bis nachher«, sagt Olav und geht zum Haus.

»Olav, du hast es echt drauf mit den Frauen. Wie hast du nur Vera rumgekriegt?«, scherzt Philip lachend hinter Olav her und steigt mit Nadja die Treppe, welche die Terrasse mit dem Garten verbindet, zu mir herunter. »Hanne, du siehst hinreißend aus!«

Auch Nadja ist begeistert. »Du bist echt ein Knaller. Sonst immer im Schlabberlook oder in Arbeitskleidung und jetzt … Ich sage ja schon immer, dass du mehr aus dir machen sollst. Lass mal sehen …« Nadja legt den Zeigefinger unter mein Kinn und dreht meinen Kopf von einer Seite zur anderen. »Meine Tipps scheinst du auch endlich mal beherzigt zu haben. Perfekt, nicht zu viel, schlicht und gut.«

»Ihr macht mich ganz verlegen«, sage ich mit einem Hauch Stolz. »Und von wegen ›schlicht und gut‹. Ich fühle mich ein bisschen angemalt«, gestehe ich. »Aber ausnahmsweise kann ich heute mal mit dir mithalten, liebe Nadja.«

Nadja ist schon immer schlank, auch ihre drei Schwangerschaften haben daran nichts geändert. Sie hält sich aber auch – beneidenswert konsequent – mit viel Sport und gesunder Ernährung fit. Ihr superkurzes Etuikleid wäre für mich absolut nicht geeignet, weil meine Beine zum einen nicht so elfenhaft zart und zum anderen durch meine Arbeit immer voller Kratzer und blauer Flecke sind.

Auf der Terrasse entdecke ich Liane neben einem mir fremden Mann. Sie unterhalten sich mit weiteren Gästen. »Wer ist denn der sonnenverwöhnte Typ neben Liane?«, frage ich Phillip und Nadja.

»Das, meine liebe Hanne, ist Kamadeva, ihr neuer Yogalehrer und offensichtlich auch Lover«, raunt Philip mir zu.

„Kama … was?

»Ka-ma-de-va. Frag' mich nicht, was das bedeutet, aber sicherlich nicht ›Der Erleuchtete‹«, spottet Philip. Wir stecken kichernd die Köpfe zusammen.

»Hat sie hier im Umkreis nicht schon alle Yogalehrer durch?«, lästere jetzt ich weiter und Nadja antwortet flüsternd: »Deshalb fährt sie doch seit neuestem fast 60 Kilometer zu so einem Yogazentrum. Laut Liane die Entdeckung ihres Lebens. Man würde dort auf einem ganz anderen Level unterrichten als in den Hausfrauenkursen hier in der Gegend. Sie glaubt, dort endlich die spirituelle Erleuchtung zu finden, nach der sie schon so lange sucht.« Liane nickt bedeutungsvoll mit dem Kopf.

»Was auch immer sie damit meint, ich gönne es ihr ja von ganzem Herzen. Aber muss sie ihre Lehrer immer gleich abschleppen?«, frage ich.

»Jetzt hört mal auf, über eure beste Freundin zu lästern, ihr garstigen Weiber«, schimpft Philip im Spaß und sagt dann: »Ich weiß gar nicht, was ihr habt, das ist doch ein schmuckes Kerlchen.«

»Wer lästert denn hier die ganze Zeit? Schmuckes Kerlchen, der Erleuchtete. Ich glaube, du hast da ein paar Vorurteile«, tadelt Nadja ihren Mann.

»Nein, meine Liebe, das sind keine Vorurteile, sondern reine Erfahrungswerte. Denn wenn ich mir den Mann so ansehe und die durchschnittliche Dauer von Lianes Beziehungen bedenke, dann bin ich mir ziemlich sicher, dass wir uns auch diesmal das Gesicht nicht merken müssen.«

»Da ist allerdings was dran ...«, sagt Nadja nachdenklich, während sie das schmucke Kerlchen mustert. Dann wendet sie sich wieder an Philip: »Aber was anderes, Schatz, wolltest du nicht Olav mit unserem Grill helfen? So wie ich das sehe, jagt der beidseitige Linkshänder nämlich gleich die Party in die Luft.« Nadja lächelt ihren Mann übertrieben freundlich an und zeigt in Richtung Grillplatz.

Tatsächlich scheint Olav nicht Herr der Situation zu sein. Er dreht, scheinbar wahllos, an allen Knöpfen und bückt sich gerade zu der Gasflasche herunter.

Philip versteht den Wink sofort. »Alles klar, Mädels, ich lasse euch mal alleine und rette die Gäste heldenhaft vor der Feuersbrunst.«

»Klasse! Das machst du ganz toll, mein Supermann«, mimt Nadja die stolze Gattin.

»Philip hat ja recht ... Was Liane nur immer wieder an diesen Jungs findet?«, frage ich Nadja und betrachte den Mann unauffällig. Er ist ungefähr 1,70 m groß, auf jeden Fall jünger als wir, trägt ein weit ausgeschnittenes, schwarzes Muskelshirt und eine graue Jogginghose im Baggystil, deren Schritt in Höhe der Knie sitzt oder besser gesagt schlabbert. Dazu trägt er mehrere Halsketten mit silberfarbenen Anhängern und Armbänder aus Leder. Die dunkelbraunen, gelglänzenden Haare hat er streng nach hinten gekämmt und zu einem Zopf gebunden. Allerdings hat er ein ganz hübsches Gesicht.

»Keine Ahnung«, Nadja hebt die Schultern. »Aber erinnerst du dich noch an ›Mario‹ aus Gelsenkirchen? Weißt du, das war der, der sich mit ihrer Reisekasse aus dem Staub gemacht hat, als sie auf dem Weg nach Süditalien waren. Der sah so ähnlich aus.«

»Stimmt, du hast recht! Ich erinnere mich gut an die Sache. Das war so eine typische Liane-Aktion.«

Liane war damals fest davon überzeugt, dass Mario etwas zugestoßen sein muss. Die herbeigerufenen Polizisten wurden allerdings stutzig, als sie sagte, dass sie den Mann erst seit wenigen Wochen kannte. Sie fanden schnell heraus, dass Mario aus Lianes Handtasche Bargeld und ihre Kreditkarte gestohlen hat, während sie in einem Motel im Badezimmer war. Und bis Liane auf Anraten der Polizei endlich ihr Konto sperren ließ, vergingen fast zwei Tage, in denen Mario in aller Ruhe mehrere Tausend Euro abheben konnte. Die Geheimzahl hatte er Liane entlockt, indem er in einem ›Liebe-ist-Vertrauen-Spiel‹ ihr angeblich seine PIN verriet und sie ihm seine. So einfach war das bei Liane.

»Ja, Liane war schon immer etwas leichtgläubig«, Nadja schüttelt belustigt den Kopf, dann sagt sie: »Aber wenn ich mich recht erinnere, war ›Mario‹ kein Yogalehrer, sondern Barmann in so einer hippen Kneipe. Also sollten wir Kamadeva eine Chance geben, vielleicht ist er ja ganz nett. Komm, wir gehen mal zu den Turteltäubchen.« Während wir die Treppe zur Terrasse hochsteigen, entdeckt Nadja eine Bekannte und sagt zu mir: »Geh' schon mal zu den beiden, ich muss noch schnell Frau Müller dort drüben begrüßen und komme dann zu euch.«

»Okay, bis gleich«, sage ich zu ihr und winke Liane zu.

»Hanne, du siehst ja sowas von unschlagbar gut aus! Echt, ich habe dich im ersten Moment gar nicht erkannt, als du Olav gratuliert hast.« Wenn Liane einen neuen Mann dabeihat, fällt sie automatisch in die Rolle des überdrehten Mädchens von früher zurück. Sie redet und kichert dann noch mehr als sonst und alle ihre Bewegungen und Gesten sind einen Tick zu raumgreifend und überschwänglich. So auch jetzt, als sie mir um den Hals fällt. »Darf ich dir meinen Freund Kamadeva vorstellen? Kamadeva, das ist meine beste Freundin Hanne.«

»Hallo, freut mich, dich kennenzulernen.« Kamadeva stellt sich kurz auf die Zehen und küsst mich links und rechts auf die Wange, als wären wir alte Freunde. »Liane hat mir erzählt, dass ihr euch schon seit der Schulzeit kennt, dass du Gärtnerin bist, zwei Kinder hast, aber leider geschieden bist, weil dein Ex so blöd war, eine Frau wie dich zu verlassen.« Er sieht mich bedauernd an und tätschelt – wie zum Trost – meine Hand.

Ich entziehe ihm meine Hand, als hätte ich mich verbrannt und antworte: »Äh ... ja, das ist zwar eine korrekte, aber auch sehr knappe Version meines Lebenslaufs.« *Du kleiner, distanzloser Klugscheißer*, denke ich noch und sehe Liane säuerlich an. Sie bemerkt meinen Blick natürlich nicht und gurrt stattdessen ihren Partner an: »Kami, mein Süßer, die arme Hanne hat noch gar nichts zu trinken, würdest du ihr bitte ein Glas Rotwein holen?«

»Aber natürlich, meine Lotusblüte, was immer du wünschst«, säuselt die Schmalzbacke zurück, knutscht eine halbe Minute lang mit Liane und rauscht – mit neckischem Augenzwinkern in meine Richtung – zum Getränketisch davon.

Ein Schaudern überläuft mich. Wie kann Liane nur so einen Typen zu einer Party bei Freunden mitbringen?

»Was war das denn? Warum erzählst du ihm meine ganze Lebensgeschichte? Ich kenne ihn doch gar nicht!«, motze ich Liane direkt an.

»Wieso ›ganze‹ Lebensgeschichte? Er hat mich gefragt und ich habe ihm nur die wichtigsten Dinge gesagt, mehr nicht. Was bist du denn jetzt so empfindlich?« Liane ist anscheinend enttäuscht, weil ich, anstatt ihr zu ihrem tollen Hecht zu gratulieren, auch noch Vorwürfe mache.

»Ich bin nicht empfindlich! Ich finde es nur unpassend, dass du einem Fremden sofort alles über mich erzählst, das ist alles.« Wir sehen uns genervt an. Wenn Liane in diesem Frisch-verliebt-Stadium ist, ist sie für ›normale‹, logische Argumente nicht zugänglich. Und ihr zu sagen, dass ihr Neuer eine Zumutung ist, wäre zu diesem Zeitpunkt vorsichtig ausgedrückt »ungünstig«. Kamadeva erscheint in meinem Blickfeld, reicht mir ein Weinglas und schnurrt: »Ein samtiger, italienischer Rotwein als Balsam für deine Seele, liebe Hanne.« Dabei schaut er mir ebenso samtig in den Ausschnitt und prostet mir mit seinem Glas zu: »Auf die schö..., äh, zweitschönste Frau des Abends ... denn die schönste bist natürlich du, meine Lotusblüte.« *Ganz knapp die Kurve noch gekratzt, du dämlicher Schleimbolzen!* Ich ignoriere den schmachtenden Blick, trinke einen kräftigen Schluck Wein und schaue mich nach Nadja um. Sie steht immer noch bei Frau Müller. Da ich keine Lust habe, mir Kamadevas Gesülze noch länger anzutun, sage ich zu Liane, dass ich Vera noch nicht begrüßt habe und gehe ins Haus. Ich finde Vera wie vermutet in der Küche, wo sie mit ihrer Schwester und ein paar anderen Frauen das Essen vorbereitet hat. Jetzt stoßen alle mit einem Glas Sekt auf ihr Werk an.

»Hanne, da bist du ja endlich. Komm und stoß' mit uns auf den Abend an!«

»Entschuldige bitte, Vera, ich bin zu spät, ich weiß. Und anstatt gleich zu dir zu kommen, habe ich mich draußen bei euren Gästen festgequatscht«, sage ich bedauernd und umarme sie herzlich.

»Ach, das macht doch nichts, ich hatte genug Hilfe, wie du siehst. Auf euch, Mädels!«, ruft Vera und erhebt erneut ihr Glas. Wir prosten uns zu und ich leere mein Glas in einem Zug. Vera nimmt mein Weinglas und drückt mir stattdessen ein Glas Sekt in die Hand. Dann zieht sie mich zur Seite und sagt leise: »Was ich dir noch sagen wollte: Olavs Kollege Patrik kommt doch heute Abend ...«

»Ja ... und?«

»Also erstens kommt er etwas später und zweitens in Begleitung einer Frau! Olav, der Schussel hat einfach vergessen, mir zu erzählen, dass Patrik eine neue Freundin hat ... Und du hast dich extra so schick gemacht.«

»Nein, doch nicht deshalb! Ich wollte mal etwas anderes anziehen als sonst, das ist alles.« Das ist gelogen. Ich habe mir zwar nicht den ganzen Tag Gedanken darüber gemacht, wie Olavs Kollege wohl aussieht, ob er mir gefällt, ob ich ihm gefalle. Aber so ein bisschen hat das Blind Date meine Kleiderwahl natürlich doch beeinflusst. Und obwohl mir die Information einen kleinen Stich versetzt hat, sage ich betont gut gelaunt zu Vera: »Mach' dir keinen Kopf deshalb. Du weißt doch, dass Verkupplungsversuche meist schiefgehen. Ich werde es verkraften«, dabei lache ich sie an und proste ihr zu.

»Klar wirst du das, aber ein bisschen doof ist das schon, oder? Ich denke einfach, dass ihr gut zusammenpassen würdet«, sagt sie nörgelig, weil sie enttäuscht ist, dass ihr schöner Plan gescheitert ist.

»Weiß er eigentlich, dass er mir heute Abend vorgestellt werden soll?«

»Nein, du kennst doch Olav ... Er hat es nicht erwähnt.«

»Na, dann ist doch alles in bester Ordnung«, sage ich beruhigend zu ihr.

»Stimmt, da hast du natürlich recht ...« Wir prosten uns noch einmal zu. »Oje, schon so spät? Olav muss unbedingt das Buffet eröffnen, die armen Gäste verhungern uns sonst. Ich hoffe, mein

Gatte hat endlich die Grillsachen fertig.« Vera verdreht genervt die Augen, weil Olav seine einzige Aufgabe des Abends trotz Phillips Hilfe selbstverständlich nur verspätet auf die Reihe bekommt.

»Da sagst du was, ich habe meinen Wein und jetzt noch den Sekt viel zu schnell getrunken und Hunger wie eine Bärin.« Ich muss wirklich so schnell wie möglich eine Kleinigkeit essen und etwas Alkoholfreies trinken. Ich greife mir ein Stück Weißbrot und ein Glas Wasser und gehe damit auf die Terrasse. Unten auf der Rasenfläche stehen hübsch mit Kerzen und Blumen dekorierte Tische mit Stühlen und Bänken drumherum. Nadja, die es wohl immer noch nicht zu Liane und Kamadeva auf die Terrasse geschafft hat, sitzt an einer Biertischgarnitur und unterhält sich mit zwei Paaren, die ich von früheren Partys kenne. Sie gibt mir ein einladendes Zeichen, mich zu ihnen zu setzen. An der Treppe muss ich mich höllisch konzentrieren, um die drei Stufen sicher hinunterzugelangen. Dabei machen mir abgesehen vom Alkohol auch die ungewohnten Schuhe zu schaffen.

Am Tisch angekommen werde ich fröhlich begrüßt und alle witzeln darüber, dass ich wenigstens etwas zu essen hätte, auch wenn es nur ein karges Mahl aus Wasser und Brot wäre. Ich fühle mich sofort wohl in der Runde und plaudere munter mit. Dann verkündet Olav endlich, dass das Essen fertig ist und fast alle Gäste erheben sich erleichtert von ihren Stühlen.

»Hui, die berühmte Schlacht ums Buffet beginnt. Kommt, ich kämpfe uns den Weg frei!« Philip steht plötzlich neben uns und spielt den Helden. Er nimmt Nadja bei der Hand und umrundet flink ein paar Gäste. Ich folge den beiden. Nach kurzer Wartezeit sind wir an der Reihe. Während Nadja hier und da eine kleine Leckerei auf ihrem Teller platziert nutze ich die Ladekapazität meines Tellers voll aus. Leider passen weder das gegrillte Hühnerbein noch das zweite Stück Baguette auf den Tellerrand, so dass ich sie in die freie Hand nehmen muss. Ich klemme mir eine Serviette und Besteck unter den Teller, steige die Treppe wieder hinunter und will Nadja zu unserem Tisch folgen, als hinter mir eine freundliche Stimme »Hallo« sagt. Die Stimme kommt mir bekannt vor. Ich drehe mich um und vor mir steht tatsächlich der Mann aus der Volkshochschule.

Ich bin völlig überrascht und natürlich fällt mir sofort siedend heiß die Begegnung im Supermarkt ein, wie peinlich ... »Hallo ...«, grüße ich reichlich verlegen zurück, aber die Frage, was er denn hier mache, kann ich mir diesmal gerade noch verkneifen. Stattdessen frage ich ihn: »Der Wein war also für diese Party bestimmt und Olav ist der besagte Freund?«

Man sieht ihm an, dass ihn die Erinnerung an die Szene im Supermarkt amüsiert. Er nickt grinsend und setzt gerade zu einer Antwort an: »Ja, genau, ich ...«, als sich eine Frau an seine Seite drängt und an seinem Arm unterhakt. »Da bist du ja, warum hast du nicht auf mich gewartet?«, fragt sie vorwurfsvoll, scheint aber keine Antwort zu erwarten. Stattdessen erteilt sie einen Auftrag: »Mein Lieber, bringst du mir bitte ein Glas Wasser? Still, ohne Eis oder Zitrone.«

»Aber natürlich, gerne«, sagt er freundlich zu ihr und fragt mich: »Und für Sie?«

»Kein Wasser, danke.«

Wieder dieses Grinsen, dann fragt er mit Blick auf meine Hand: »Vielleicht etwas anderes, zum Beispiel ein Glas Grauburgunder zum Hühnchen?«

Ich schaue auch auf meine Hand, und obwohl ich nicht weiß, wie ich zusätzlich noch ein Glas halten soll, kann ich einem kühlen Schluck Wein zum Essen natürlich nicht widerstehen, also verkneife ich mir eine schnippische Bemerkung zum Thema Alkohol und antworte: »Oh ja, gute Idee. Vielen Dank.« Und damit ich wenigstens eine Hand frei bekomme, beiße ich genüsslich in mein fettiges Hühnerbein. Die Frau vor mir verzieht angewidert das Gesicht. Nach meinem zweiten Bissen sagt sie: »Es ist ja so schrecklich voll und eng hier, viel zu viele Gäste für einen so kleinen Garten, oder nicht?« Sie reckt ihr kleines spitzes Kinn in die Höhe und schaut sich missbilligend um. Dabei huschen ihre dunkel überschminkten und anscheinend durch künstliche Wimpern aufgemotzten Augen flink hin und her. Sowohl die Augenbrauen als auch der Mund wirken, als wären sie mit Schablonen aufgemalt.

Kauend antworte ich: »Naja, so klein ist er gar nicht. Die reine Pflanzfläche hinter dem Haus ist immerhin 400 Quadratmeter groß. Ich weiß das so genau, weil ich ihn teilweise angelegt habe. Ich bin nämlich Gärtnerin von Beruf.«

»Ach wirklich? Wie spannend!«, sagt sie mit ironischem Unterton und setzt herablassend hinzu: »Ich mag ja lieber Gärten mit erkennbarem Konzept. Dieses ›Blümchen hier, Blümchen dort‹ ist nicht so mein Fall. Ich habe es allgemein nicht so mit der Natur. Ich lebe in der Stadtmitte und habe auf meiner 200 Quadratmeter großen Dachterrasse, nur ein paar Kübelpflanzen um den Pool arrangieren lassen, das genügt mir völlig.«

So siehst du auch aus, du blasse Poolnudel. Ein bisschen Sonne und Bewegung in der Natur würden dir guttun. Und anstatt nur an einem stillen Wässerchen zu nippen, solltest du mal ein Steak mit

Pommes essen. Die Frau ist unsagbar dünn und wirkt so blutleer. Ihr kinnlanger Pagenschnitt ist zwar absolut akkurat geschnitten, lässt ihr Gesicht aber noch schmaler erscheinen, als es von Natur aus schon ist. Und das dunkle Braun trägt nicht wirklich zu einem frischen Teint bei. Ihr schmales, knielanges Kleid besteht aus einem cremefarbenen Unterkleid und einem Oberkleid aus zarter, mit Schmucksteinen bestickter, schwarzer Spitze. Aus diesem Stoff sind auch die langen Ärmel genäht, die allerdings nur knapp die Schulter bedecken. Denn während vorne der Spitzenstoff bis zum Hals reicht, ist der Rücken in voller Breite –okay, bei ihr ist das nicht viel - atemberaubend tief ausgeschnitten. Durchaus geschmackvoll und raffiniert, aber etwas overdressed, eher für einen Empfang als eine private Gartenparty.

Ich versuche diplomatisch zu antworten, obwohl ich der arroganten Schnepfe gerne meine Meinung sagen würde: »Wissen Sie, ich sehe meine Aufgabe darin, herauszufinden, was die Kunden möchten. Ich kann ihnen zwar Gestaltungsvorschläge machen, darf dabei aber nicht meinen Geschmack in den Vordergrund stellen. Außerdem berate ich sie natürlich, was überhaupt in ihrem Garten gedeiht und was nicht. Und ich finde, das ist hier gelungen, dieser Garten passt genau zu seinen bodenständigen, naturverbundenen Besitzern.«

»Ja, das scheint Teil des Problems zu sein ...«, näselt die Dünne und fragt mich dann: »Sagen Sie, Ihr Overall ist doch von dem Modelabel ›Chili Silk‹, oder nicht?«

»Keine Ahnung, kann sein.« Ich schaue an mir herunter, als könnte ich dort ein Etikett finden.

»Doch, doch, da bin ich mir ganz sicher. Ich habe eine Boutique in der Stadt und habe die Marke selbst im Sortiment, man muss ja auch ein oder zwei günstigere Labels im Angebot haben«, sagt sie, bleckt kurz die Zähne, was wohl ein Lächeln andeuten soll und fährt dann fort:»Der Overall ist aus der vorletzten Kollektion, aber zum Glück ist er ja zeitlos, nicht wahr?« Wieder blitzen die strahlend weißen Zähnchen auf. »Ganz toll finde ich daran, dass der Schnitt dicke Beine kaschiert. Und besonders zauberhaft war er in diesem klassisch eleganten, matt glänzenden Schwarz. Gab es den schwarzen nicht mehr in ihrer Größe?«

Ich würde der blasierten Salzstange gerne sagen, dass ich ganz sicher keine dicken Beine habe, nur weil sie etwas standfester sind als ihre. Ich verkneife mir die Bemerkung aber, weil ihr Begleiter mit einer Flasche Wein, drei Weingläsern, guter Laune und einem Glas Wasser ohne alles zurückkommt. Stattdessen sage ich: »Doch, es gab ihn auch in Schwarz. Aber ich wollte ja nicht auf eine Beerdigung damit. Das Grün fand ich frischer.«

»Frisch? So kann man das auch nennen ... aber es passt wohl zu ihrem Beruf«, sagt darauf die Dünne und bedankt sich für das Wasser: »Danke, mein Liebster.«

»Frisches Grün? Was machen Sie denn beruflich?«, fragt mich der VHS-Mann, während er zwei Gläser füllt. Da ich immer noch beide Hände voll habe, stellt er mein Glas auf die Mauer hinter uns.

»Ich bin Gärtnerin. Wie ich schon zu Ihrer Frau sagte ...« Weiter komme ich nicht, weil die beiden mich sofort korrigieren.

»Oh, wir sind doch nicht verheiratet.« – »Wir sind nur befreundet...« – »... kennen uns noch nicht so lange ...«, sagen sie gleichzeitig mit diesem kokettierenden Oh-mein-Gott-nein-sehen-wir-denn-so-aus-Lachen, das Menschen in dieser Situation aufsetzen. Ihr bedauernswertes Gegenüber, in diesem Falle ich, lacht dann zwar mit, hat aber auch das unbestimmte Gefühl einen Fehler gemacht zu haben.

In diesem Moment kommt Olav strahlend auf uns zu und sagt: »Liebe Hanne, Vera schickt mich, ich soll dir mal meinen Kollegen vorstellen«, dabei zeigt er auf den VHS-Mann.

Ich schaue Olav entgeistert an, das kann doch jetzt nicht sein Ernst sein! Das ist der besagte Patrik?

»Hanne, alles in Ordnung?« Olav schaut mich besorgt an. Ich nicke matt in seine Richtung und versuche meine Gedanken zu sortieren. »Also das ist mein Kollege Patrik und seine Freundin Dorothee.«

Die Dünne hält mir ihre blasse, schlaffe Pfote entgegen und stellt sich selbst vor: »Kreuzer, Dorothee Kreuzer.«

Da ich immer noch das halb abgenagte Hühnerbein in der Hand halte, verzichten wir auf den Händedruck und ich winke nur matt: » Kessler-Beck. Hanne. Hallo.«

Patrik nickt mir freundlich zu: »Wir kennen uns ja bereits, wenn auch nur vom Sehen. Wir sind uns nämlich schon zweimal begegnet«, erklärt er jetzt an Olav gewandt »Zuerst in der VHS und dann wenige Tage später im Supermarkt, als ich den Wein für heute ausgesucht habe.«

Ich halte kurz die Luft an und senke peinlich berührt den Blick, aber Patrik erwähnt nicht, dass ich ihm die beiden Flaschen aus den Händen gerissen habe. Feiner Zug von ihm. Im Gegenzug beschließe ich, keine Bemerkung darüber zu verlieren, dass ich von seinem Alkoholproblem weiß. Ich hebe langsam wieder den Kopf und stelle fest, dass er mich amüsiert betrachtet. Jetzt brauche ich erstmal einen Schluck Wein. Ich entsorge unauffällig die Hühnerknochen im Beet, wische mir die Hand an der Serviette ab und trinke von meinem Glas. Das tut gut, so ein leckerer Tropfen.

»Du hast den Wein ausgesucht?«, fragt Dorothee und Patrik antwortet: »Ja, Olav sagte schon im Studium immer, ich könnte auch im untersten Preissegment einen schmackhaften Wein finden.«

»Das stimmt, ich dagegen greife garantiert nach dem falschen«, Olav lacht. »Es war im Interesse der Gäste, diese Aufgabe besser Patrik zu überlassen. Ich war eine Sorge los und musste am nächsten Arbeitstag nur noch die Flaschen in mein Auto umladen.« Patrik und ich grinsen. Nicht, weil es besonders witzig war, sondern weil wir Olavs Bequemlichkeit nur allzu gut kennen.

»Also, wenn du mal für mich Wein aussuchen solltest, nimmst du bitte den Besten aus dem höheren Preissegment«, näselt die Dünne und versucht sich wieder an einem Lächeln.

Wir sehen sie fragend an. Wie unsensibel war das denn? Patrik fasst sich als Erster und sagt freundlich: »Du hast den Wein doch gar nicht probiert …«

»Das war ja auch ein Scherz, der Wein schmeckt bestimmt ausgezeichnet«, sagt sie versöhnlich und schmiegt sich an Patrik.

Also das mit dem Scherzen sollte sie mal noch üben, denke ich, greife mir endlich meinen Teller und fange genüsslich an zu essen. Patrik und Dorothee beschließen, sich etwas vom Buffet zu holen und schlendern mit Olav auf die Terrasse. Ich schaue ihnen nachdenklich hinterher und bin froh, ein paar Minuten alleine zu sein, so kann ich in aller Ruhe meine Gedanken sortieren. Selbst ein belangloses Gespräch mit Nadja und Philip oder anderen Gästen kann ich gerade nicht gebrauchen. Als ich mich durch zwei Drittel meines Tellers gefuttert habe, gesellen sich – zu meinem Leidwesen – Liane und Kamadeva zu mir. Liane scheint unsere Meinungsverschiedenheit von vorhin vergessen zu haben, denn sie plaudert leichthin: »Hier bist du! Und ganz allein, arme Hanne! Vera wollte dir doch Olavs Arbeitskollegen vorstellen. Ist er nicht gekommen?«

»Doch, er ist da, aber er hat überraschend seine neue Freundin mitgebracht«, antworte ich.

»Oh nein, du Ärmste. Ich hatte gehofft, er wäre dein neues Herzblatt. Immerhin hat er Veras Qualitätskriterien entsprochen, was ja nicht so häufig vorkommt. Wer ist es denn?« Liane reckt den Hals, ohne zu wissen, wen sie sucht.

Ich schaue mich um und entdecke Patrik am Buffet. »Er steht da oben neben Olav, die Frau links von ihm ist seine Freundin«, erkläre ich ihr.

»Ach der? Naja, da finden wir doch was Besseres für dich, nicht wahr, Kami?«, sagt sie verbündend und küsst ihren Partner.

»Aber natürlich, meine Lotusblüte. Hanne könnte zu einer Schnupperstunde zu uns kommen, wir haben immer ein paar attraktive, alleinstehende Gäste in den Kursen« schmalzt »Kami« und sieht mich erwartungsvoll an.

Ich schaue nur widerstrebend zurück und schüttele mit gerunzelter Stirn den Kopf: »Nein, danke, lasst mal gut sein, so nötig habe ich es auch wieder nicht. Diese Kuppelei geht mir auf die Nerven.«

»Sei nicht gleich wieder beleidigt, wir meinen es doch nur gut.« Liane schürzt enttäuscht die Lippen.

»Ja, ich habe es nicht so gemeint, entschuldige bitte«, lenke ich ein, weil ich keine Lust auf einen weiteren Streit mit Liane habe. »Aber ich brauche wirklich keine Hilfe. Entweder es ergibt sich etwas oder eben nicht«, sage ich achselzuckend und wende mich wieder meinem Essen zu. Um nicht ganz so unhöflich und abweisend zu wirken, frage ich »Kami«: »Was bedeutet dein Name eigentlich?«

»Kamadeva heißt übersetzt ›Gott der Liebe‹«, sagt das Jüngelchen, ohne rot zu werden.

Ich muss mir ja so auf die Lippen beißen und kann mich nur mit Mühe beherrschen, nicht laut zu lachen. Dann frage ich, fast ohne zu kichern: »Soso ... und wie kommt man zu so einem Namen? Wird der nicht von einem Meister verliehen?«

»Nicht unbedingt. Wenn man das will, kann man sich einen Namen geben lassen. Aber ich habe mir meinen selbst ausgesucht.«

»Und du unterrichtest dann unter diesem Namen?«, frage ich ungläubig und hätte gerne noch gewusst, welche Art von Yoga in dem Zentrum eigentlich unterrichtet wird.

»Nein, ich unterrichte nicht im Zentrum und den Namen kennt dort niemand, das ist nur mein spiritueller ›Innerer Name‹.« Dabei legt er die Handflächen in Höhe des Gesichts gegeneinander und senkt mit einer leichten Verbeugung die Arme auf Brusthöhe.

Wieder muss ich mir ein Lachen verkneifen, wie kann man nur so affig sein? »Und wie ist dein ›äußerer‹ oder bürgerlicher Name?«

»Jan.«

»Aha ...«

Auf der Terrasse sehe ich Nadja, die Veras Söhne zu sich ruft und ihnen den Auftrag gibt, die Kerzen auf den Tischen sowie verschiedene Fackeln anzuzünden. Vorher hat Nadja mit Vera und einigen anderen Frauen das benutzte Geschirr eingesammelt und in die Küche getragen. Normalerweise bin ich ein fester Bestandteil dieses Aufräumkommandos, aber was war heute Abend schon normal? Nach einem kurzen Blick auf Liane und Jan, die die kleine Gesprächspause nutzen, sich eng umschlungen abzuknutschen, winke ich Nadja mit flehendem Blick. Zu meiner Erleichterung erkennt sie den stummen Hilferuf und kommt mit Philip zu uns.

»Hanne, du bist ja immer noch am Essen«, scherzt Philip. »Iss mal brav auf, sonst gibt es keinen Nachtisch«, sagt er altväterlich, mit erhobenem Zeigefinger.

»Haha, sehr witzig ... ich hatte irgendwie gar keine Zeit zum Essen«, antworte ich seufzend und stelle meinen Teller auf das Mäuerchen. Der Hinweis, dass es noch Dessert gibt, hebt allerdings meine Stimmung. Philip wendet sich Liane und Kamadeva zu und beginnt ein Gespräch mit ihnen.

Nadja bleibt neben mir stehen und fragt mich vorsichtig: »Sag' mal, du wirktest die ganze Zeit sehr beschäftigt, aber nicht unbedingt gut unterhalten, oder?« Sie scheint bemerkt zu haben, dass ich mich mit meinen Gesprächspartnern nicht immer wohlfühlte und sieht mich durchdringend an.

»Doch, doch, es war ganz nett«, nuschele ich vor mich hin, weil ich jetzt keine Lust, habe die vergangene halbe Stunde mit Nadja zu besprechen.

»Du hast dich auch mit Frau Kreuzer unterhalten, der Besitzerin von dem noblen Modeladen in der Stadtmitte, kennst du sie schon länger?«, hakt Nadja nach.

»Nein. Olav hat uns bekannt gemacht«, antworte ich wortkarg.

»Und woher kennt Olav sie? Oder Vera?«

»Sie kannten sie vorher auch nicht. Ihr Freund ist ein Arbeitskollege von Olav.«

»Ach so.« Nadja wendet sich zur Seite, um nach ihrer Handtasche auf dem Mäuerchen zu greifen, dann dreht sie sich wieder zu mir um und grinst mich an. »Nee, ne? Das ist aber nicht DER Arbeitskollege, Mister 100 % alltagstauglich?«

»Doch.«

»Ich dachte, der ist Single.«

»Das dachte Vera auch, aber er ist wohl ...«

»Meine liebste Hanne, was macht eigentlich dein armer Rücken? Gehst du noch zur Wirbelsäulengymnastik?«, kräht mich plötzlich Liane schrill von der Seite an ... und ich hätte nicht gedacht, dass ich ihr heute Abend nochmal dankbar sein würde, dass sie mich anspricht.

»Mein Rücken? Ich würde mal sagen, Wirbelsäulengymnastik ist ein neues Hobby von mir«, witzele ich als Antwort.

Wir lachen alle über meinen Scherz und unterhalten uns weiter über unverfängliche Themen, wie Hobbys, Autos, Urlaub und Arbeit. Philip gibt gerade die Story eines älteren Kunden zum Besten, der mit seinem Neuwagen vom Hof des Autohauses fahren wollte und dabei vier Gebrauchtwagen und das eigene zu Schrott fuhr. Weil ich die Geschichte schon kenne, nehme ich mein Handy aus meiner Tasche, um nachzusehen, ob in der Zwischenzeit vielleicht eine Nachricht darauf ankam. Auf der anderen Seite der Treppe, keine drei Meter von mir entfernt, entdecke ich Patrik und Dorothee. Ein Seufzen von Dorothee ist nicht zu überhören. Ich muss mich noch nicht einmal anstrengen, ihrem Gespräch zu folgen, während ich so tue, als wäre ich mit meinem Handy beschäftigt.

»Nein, wie ärgerlich ...«

»Ist was nicht in Ordnung?«, fragt Patrik seine Freundin besorgt.

»Ach, nein, es ist alles gut ... nur der Weißwein ist zu warm und abgestanden ...«, jammert Dorothee.

»Gib mir dein Glas, ich hole dir einen neuen.« Patrik greift nach ihrem Glas und sieht sie aufmunternd an. »Oder willst du lieber etwas anderes trinken?«

»Ach nein, ich weiß nicht ...«

»Wie wäre es mit einem Aperol Spritz, Hugo oder einem Gin Tonic?«, versucht er ihr ein paar Alternativen schmackhaft zu machen.

»Das ist doch alles zu süß ...«, nörgelt sie weiter. Wie konnte er ihr aber auch etwas so Unmögliches vorschlagen?

»Vielleicht ein Wasser ohne alles?«, fragt er sie jetzt schelmisch.

»Nein ...«

»Also doch ein frisches Glas trockener Weißwein?«

»Ja, wenn es halt sonst nichts gibt ...«, schmollt sie mit Leidensmiene, dabei nestelt sie an dem eleganten Schal mit dem Volumen einer Wolldecke, den sie sich um die Schultern drapiert hat, und quengelt: »Es wird so langsam frisch, merkst du das nicht?«

»Nein, mir ist noch ...«

»Das Essen war auch schon kalt und die Putenspieße waren zu scharf und erst diese ölige Salatsoße ... grauenhaft ... Wer soll das denn essen?« Dorothee verzieht angewidert das Gesicht und fragt dann unvermittelt: »Wie wäre es, wenn du mir endlich mal meine Jacke holen würdest?«

»Klar ... mache ich. Weißt du, wo sie ist?«, fragt Patrik nicht mehr ganz so ergeben wie bisher.

»Olav wollte sie irgendwo hinlegen, wo ihr nichts passieren kann.«

»Okay, dann werde ich ihn mal fragen.« Patrik steigt auf der Suche nach Olav die Treppe hoch und läuft zum Haus.

Was will er nur von dieser nörgeligen, dröge langweiligen Person? Einen Moment lang verspüre ich den Impuls, ihm zu folgen und ihm zu gestehen, dass ich sein Blind Date für heute Abend war, oder besser gesagt sein Blind-Blind-Date. Andererseits hat er es ja auch nicht anders verdient, soll er sich doch mit der dünnen Ziege langweilen, er ist schließlich alt genug und muss selbst wissen, was gut für ihn ist ...

»Hanne? ... Hallo, bist du noch bei uns?« Philip steht mit schiefgelegtem Kopf vor mir und schnippt mit den Fingern vor meiner Nase rum.

»Was? Ja, natürlich ... Was hast du gesagt?«, antworte ich, unsanft aus meinen Gedanken gerissen.

Philip sieht mich belustigt an »Ich sagte, dass seit einiger Zeit der Nachtisch auf der Terrasse steht und ich mir eine Portion Mousse au Chocolat hole, bevor sie leer ist. Soll ich dir etwas mitbringen?«

»Nein, danke, das ist lieb von dir, aber ich glaube, ich will mir selbst etwas aussuchen. Außerdem täte mir etwas Bewegung ganz gut«, witzele ich und tätschele meinen Bauch.

Oben auf dem Buffet stehen mindestens sieben Sorten Desserts, äußerst appetitlich in kleinen Gläsern angerichtet. Ich bin ganz verzückt, hebe hier und da ein Gläschen in die Höhe und versuche herauszufinden, was da wohl drin ist. Am liebsten würde ich mit einem Löffelchen alle probieren und mich erst dann für zwei oder drei entscheiden.

»Ich liebe alles Süße!«, haucht mir plötzlich Kami ins Ohr, wobei er das Wort »Süße« ganz seltsam betont. »Und du kannst wohl auch keiner Leckerei widerstehen, das sehe ich sofort«, schnurrt er.

Ich schrecke zurück. Der Zauber der süßen Pracht ist dahin. Was will der Typ von mir?

»Wie kommst du denn darauf? Du kennst mich doch gar nicht. Du ...«, weiter komme ich nicht, weil mir Kami-Jan ins Wort fällt.

»Noch nicht. Aber ich würde dich gerne NÄHER kennenlernen. Zum Beispiel beim Privatunterricht, bei dir zu Hause. Ich kenne ein paar sehr gute Übungen gegen Rückenschmerzen ... du wirst überrascht sein!«, flüstert er mir zu, dabei schaut er mir unverhohlen in den Ausschnitt.

Moment, habe ich mich gerade verhört, weil die Musik mittlerweile eine tanzbare Lautstärke angenommen hat, oder hat mir der Lackaffe gerade ein eindeutiges Angebot gemacht und würde einfach mal so seine Lotusblüte wechseln? Das könnte dir so passen, Bürschchen, aber nicht mit mir! »Jetzt halt' mal die Luft an, du selbsternannter ›Gott der Liebe‹!«, schnauze ich den dreisten jungen Mann an. »Ich will nichts von dir, klar?

Weder Rücken- noch sonst irgendwelche gymnastischen Übungen. Und jetzt gehst du wieder brav zu deiner Lotusblüte und lässt mich in Ruhe!« Ich schaue ihm so giftig wie möglich in die Augen und blicke dann zu den anderen, um nachzusehen, ob jemand etwas von unserer Auseinandersetzung mitbekommen hat. Aber unten auf dem Rasen haben Liane, Nadja und ein paar andere Gäste zu tanzen begonnen. Philip und Vera stehen, ihre Desserts löffelnd, mit dem Rücken zu uns und schauen den Tanzenden zu. Ich sehe auch, dass Patrik Dorothee in ein kamelfarbenes, flauschiges Mäntelchen hilft, das sowohl an den Handgelenken als auch am unteren Saum mit kleinen braunen Federn geschmückt ist. Dorothee bedankt sich mit einem Küsschen und flüstert Patrik etwas ins Ohr. Es scheint eine Art Entschuldigung gewesen zu sein, denn er sieht sie versöhnt an und küsst sie ebenfalls. Außerdem scheint sich Madame für ein Getränk entschieden zu haben, denn Patrik löst sich von ihr und läuft zum Getränkestand. Nach einem kurzen warnenden Blick auf Kami-Jan greife ich mir wahllos ein Dessertglas und laufe damit zur Treppe. Aber kaum steige ich die erste Stufe herunter, wanzt sich Kami-Jan wieder an meine Seite und sagt: »Ach, komm schon, ich sehe dir an, dass du neugierig bist … nur ein Versuch, du wirst es nicht bereuen.« Dabei umfasst er meine Taille, etwas zu hoch. Ich bin völlig fassungslos, wie kann man nur so unverschämt sein? Ich drehe mich wütend zu ihm um und motze ihn an: »Sag' mal hast du es immer noch nicht kapiert? Lass mich …«, weiter komme ich nicht. Ich bleibe nämlich mit dem Absatz in einer Vertiefung der aus Pflastersteinen gemauerten Treppe hängen und stolpere die verbleibende Stufe rückwärts herunter. Aus Reflex greife ich nach Kamis Arm, um mich festzuhalten, reiße ihn aber leider mit. Ich lande unsanft auf dem Rasen und mein Schwerenöter auf mir.

Noch bevor irgendjemand realisiert, was eigentlich passiert ist, erschüttert ein hysterisches, kehliges Kreischen die gesamte Nachbarschaft. Ich versuche mich umzusehen und kann nicht glauben, dass es Dorothee ist, die schreit. Wie kann aus einem so zierlichen Persönchen so ein markerschütternder Ton herauskommen? Auch Kami schaut erschrocken in Dorothees Richtung. Dann springt er schnell auf, wobei er sich sichtlich Mühe gibt, mich nicht zu berühren. Zum Zeichen seiner Unschuld hebt er die Handflächen nach oben und schüttelt abwehrend den Kopf. Während ich versuche diese absurde Situation zu verstehen, beschleicht mich das Gefühl, dass es für die anderen so aussehen muss, als hätte ICH den jungen Mann an mich gezogen und so zu Fall gebracht.

Philip steht plötzlich vor mir und fragt mich: »Hanne, was machst du denn für Sachen?« Dann reicht er mir die Hand. »Bist du verletzt?«

Ich lasse mir von ihm aufhelfen. »Ich glaube nicht, aber ich ...«

»Sie trampelige, dumme Kuh, Sie ... plauzige Riesenwalze! Wenn man als Dorftrottel nur in Gummistiefeln laufen kann, sollte man keine High Heels tragen!« Dorothee hat sich vor mir aufgebaut und brüllt mich wutschnaubend an, ihre Wortwahl ist jetzt längst nicht mehr so elegant und elitär, wie ihr bisheriger Auftritt vermuten ließ. Und ich verstehe überhaupt nicht, was sie eigentlich von mir will, schließlich bin ICH gerade eine Treppe hinuntergestürzt und nicht sie. Ich sehe sie einfach nur erschrocken an.

»Wissen Sie überhaupt, was ein Kleid von ›Valentino‹ und

ein Cardigan von ›Gucci‹ kosten?« Sie erwartet keine Antwort von mir, sondern gibt sie selbst: »Sicher mehr, als Sie in einem halben Jahr verdienen ... Und jetzt haben Sie beides völlig ruiniert ...« Dorothee sieht auf einer Seite an sich herunter und zupft am Saum ihres Kleides herum. Erst jetzt bemerke ich, dass sie die braune Jacke wieder ausgezogen und über ihren Arm gehängt hat.

»Ich habe was ...? Warum habe ICH die Sachen ruiniert?«, frage ich sie, denn ich bin mir keiner Schuld bewusst.

»Weil Sie die Fackel neben der Treppe umgestoßen haben, als sie sich dem armen Mann an den Hals warfen ... widerlich ... Wenn man schon zu betrunken ist, um ...«, Dorothee scheint nach weiteren Beleidigungen zu suchen, um ihre Geringschätzigkeit mir gegenüber deutlich genug ausdrücken zu können. Patrik steht etwas bedröppelt daneben und versucht seine Freundin zu beruhigen oder besser gesagt zu besänftigen, indem er sachte seinen Arm um sie legt und leise auf sie einredet.

»Ich habe mich ihm nicht an ...«, starte ich einen schwachen Versuch mich zu verteidigen.

»Das wird ja immer schöner, jetzt leugnen sie auch noch, schuld an dem Schaden zu sein!«, kreischt mich Dorothee schrill an und schüttelt unwirsch Patriks Hand von ihrer Schulter.

»Nein, nein, das meine ich gar nicht ... Wenn ich die Fackel umgeworfen habe und Ihre Kleider dadurch beschädigt wurden, dann tut mir das natürlich leid und ich komme für den Schaden auf, ich bin versichert ... Aber nicht ICH habe ihn umarmt, sondern ER mich ...«, versuche ich erneut eine Erklärung, merke aber, dass mir im Moment wohl niemand glaubt, die Umstehenden sehen mich alle zweifelnd an.

»Wie armselig«, sagt Dorothee jetzt nur noch voller Abscheu und wendet sich dann an Patrik: »Mein Liebster, bring' mich bitte nach Hause, ich muss mich von diesem Alptraum erholen«, näselt sie sichtlich geschwächt und lässt sich von ihrem Freund zum Auto geleiten. Auf einen Wink von Vera hin begleitet Olav die beiden zur Haustür.

Und, als wäre das nicht schon genug, trumpft jetzt noch Liane auf: »Hanne, das hätte ich nicht von dir erwartet. Den ganzen Abend bist du so schnippisch zu mir und meinem lieben Kami und dann versuchst du ihn mir auszuspannen, pfui Teufel ...«

»Wie oft soll ich es denn noch sagen? Er hat mich angemacht, er wollte mir zu Hause ein paar Übungen zeigen und mich ›näher kennenlernen‹, wie er das nannte ...« Ich habe das Gefühl, ich bin hier im falschen Film. Hat denn niemand gesehen, dass dieser schmierige Möchtegern-Casanova mich belästigt hat?

»Das hättest du wohl gerne. Er hat mir die Sache aber gerade genau umgekehrt erklärt. Ich denke, wir reden nochmal darüber, wenn du wieder nüchtern bist.« Liane wendet sich an Vera, bedankt und verabschiedet sich von ihr und rauscht mit ihrem Unschuldslamm im Schlepptau davon. Kaum haben die beiden den Garten verlassen, schnappt mich Vera am Arm und führt mich etwas von den anderen Gästen weg »Sag' mal, Hanne, was war das denn?«, motzt sie mich sofort an. »Wie kannst du dich nur Lianes Freund an den Hals werfen? Wie konntest du ihn einfach küssen!«

»Das wird ja immer schöner. Ich habe ihn doch gar nicht geküsst. Er hat mich auf der Treppe begrabscht und ich habe mich gewehrt, dann bin ich gestolpert und habe ihn mitgerissen und dann hat er so getan, als hätte er nichts getan ...«, stottere ich empört und enttäuscht darüber, dass Vera mir etwas so Absurdes unterstellt.

»Das sah aber ganz anders aus ... Zum Glück ist mit der Fackel nichts Schlimmeres passiert, das hätte übel ausgehen können. Die arme Dorothee ...«

»Jetzt reicht's aber! Was heißt hier ›arme‹ Dorothee?«, falle ich Vera sauer ins Wort. »Die hat doch den ganzen Abend nur an allem rumgenörgelt und gelästert. Aber ich bin froh, dass SIE die Freundin von diesem Patrik ist und nicht ich. Ich weiß gar nicht, wie ausgerechnet DU auf die Idee kommen konntest, mir so einen Mann vorstellen zu wollen. Wo du doch immer sagst, ich bräuchte einen zuverlässigen, alltagstauglichen Mann«, äffe ich ihre typische Ausdrucksweise nach.

»Wow, langsam ...«, sagt Vera und hebt abwehrend die Hände. »Bei welchem Thema bist du denn gerade gelandet?«

»Bei dem, was dein toller Patrik in der VHS macht. Ich habe ihn nämlich dort bei dem Treffen der ›Anonymen Alkoholiker‹ gesehen und dann nochmal, als er den Wein für heute gekauft hat. Keine gute Idee, den Bock zum Gärtner zu machen ...«, trumpfe ich gehässig auf.

»Was redest du denn für einen Unsinn? Also wenn ich mir deinen Alkoholkonsum und die Folgen davon so ansehe, denke ich, dass du besser mal zu so einem Treffen gehen solltest«, Vera sieht mich ebenfalls sauer an, »Patrik ist jedenfalls kein Alkoholiker, er leitet in der VHS einen Computerkurs für Fortgeschrittene. Als du ihn da gesehen hast, fing gerade der neue Kurs für seine ›Hobbyhacker‹ an. Und deine ›Anonymen Alkoholiker‹ treffen sich natürlich nicht im Gebäude der VHS, sondern im Hinterhaus, in den Räumen der Suchthilfe.«

»Oh!«

»Oh!«, äfft Vera jetzt mich nach »Ist das alles, was dir dazu einfällt?«

Mein Handy klingelt in meiner Handtasche. Ich greife etwas benommen danach und schaue auf das Display. Dort wird die Festnetznummer meiner Eltern angezeigt.

»Meine Eltern, hoffentlich ist nichts passiert«, informiere ich Vera, während ich das Gespräch annehme und ein paar Schritte zur Seite gehe.

»Hallo?«

»Hanne? Hier ist Mama. Sollte Irma nicht bei Michael sein?«

»Wieso ›sollte‹? Die Kinder ›sind‹ bei Michael.«

»Eher nicht. Ich war vorm Fernseher eingeschlafen und als ich gerade wach wurde, hörte ich Musik bei euch im Haus. Und da sind ein paar Lichter an, aber die Rollläden sind unten. Im Moment kommen wieder junge Leute in den Hof. Kommst du bald heim oder soll ich nachsehen?«

»Nein, nein, unternimm nichts. Ich komme sofort!«, sage ich zu meiner Mutter und eile zum Gartentor. Vera rufe ich noch über die Schulter zu, dass Irma eine Party feiere und wir deshalb ein andermal weiterreden würden.

KAPITEL 12

Als ich zu Hause ankomme, sehe ich schon vom Hoftor aus zwei junge Männer, die rauchend auf der Treppe sitzen. Die halbvolle Wodkaflasche steht sicherlich nicht als Deko zwischen ihnen. Aus der offenen Haustür wummert Musik, Stimmen und Gelächter sind zu hören. Die beiden Jungs auf der Treppe scheinen gerade in weltbewegende Themen vertieft zu sein, jedenfalls nehmen sie mich nicht wahr, während ich halb über sie steige. Im Eingangsbereich liegt ein Berg aus Schuhen, Jacken und Rucksäcken. Aus dem oberen Stockwerk höre ich das helle Gebell von Tarzan und auch ein dunkles »Wuff« von Theo. Irma muss die beiden in meinem Schlafzimmer eingesperrt haben. Nach einem »Ist gut, Jungs. Ich bin da.« sind die beiden für kurze Zeit still. Als ich dann die Tür zum Wohnbereich öffne, stockt mir der Atem. In dem muffigen, dunklen Raum befinden sich geschätzt 20 Menschen. Einige tanzen, andere sitzen auf dem Boden oder dem Sofa. In der angrenzenden Küche und draußen auf der Terrasse sind nochmal mindestens 30 Personen. Irma kann ich auf Anhieb nicht entdecken. Die Frage eines Mädchens: »Guck' mal, wer ist denn die Alte?«, und die Antwort des Jungen neben ihr: »Keine Ahnung, hat mir noch keinen ausgegeben«, reißt mich aus meiner Schockstarre.

»Hör mal zu KLEINE, ich bin Irmas Mutter und ich beende jetzt dieses Happening, klar? Also raus hier und zwar schnell!« Ich habe anscheinend noch nicht den richtigen Feldwebelton getroffen, denn das Mädchen sieht mich nur spöttisch an und sagt:

»Alter, geht die ab!« Und der Junge glaubt ein »Echt voll depri!« beitragen zu müssen. Diese dreiste Ignoranz meiner natürlichen Autorität, die ich ja wohl Kraft meines Amtes als Hausherrin haben sollte – aber hallo, bei uns früher war das noch so –, gibt mir die nötige Energie.

»RAUS HIER!«, brülle ich die beiden mit fester Stimme an, mache einen schnellen Schritt auf sie zu und zeige Richtung Ausgang. Die Kombination aus Wut und Wille in Form von körperlicher und stimmlicher Präsenz verleiht meinem Auftritt die nötige Durchsetzungskraft und scheint Eindruck auf die beiden zu machen. Sie weichen mit einem kleinlauten »Ist ja gut« und »Wir sind doch nicht taub« zurück und trollen sich Richtung Ausgang. Auch im restlichen Raum blieb der Aufruhr nicht unbemerkt. Einigen Gästen dämmert, dass die »nicht genehmigte« Party vorbei sein könnte. Andere feiern unbeeindruckt weiter. Ich betätige die Lichtschalter neben der Tür, aber irgendjemand hat wohl die Birnen aus der Deckenlampe gedreht, nur das Wandlämpchen gibt ein funzeliges Licht von sich. Während ich mir einen Weg durch die Menge bahne, um endlich diese nervige, hektische Musik abzuschalten, beginnt den mir bekannten Freunden und Freundinnen von Irma die Sache peinlich zu werden. Sie verstecken die Bierflaschen und sonstige alkoholische Getränke vor meinen Blicken, ein Mädchen rutscht vom Schoß eines Jungen und ein anderes drückt hustend eine Zigarette in einem Blumentopf aus. Ich suche nach der Lärmquelle und finde eine kleine Musikbox auf meinem Beistelltisch. Allzu gerne würde ich einen spektakulären Auftritt hinlegen und den Stecker ziehen. Das Gerät würde übersteuern, einen letzten quietschigen Ton von sich geben und dann verstummen. Aber das Ding hat leider keinen Stecker, sondern läuft mit Akku und Bluetooth, wird also von einem Handy angesteuert.

Da ich in dem schummerigen Licht keine Schalter auf dem schwarzen Gerät erkennen kann, nehme ich es in die Hand und frage die Umstehenden: »Wer macht hier die Musik?« Einige zeigen auf einen mir unbekannten Jungen, der es sich – mit Schuhen! – auf meinem geliebten Ohrensessel gemütlich gemacht hat. Ich glaube, so etwas wie »Noisy Joe« herauszuhören. »Mach' sofort die Musik aus«, schreie ich in seine Richtung.

»Was will die?«, fragt er mit dämlichem Gesichtsausdruck einen Jungen neben sich. Dem Jungen ist die Sache sichtlich unangenehm, er wiederholt mein Anliegen laut und deutlich. Der DJ im Sessel zuckt gleichgültig mit den Schultern und ignoriert mein Anliegen. Erst als ich mimisch drohe, die Musikbox, die nicht viel größer ist, als eine Packung Zucker, an die Wand zu klatschen, kommt Bewegung in den coolen Noisy Joe.

»Ey! Nicht werfen, die ist teuer!«, ruft er und beeilt sich nach seinem Handy zu grabschen. Die Musik verstummt.

»So Leute, die Party ist aus. Ihr verlasst jetzt sofort mein Haus. Und nehmt gefälligst die ganzen Flaschen und den Müll mit. Lena, Lisa, Anne ihr ruft eure Eltern an, sie sollen euch abholen und so viele wie möglich heimfahren. Tom, Moritz, ihr ruft auch eure Eltern an … Hopp, auf was wartet ihr?«, scheuche ich die Mannschaft. »Macht nichts, wenn's schnell geht.« Die angesprochenen Damen und Herren greifen hastig nach ihren Handys und beginnen zu telefonieren.

Da ich im Haus weder Irma noch ihre besten Freundinnen Marie und Luise gesehen habe, gehe ich mit ungutem Gefühl auf die Terrasse. Und tatsächlich, da sitzen oder besser gesagt kauern die drei auf unserem Loungesofa. Irma hängt würgend über einem Eimer, Marie tätschelt ihr den Rücken und Luise fallen immer wieder die Augen zu. Die anderen 12 oder 13 jungen Leute im Garten scheinen verstanden zu haben, dass ich gerade leicht reizbar bin und räumen geräuschlos das Feld.

»Irma?«

Irma sieht mich mit glasigen Augen an und heult los: »Mama, mir ist so schlecht … da waren so viele …die sind nicht mehr weggegangen … ich wollte das nicht …« Ein neuer Würgereiz unterbricht den Redeschwall meiner Tochter. Ich nutze die Pause, um Luise zu wecken und gebe auch ihr den Auftrag, ihre Eltern anzurufen.

»Eigentlich waren nur 14 eingeladen«, beginnt Marie zu erklären, warum die Party so eskaliert ist. »Aber dann haben ein paar noch jemanden mitgebracht. Und dann fand es jemand langweilig und hat den Joe angerufen, und der brachte dann seine eigene Party mit hierher.«

»Wie praktisch. Dann wird eine andere Wohnung versifft statt der eigenen. Und woher hattet ihr den Alkohol? Ich meine, ihr seid erst 15!«

»Wir hatten ein bisschen Bier, aber die älteren brachten Wodka und so was mit …«

»Mama, schick die alle weg!«, jammert jetzt Irma. Ihr Magen scheint eine Pause zu machen. »Die waren voll doof …«

»Voll doof warst vor allem du, weil du nicht auf mich gehört hast. Ich hatte dir die Party doch verboten. Außerdem hättest du nichts trinken dürfen, du hast noch nie Alkohol getrunken!« Ich bin so sauer auf Irma, dass ich sie am liebsten gleich zum Aufräumen scheuchen würde, aber Irma heult jetzt erst richtig los: »Mir ist so schlehecht ... ich will in mein Behett ... sohofohort ...«

Ich muss einsehen, dass mit ihr nichts mehr anzufangen ist und beauftrage Marie und Luise, sie ins Bett zu bringen. »Macht den Eimer im Bad sauber, vielleicht braucht sie ihn nochmal. Und ich schaue mal nach, ob draußen der Abzug der Partycrasher klappt.«

Die drei setzen sich in Bewegung und verschwinden im Haus. Vorm Haus verschwinden derweil langsam die Gäste. Ich rede noch kurz mit einigen Eltern und organisiere Mitfahrgelegenheiten, damit keines der Kinder – was sie ja alle noch sind – um diese Zeit alleine unterwegs ist. Als dann auch noch Marie und Luise weg sind, gehe ich nach oben, befreie meine sichtlich erleichterten Hunde aus meinem Schlafzimmer und vergewissere mich, dass Irma schläft. Dann kehre beziehungsweise sammele ich im Wohnzimmer und in der Küche alle »essbaren« Reste auf, damit sich meine vierbeinigen Staubsauger daran nicht die Mägen verderben, das wäre nämlich genau das, was ich morgen noch gebrauchen könnte ... Schließlich schenke ich mir ein Glas meines Lieblingsweins ein und setze mich mitten in das Chaos auf mein Sofa. Bevor aber die ganze Energie aus mir herausfließen kann, rufe ich den Erzeuger meiner Tochter und offensichtlich Verursacher dieser Misere an.

»Beck?«, Michael räuspert sich, er klingt verschlafen.

»Welchen Teil von ›Die Kinder sind dieses Wochenende bei dir‹ hast du eigentlich nicht verstanden?«, blaffe ich meinen Exmann ohne Begrüßung an.

»Hanne, bist du das?«

»Nein, deine Mutter! Natürlich bin ich das, wer denn sonst?«

»Sag' mal, bist du betrunken?«

»Nein, jetzt nicht mehr. Du glaubst ja gar nicht, wie ernüchternd der Anblick einer völlig versifften Wohnung ist.«

»Du rufst mich um diese Zeit an, um mir zu sagen, dass deine Wohnung geputzt werden muss? ... Ich habe schon geschlafen.«

»Es ist zwölf am Samstagabend, hast du kein Leben?«

»Also jetzt reicht es mir so langsam. Warum rufst du eigentlich an?«

»Weil DU Irma erlaubt hast, hier eine Party zu feiern, obwohl ICH ihr das verboten habe.«

»Das habe ich doch gar nicht! Ich habe Irma zu Lena gefahren, weil sie dort auf eine Party mit Übernachtung eingeladen war. Sie sagte noch, dass du ihr das nicht erlaubt hast ...«

»Raffiniert. Jetzt wird mir so manches klar. Da hat uns unsere Tochter ja perfekt ausgetrickst ... Aber dir ist schon klar, dass das nur passieren konnte, weil du sie mal wieder los sein wolltest?«

»Also bitte, Hanne! Ich wollte sie doch nicht los sein. Ich wollte ihr nur ...«

»Hier waren etwa 50 junge Leute ...«, falle ich Michael ins Wort »FÜNFZIG ... Hier sieht es aus, als hätte eine Bombe eingeschlagen, ich traue mich gar nicht, einen Blick ins Gäste-WC zu werfen ... Die Kids waren voll frech und wollten nicht gehen ... und Irma ist betrunken und hat gekotzt, wie ein Reiher. Ich bin echt fertig Michael ...« Ob ich will oder nicht, die Anspannung der letzten Stunden fällt von mir ab und ich fange an zu schniefen.

»Hanne, das tut mir wirklich leid. Du Arme. Wenn ich gewusst hätte, dass Irma bei dir feiern will, hätte ich sie natürlich nicht gefahren!« Michael zeigt tatsächlich so etwas wie Mitgefühl oder sogar Reue?

»Das will ich doch hoffen. Also wir sind uns einig: Wenn zukünftig die Kinder bei dir sind, dann bleiben sie auch bei dir, außer wir haben ausdrücklich vereinbart, dass sie zu jemand anderem dürfen. Klar?«

»Klar Hanne, so machen wir das. Alles wieder okay bei dir?«

»Ja«, sage ich matt. »Gute Nacht.«

»Nacht, Hanne«, Michael legt auf. Ich gönne mir noch meinen Wein und gehe dann schlafen. Soll doch Irma morgen aufräumen.

KAPITEL 13

Am nächsten Morgen werde ich kurz vor neun langsam wach. Während ich versuche herauszufinden, wie es mir geht, schleichen sich Fetzen der Erinnerung eines Traumes in mein Hirn. Irgendetwas mit Männern, die mich auslachen, weil ich viel zu schick angezogen zu einem Termin komme, und Frauen, die mich absichtlich falsch durch einen Irrgarten lotsen. Dann fällt mir der ganze »Rest« von gestern ein. Der VHS-Mann, der blöde »Kami«, die Sache mit der Fackel und natürlich Irmas Party. Ich würde mich am liebsten unter meiner Decke verkriechen und den Tag einfach ignorieren, aber es hilft nichts, ich muss wenigstens die Hunde mal rauslassen. Ich ziehe mir etwas Bequemes an und gehe nach unten. Die Hunde hüpfen fröhlich in den Garten, während ich alle Türen und Fenster aufreiße und erst mal den Mief aus dem Haus lüfte. Drei Tassen Kaffee später fühle ich mich halbwegs gestärkt für eine Aufräumaktion mit Irma. Ich öffne den Rollladen in ihrem Zimmer, setze mich auf ihr Bett und wecke sie gnadenlos auf.

»He, aufwachen, du Partykönigin! Wer feiert, muss auch aufräumen«, dabei schüttele ich sie unsanft an der Schulter.

»Mama! Lass mich schlafen, ich bin noch nicht fit.«

»Das ist mir egal. Ich will nicht den einzigen freien Tag in der Woche in einer Müllhalde verbringen, klar?«

Irma brummt etwas von »Na und? Dann fang halt selbst an!« und dreht sich zur Wand.

»STEH' AUF!«, motze ich sie an und ziehe ihr die Decke weg.

Sie blinzelt mich an: »Ja gleich ... nachher. Gib mir die Decke wieder, mir wird kalt.«

»Ein gestörtes Temperaturempfinden ist ein Zeichen von zu viel Alkohol«, doziere ich herzlos und frage dann: »Wie hast du dir das eigentlich vorgestellt? Dachtest du, deine Gäste sind wieder weg, bis ich komme?«

Irma antwortet genervt: »Nein, ich dachte, dass nur noch ein paar da sind, wenn du heimkommst und wir ruhig in meinem Zimmer feiern, das hättest noch nicht einmal du verbieten können.«

»Hat nicht ganz geklappt, weil du dich gleich zu Anfang mit ein paar Wodka Lemon abgeschossen hast.«

»Das war doch nur einer und vorher ein Bier oder zwei ... und dann noch ein Shot Pfefferminzlikör, der war aber voll nasty.«

»Du bist 15, du kannst doch nicht einfach so viel Alkohol trinken. Was hast du dir nur dabei gedacht? Du hast gar nicht mehr mitbekommen, was hier passiert ist. Ich will mir auch gar nicht ausmalen, was noch alles hätte passieren können. Mensch, Irma, das war keine Glanzleistung.«

»Ja, weiß ich auch!«, erwidert Irma zerknirscht.

»Dein Vater sagte, er hätte dich zu Lena gefahren?«

»Oh nein, du hast natürlich schon mit ihm gesprochen?«

»Klar, noch letzte Nacht. Und er findet es auch nicht fair, dass du ihn angelogen hast.«

»Ja, sorry!«, sagt sie bockig.

»›Ja, sorry!‹ Das ist alles, was du dazu sagst?«

»Ja! ... Nein, aber bitte nicht jetzt, Mama. Lass uns zuerst mal aufräumen, okay?«

Ich willige ein und wir gehen gemeinsam nach unten. Da wir

an der Gästetoilette vorbeikommen, öffne ich langsam die Tür und schaue vorsichtig hinein. Dann schließe ich sie wieder, am besten für immer. Eine Stunde später sind wir im Haus fertig, aber auf der Terrasse stehen noch zwei Körbe mit Flaschen, in denen zum Teil noch Reste sind. Irma verspricht mir, sich am Montag darum zu kümmern. Insgesamt hat sie sich wirklich zusammengerissen und fleißig aufgeräumt und geputzt. Leider gibt es auch bleibende Schäden zu beklagen: Das Sofa hat einen Brandfleck, das Parkett hässliche Kratzer, weil jemand meine alte Kommode zur Seite gezerrt hat, irgendein Idiot hat in der Küche eine Schranktür fast abgerissen, ein paar Gläser ... und die Lieblingsvase meiner Oma gingen zu Bruch. In diesem etwas kitschig mit Blumen bemalten Väschen hatte meine Oma, so lange ich mich erinnern kann, immer einen kleinen Blumenstrauß auf ihrem Küchentisch stehen. Nach ihrem Tod habe ich nicht viel von ihr behalten wollen, aber diese Vase war für mich der Inbegriff des Wesens meiner Oma. Beim Aufräumen vorhin habe ich die Scherben im Müll entdeckt, ich hielt kurz inne, sagte aber nichts. Irma tat so, als hätte sie nichts bemerkt, und wandte sich wieder ihrem Putzeimer zu. Ich hätte es schön gefunden, wenn sie sich entschuldigt hätte. Ich werde nachher die Scherben aus dem Müll fischen, vielleicht kann man sie wieder kleben.

KAPITEL 14

Am Nachmittag trinke ich mit meiner Mutter Kaffee auf ihrer Terrasse. Ich erzähle ihr von Irmas Party und den Folgen und dass ich enttäuscht von ihr bin, weil sie so raffiniert Michael und mich gegeneinander ausgespielt hat. Da fällt meiner Mutter eine Geschichte aus meiner Jugend ein, die ich anscheinend erfolgreich verdrängt habe.

»Weißt du noch, wie du im unteren Gewächshaus unerlaubt eine Party gefeiert hast? Du warst auch erst 16.«

»Mhh.«

»Papa und ich waren irgendwo eingeladen, Helene bei einer Klassenkameradin und du wolltest zwei oder drei Freundinnen einladen. Papa hat dir das verboten, weil du damals fast jedes Wochenende ein paar Mädels zu Besuch hattest, natürlich immer mit Übernachtung und Vollpension. Er wollte einfach mal ein Wochenende ohne eine Horde kichernder Teenies im Haus. Du hast dann heimlich etwa zehn Leute eingeladen, auch Jungs.«

»Mama, ich kenne die Geschichte, ich war dabei. Aber ich war sechszehneinhalb, Irma ist gerade fünfzehn geworden. Und bei Irma waren nicht nur etwa 40 Personen mehr, sondern sie waren alle bei mir im Wohnzimmer und auf dem Klo und nicht draußen im Gewächshaus«, hebe ich die aus meiner Sicht gravierenden Unterschiede der beiden Partys hervor.

»Ja, da hast du natürlich recht, das war gestern Abend einige Nummern größer …« Meine Mutter sieht mich mitfühlend an. Aber dann erzählt sie die Geschichte natürlich doch weiter und amüsiert sich köstlich dabei. »Was wart ihr damals betrunken und ihr habt geraucht wie die Schlote. Dir und noch ein paar anderen war speiübel und wir hatten unsere liebe Mühe, das den Eltern zu erklären. Hatten nicht Andy und Chris damals die komplette Hausbar ihrer Eltern geplündert?«

»Stimmt, diese ganzen Liköre: Batida, Baileys, Eckes und Blue Curacao, mit O-Saft. Igitt! War mir elend. Ich habe das Zeug nie wieder angerührt und Zigaretten schon gar nicht.«

Nach meinem nicht unerheblichen Alkoholkonsum gestern Abend kann ich das Gefühl von damals leider gut nachempfinden. Was hatten wir uns so gut gefühlt, zum Anfang der Party. So erwachsen. Ich hatte das Ganze generalstabsmäßig mit Nadja vorbereitet. Jeder wusste, was er mitzubringen hatte. Die Jungs außer den besagten Likören noch Bier, Zigaretten und Campingstühle. Die Mädels Cola, Orangensaft, Plastikbecher, Kerzen, Knabbersachen und Süßkram. Ich belegte ein paar Brote und nahm meinen tragbaren CD-Spieler mit. Bis dahin hatte ich der Raucherei immer widerstanden, aber als mich Timo, der zu dieser Zeit mein großer Schwarm war, auf seinen Schoß zog und mir anbot, an seiner Zigarette zu ziehen, tat ich es. Das war der Anfang vom Ende des schönen Abends. Obwohl mir die Qualmerei nicht schmeckte, fand ich sie doch cool. Sowohl die Zigaretten als auch der neue Beziehungsstatus zu Timo wirkten aufputschend auf mich. Ich feierte ausgelassen und kippte wahllos ein Likörchen nach dem anderen in mich hinein. Und die anderen ließen sich von meiner guten Laune anstecken und tranken kräftig mit. Bis meine Eltern wieder nach Hause kamen, waren wir alle ordentlich betrunken bis maßlos besoffen, ich eher letzteres. Mein Vater war tagelang sauer und enttäuscht, dass sein kleines, braves Mädchen ihn hintergangen und sich dann auch noch so die Kante gegeben hatte.

»Na, dann war die Sache doch wenigstens für etwas gut«, sagt meine Mutter nicht ohne Ironie und holt mich aus meinen Gedanken »Der CD-Spieler steht übrigens noch bei uns im Keller, er ist mir fast vom Regal gefallen, als ich mit Helene dort aufgeräumt habe.«

»An den habe ich auch gerade gedacht ... Und daran, wie enttäuscht Papa damals von mir war. Aus heutiger Sicht kann ich ihn zwar ein bisschen verstehen, aber er hat auch übertrieben. Wenn ich das auf die Auswüchse von Irmas Party übertrage, müsste ich bis Weihnachten sauer auf sie sein.«

Meine Mutter kringelt sich vor Lachen »Du weißt ja gar nicht, wie Oma und ich damals auf ihn eingeredet haben, dass er dieses alberne, beleidigte Getue endlich lassen soll. Erst als ich die ganze Mannschaft zum Arbeitseinsatz herzitiert habe und sich alle nochmal brav entschuldigt haben, ließ er wieder Milde walten, der Walter ...« Wir kichern wie kleine Mädchen über das Wortspiel.

»Ja genau!«, rufe ich. »Timo, Saschi und die anderen Jungs mussten Beete umgraben und Erde schippen und wir Mädels haben Töpfe mit Herbstpflanzen befüllt und den ganzen Betrieb gekehrt. Danach gab es noch Omas Zwetschgenstreusel und wir haben rumgealbert und viel gelacht, sogar Papa.«

Wir sitzen noch eine Zeit lang gemütlich im Schatten der Pergola und schwelgen in der etwas verklärten Erinnerung an die alte Geschichte. Eine gewisse Müdigkeit, aber auch Zufriedenheit legt sich auf mich. Das Wochenende war eigentlich ein komplettes Desaster und schafft es locker auf den Rang des schlechtesten Wochenendes des Jahres, wenn nicht sogar meines Lebens. Aber das ist mir im Moment egal, morgen beginnt wieder eine neue Woche ... und ich bin überzeugt, mit meinen Freundinnen wird sich auch alles wieder einrenken.

KAPITEL 15

Die beruhigende Alles-wird-gut-Stimmung von gestern war heute Morgen leider wieder verflogen. Ich hatte die ganze Nacht unruhig geschlafen und vergeblich versucht diese immer gleichen, ewig im Kopf kreisenden, aber völlig nutzlosen Gedanken zu vertreiben. Jetzt belade ich, immer noch in einem Gestrüpp unzusammenhängender Gedankenfetzen verfangen, unseren Transporter.

Von Mitte März bis Ende September beliefere ich jeden Montagmorgen meinen Freund Siggi im benachbarten Niesebach mit Kräutertöpfen. Die dekorativen Töpfchen sind mit einem hölzernen Sortenetikett und einem Adressaufkleber unserer Gärtnerei versehen. Außerdem werden sie in hübschen Holzkisten präsentiert, die ich extra dafür habe beschriften lassen. Siggi hat vor einigen Jahren auf seinem Bauernhof in Niesebach einen Hofladen eröffnet. Anfangs wollte er nur selbstangebaute Äpfel, Kartoffeln und die Eier seiner Hühner verkaufen. Aber die Kunden fragten bald nach anderen Produkten. Er begann, durch Zukauf und eigenen Anbau sein Sortiment zu erweitern. Daraus entwickelte sich seine Leidenschaft für alte Tomatensorten. Die Idee, ihn mit Kräutern zu beliefern, hatte ich, als ich bei einem Hoffest seine Tomaten kosten durfte. Eine Kundin neben mir schwärmte: »Sind die lecker! So müssen Tomaten schmecken. Jetzt fehlen nur noch ein gutes Olivenöl, etwas Mozzarella und natürlich Zitronenbasilikum. Leider bekommt man das nicht überall zu kaufen. Aber der übliche Genoveser Basilikum tut's zur Not auch.«

»Sie kennen sich mit Basilikumsorten aus?«, fragte ich sie begeistert.

»Ja, ich teste jede Sorte, die ich in die Finger bekomme«, lachte sie und setzte hinzu: »Es gibt ja normalerweise nur das übliche für die Fensterbank. Spezielle Sorten muss man etwas suchen, aber zum Glück haben die Gartenabteilungen der Baumärkte mittlerweile eine gute Auswahl. Ich verwende in meiner Küche auch andere, eher unübliche Kräuter, wie zum Beispiel Currykraut, Orangenthymian oder Ananassalbei.«

»Ich bin beeindruckt!«, sagte ich anerkennend und fuhr fort: »Das ›Beschaffungsproblem‹ kann ich beheben. Kennen sie die Gärtnerei Kessler in Weiselbach?«

»Ja, ich habe schon davon gehört. Aber ich wohne zur Miete und habe leider nur einen Balkon, deshalb brauche ich nicht so viele Pflanzen und war noch nie dort«, antwortete die Frau bedauernd.

»Ah, ich verstehe. Aber die Kräuter, die sie vorhin genannt haben, bekommen sie alle bei uns und noch viele mehr. Kommen sie doch mal zum Stöbern vorbei.«

»Das wusste ich gar nicht. Da komme ich natürlich gerne.«

Seitdem finden meine Kräuter reißenden Absatz im Hofladen und auf den Wochenmärkten, die Siggi mittlerweile beliefert. Naja, das große Geld lässt sich damit nicht machen, dafür ist der Aufwand zu groß. Aber aufgrund der Adressaufkleber haben wir schon einige Neukunden gewonnen. Während ich die letzten Kisten auf die Ladefläche hebe, kommt mein Vater zu mir.

»Guten Morgen, Hannerose, was machst du gerade?«

»Wie, was ich mache? Es ist Montag, ich fahre die Kräuter zum Hofladen, wie immer«, antworte ich ungeduldig.

»Ach ja, Montag ... klar«, sagt mein Vater zerstreut. »Weißt du, ich überlege gerade, ob ich dir vielleicht helfen kann.«

»Äh, nein danke, nicht wirklich. Ich mache das doch immer alleine. Du findest die Sache doch überflüssig.«

»Was du immer denkst. Nur weil ich mal gesagt habe, dass es unrentabel ist, finde ich es doch nicht überflüssig«, antwortet mein Vater zwar inhaltlich versöhnlich, aber mit beleidigtem Unterton. »Wirklich, ich würde gerne mal mitfahren und mir den Laden ansehen.«

»Okay ... dann steig' halt ein«, brummele ich wenig begeistert.

»Was macht eigentlich dein Rücken?«

»Och, geht so. Ganz weg sind die Schmerzen noch nicht«, antworte ich meinem Vater, komme aber nicht umhin, mich über sein plötzliches Interesse zu wundern.

»Gehst du noch zur Wirbelsäulengymnastik?«

»Nein, der Kurs ist leider vorbei. Vor zwei Wochen war die letzte Stunde. Vielleicht melde ich mich für den nächsten an.«

»Deine Mutter geht ja auch nicht mehr singen.«

Okay ... Themenwechsel. Das Interesse meines Vaters an meiner Gesundheit ist damit also schon erschöpft. Aber worauf will er hinaus?

»Aber das ist doch schon zwei, nein, drei Monate her, dass sie damit aufgehört hat, oder?«, frage ich nach.

»Ja.«

„Aha ... Warum hat sie eigentlich aufgehört?

»Sie hat gesagt, es gefällt ihr nicht mehr.«

»Aha ... Ich dachte, es macht ihr Spaß ... Obwohl es mich schon ein bisschen gewundert hat, dass sie dahingegangen ist, weil sie doch immer betont, wie unmusikalisch sie ist.« Ich lache etwas künstlich, um die seltsame Stimmung aufzuheitern, aber mein Vater verzieht keine Miene, also bohre ich nach »Hm ... Und warum erzählst du mir das jetzt?«

»Weil ich im Amtsblatt gelesen habe, dass der Kirchenchor immer freitags von acht bis halb zehn probt.«

»Ja, und?«

»Deine Mutter war doch immer donnerstags von viertel vor sieben bis viertel vor neun weg.«

»Vielleicht hat der Chor vor ein paar Wochen donnerstags geprobt?«

»Nein, ich habe die Bäckereiverkäuferin gefragt, weil ich weiß, dass die seit Jahren da mitsingt. Und die hat gesagt, dass der Kirchenchor seit mindestens 20 Jahren freitags Probe hat. Und sie hat Gudrun nie dort gesehen.«

»Vielleicht war Mama gar nicht im Kirchenchor, sondern woanders?«, frage ich zögerlich, während ich nachdenke. »Es gibt doch noch einen Frauenchor und einen gemischten Chor, oder?«

»Ja, aber die proben im Moment dienstags gemeinsam ...«

»Hast du das auch im Amtsblatt gelesen oder weißt du das von der Bäckereiverkäuferin?«

»Bäckerei.«

»Papa, du gehst sonst nie in die Bäckerei. Warum diese heimlichen Nachforschungen? Frag' Mama doch einfach, wo sie war.« Irgendwie wird mir die Sache gerade unangenehm.

Statt einer Antwort sagt mein Vater: »Und seit einiger Zeit geht sie dauernd tagsüber oder auch abends einfach weg.«

»Aber nein, sie geht doch nicht einfach weg. Sie hat doch gesagt, dass sie Ilse bei der Betreuung ihrer dementen Mutter hilft. Die alte Frau kann man wohl keine Minute mehr alleine lassen, du weißt doch, dass Ilse immer die Haustür absperren muss, damit ihre Mutter nicht wegläuft. Und ab und zu muss Ilse mal das Haus verlassen, zum Einkaufen oder für einen Arzttermin oder so. Und weil Mama ihre beste Freundin ist und sozusagen auf Abruf vorbeikommen kann, hilft sie ihr«, erkläre ich meinem Vater.

»Ja, du hast ja recht ... aber trotzdem ...«

»Was trotzdem?«

„Hanne! Sie war nie singen! Was, wenn sie gar nicht zu Ilse geht, sondern ganz woanders hin?

»Aber wo soll sie denn hin, Papa?«

»Vielleicht hat sie einen anderen Mann?«

Ich schaue meinen Vater nach dieser absurden Frage überrascht an und lenke den Lieferwagen versehentlich nach rechts, wo er ein paar Meter weit über den Seitenstreifen hoppelt.

»Hanne, pass doch auf! Wie fährst du denn?«

»Papa, du hast ja Ideen! Du glaubst doch nicht im Ernst, dass sich Mama mit einem anderen Mann trifft?«

»Warum nicht? Hast du mal gesehen, was sie anhat, wenn sie angeblich zu Ilse geht?«

»Na, in Arbeitskleidung und Gummistiefeln wird sie wohl nicht hingehen.«

»Nein, natürlich nicht. Aber sie macht sich schon recht schick«, sagt mein Vater vorwurfsvoll, aber ein besorgter Unterton ist nicht zu überhören.

Diese Neuigkeiten muss ich erst mal verarbeiten. Ich versinke in nachdenkliches Schweigen, bis mein Vater mit kläglicher Stimme fragt: »Was soll ich denn jetzt machen?«

»Keine Ahnung, am besten nichts, Papa ... Beruhige dich erstmal und warte ab. Für das Ganze gibt es bestimmt eine plausible Erklärung«, versuche ich meinen Vater zu beruhigen »Ich glaube, du siehst Gespenster. Und wenn du es gar nicht aushältst, dann frage Mama doch einfach.«

»Du bist gut! Als ob das so einfach wäre«, sagt mein Vater störrisch.

»Du hast mich doch gefragt, dann musst du auch die Antwort aushalten. Ich weiß selbst, dass du nicht so der kommunikative Typ bist, aber hierbei kann ich dir wirklich nicht helfen. Sie ist schließlich deine Frau«, antworte ich ungehalten. Ich habe nämlich das ungute Gefühl, dass mein Vater nur mitgefahren ist, um mir den Auftrag zu erteilen, meine Mutter auszuhorchen. So, wie er mich manchmal vorschickt, um Mama zu beichten, dass er beim Rückwärtsfahren mit dem Traktor ihre Rosen platt gefahren hat oder in einer extremen Frostnacht vergessen hat, das Gewächshaus zu schließen.

»Ist ja gut! Ich weiß gar nicht, warum ich dir das alles erzählt habe.«

»Ach Papa, sei nicht gleich beleidigt. Ich bin doch froh, dass du mir davon erzählt hast. Und ich bin mir ganz sicher, dass deine Bedenken unbegründet sind. Du wirst sehen, alles ist in Ordnung, mit Mama und dir.« Ich versuche so zuversichtlich und überzeugt wie möglich zu klingen, um meinen Vater zu beruhigen.

Schweigend, jeder in seine Gedanken versunken, fahren wir weiter. Am Ortseingang von Niesebach müssen wir an einer Baustellenampel anhalten. Da ich in dem Lieferwagen etwas erhöht sitze, kann ich zu meiner linken durch eine nach oben lichter werdende Hecke in das angrenzende Grundstück schauen. In der Einfahrt steht ein schwarzer Transporter, dessen grüne Aufschrift ich nicht ganz sehen kann, weil ein Busch die Hälfte verdeckt. Aber der Nachname Beck ist deutlich zu lesen. Außerdem erkenne ich Teile einer Landschaftszeichnung. Und tatsächlich, auf einem Mäuerchen im Schatten einer Pergola, entdecke ich meinen Exmann Michael. Ich will gerade die Scheibe runterfahren und ihn grüßen, als sich eine Frau mit langen braunen Haaren direkt neben ihn setzt und ihm eine Tasse reicht. Während Michael mit beiden Händen nach der Tasse greift und dabei die Hand der Frau streift, sieht er ihr in die Augen und lächelt sie sanft an. Was war denn hier los? Nach einem rein informativen Beratungsgespräch sah das nicht aus.

»Hannerose, es ist grün, du musst fahren«, reißt mich mein Vater aus meinen Gedanken. Er hat Michael zum Glück nicht gesehen.

KAPITEL 16

Kurz bevor ich vorhin das Haus verließ, musste ich mal wieder einen jener Streite schlichten, die vorzugsweise dann aufflammen, wenn ich in Eile bin und mir bereits in der Diele die Schuhe anziehe. Dann muss nämlich Irma noch unbedingt anbringen, dass Jakob dies oder jenes gemacht hat, und Jakob wiederum weiß natürlich irgendetwas über Irma zu petzen. Außerdem meinte Jakob, dass Oma nicht rüberkommen müsste, weil sie ja keine Babys mehr wären, aber Irma war unbedingt dafür, weil Jakob ja nie auf sie hören würde, das wäre dann wie bei Lene und mir. Nach mehreren gescheiterten Versuchen, die Streitenden zu befriedigen, rief ich schließlich: »Stopp! Es reicht jetzt.« Die kurze Aufmerksamkeit der beiden nutzte ich direkt zur Klärung der Situation: »Okay, Freunde, es läuft so: Oma kommt selbstverständlich nachher zu euch und bleibt, bis ich wiederkomme. Allzu spät wird es bei mir nicht, weil morgen Samstag ist und ich ganz normal arbeiten muss. Und ihr benehmt euch und macht, was Oma sagt, klar?«

»Siehst du, natürlich kommt Oma rüber, sonst gehst du Zwerg doch nie ins Bett.« Machte sich Irma im ›Du-Dummerchen-Ton‹ über ihren Bruder lustig und Jakob schrie »Halt die Klappe du blöde Kuh.«

»Also ich an eurer Stelle würde die Zeit, bis Oma kommt, sinnvoller nutzen, als zu streiten. Ihr habt euch doch einen Film rausgesucht, also hopp!« Und schon war Ruhe und die beiden wieder ein Herz und eine Seele. Wenn sie wollen, können sie so süß sein.

Jetzt sitze ich mit Patrizia, Susanne und Beatrix beim Nobelitaliener »Il piccolo Gallo« und lasse mir mein Hauptgericht, Kaninchen in Weißwein, auf der Zunge zergehen. Nadja, die normalerweise auch zu dieser Gruppe gehört, wäre zu gerne mitgekommen, musste aber kurzfristig absagen. Alle Versuche, den Termin zu verlegen, schlugen fehl, weil entweder eine von uns anderen nicht konnte oder das »Gallo« eine geschlossene Gesellschaft hatte. Den nächsten gemeinsamen Termin hätten wir erst Ende September gefunden und das war uns zu spät. Mir kommt Nadjas Absage nicht ungelegen, weil ich keinen gesteigerten Wert darauf lege, den kleinen Unfall letztes Wochenende mit ihr und den anderen zu analysieren. Mit Patrizia, Susi und Bea waren wir seit der fünften Klasse zur Schule gegangen. Direkt nach dem Abitur hatten wir noch zwei, drei Jahre Kontakt, verloren uns dann aber aus den Augen. Vor zehn Jahren hatte Susanne die Idee, uns wenigstens einmal im Jahr zum Essen zu treffen, vorzugsweise im »Gallo«.

Wir waren schon in der Schulzeit eine alberne Truppe gewesen und lachen auch heute noch gerne und laut über jeden Quatsch, daran hat sich nichts geändert. Nachdem Susanne mal wieder die Geschichte zum Besten gegeben hatte, wie wir uns beim Klassenausflug ins Naturkundemuseum angeblich verlaufen hatten – wir waren natürlich shoppen – und deshalb die ganze Klasse einen Zug später zurück nehmen musste, erzählt jetzt Patrizia gestenreich von ihren Erfahrungen im Kite-Buggy-Fahren in ihrem Urlaub an der Nordsee.

»... und ich mache natürlich den absoluten Anfängerfehler, weil ich – wie beim Fahrradfahren – mit den Händen lenke statt mit den Füßen, und rausche kurz nach dem Start in den Buggy neben mir.« Mit dem Ausruf »Doing!« klatscht Patrizia in die Hände und fährt dann fort: »Unsere Fahrzeuge kamen natürlich heftig ins Schlingern, aber zum Glück ist keins umgekippt. Als mein Buggy dann endlich zum Stehen kam, wollte ich natürlich gleich raus aus dem Ding, verheddere mich aber irgendwie mit dem Fuß und knalle voll auf das Radgestänge.« Patrizia rudert wild mit den Armen in der Luft und steckt uns mit ihrem Lachen an. Dann sagt sie prustend: »Aber am besten war mein Mann, der ›Mausi, Mausi‹ schreiend an mir vorbeifuhr und fast den zweiten Unfall verursachte, als er versuchte anzuhalten.«

»Und was ist dir bei dem Sturz passiert?«

»Zum Glück nicht viel, ich hatte ein paar tennisballgroße blaue Flecken und einen Schrecken fürs Leben. Mein Mann übrigens auch, wir sind beide nicht so die großen Sportler und ließen es dann den Rest des Urlaubs eher gemütlich angehen.«

»Nein, sportlich warst du noch nie, ich sag' nur Sportunterricht bei Herrn Kratz ...« Wieder kichern wir alle. »Der arme Mann ist schier verzweifelt, wenn er dir auch nur einen Purzelbaum beibringen sollte.« Ich glaube, wir alle erinnern uns an diese köstlichen Momente.

»Sigmund Kratz, der war aber auch eine Nummer, mit seiner goldenen Brille und den über die Glatze gekämmten Haaren«, sagt Bea und verzieht leicht angewidert das Gesicht.

»Iiiehh, die Gelsträhnchen, die eine Zeit lang auf der Glatze klebten, aber irgendwann anfingen, bei jedem Schritt zu wippen«, lästert Susanne und natürlich amüsieren wir uns köstlich über diese Erinnerung.

»Mädels, ich glaube wir müssen etwas leiser sein, der Typ da vorne dreht sich dauernd zu uns um«, kichert Beatrix, die den

Gastraum gut überblicken kann, weil sie auf der mit blauem Samt bezogenen Polsterbank sitzt, die an der kompletten Außenseite des Restaurants verläuft.

»Ach, lass ihn doch schauen, der sitzt schon seit einer Viertelstunde alleine vor seinem Wein. Vielleicht wurde er versetzt und würde nur allzu gerne zu den lustigen Damen an den Tisch kommen«, vermutet Patrizia mit einem koketten Zwinkern.

Jetzt drehen Susanne und ich uns auch um.

»Der sieht doch ganz süß aus ...«, stellt Susanne fest.

Ich erstarre und würde mich am liebsten unter dem Tisch verkriechen. Der Mann ist Patrik und er wartet offensichtlich auf Dorothee. Patrik entdeckt mich und nickt mir freundlich zu. Ich nicke zaghaft zurück und hauche ein »Hallo« in seine Richtung.

»Du kennst den?« – »Wer ist das?«, fragen meine Freundinnen natürlich sofort.

»Wir kennen uns nicht wirklich, wir wurden uns mal auf der Party von Freunden vorgestellt, mehr nicht«, versuche ich so harmlos und uninteressiert wie möglich zu klingen, um weitere Fragen abzuwiegeln.

»Sollen wir ihn fragen, ob er sich zu uns setzen will?«, fragt Patrizia.

»Nein!«, rufe ich laut und erkläre flüsternd: »Ich denke, er wartet auf seine Freundin.«

»Schade, der sieht wirklich nett aus«, bedauert Susanne, dann reckt sie den Kopf und sagt: »Oh, da kommt sie wohl ...«

»Jepp, er steht auf und begrüßt sie,« bestätigt Beatrix.

Ich riskiere einen Blick ... und sehe, dass die beiden sich küssen, dann legt Dorothee eine hellbraune Jacke über die Lehne des freien Stuhls, setzt sich Patrik gegenüber auf die Eckbank und ergreift seine Hand.

»Die Frau kommt mir bekannt vor, hat die nicht das feine Modegeschäft an dem großen Platz in der Innenstadt, zwischen dem Starfrisör und der Parfümerie?«, fragt Susanne.

Und Patrizia antwortet: »Ja, du hast recht, daher kenne ich die auch, aber seit ich nicht mehr hier wohne, gehe ich hier auch nicht mehr einkaufen.«

»Nein, ich auch nicht.«

In diesem Moment bringt der Kellner unsere Desserts, fragt nach weiteren Getränkewünschen und unterbricht somit glücklicherweise unser Gespräch über Patrik und Dorothee. Die folgende Stunde unterhalten wir uns noch prächtig, dann wird es leider Zeit, aufzubrechen, für mich, weil ich morgen arbeiten muss, und für die anderen, weil sie jeweils noch eine längere Heimfahrt vor sich haben.

Um das Restaurant zu verlassen, müssen wir an Patrik und der Dünnen vorbei. Patrizia und Susanne laufen voraus, Bea läuft hinter mir. Natürlich lässt sich ein Blickkontakt mit Dorothee nicht vermeiden. Ich nicke ihr höflich zu und will weitergehen, aber Dorothee spricht mich an »Ach, guten Abend, Frau Kessler-Beck, ich habe Sie hier noch nie gesehen ... aber ...«, sie beugt sich vertraulich zu mir vor, als solle nicht jeder hören, was sie sagt »... ich nehme mal an, das ist eher nicht Ihre Preisklasse oder ist es vielleicht nicht ›bodenständig‹ genug?«

»Sie haben natürlich recht. Ich würde sagen, das eine ergibt das andere. Ich stehe mehr auf tellergroße Schnitzel mit Pommes oder eine gepflegte Schlachtplatte, die in Sauerkrautsaft ersäuft«, antworte ich sanft lächelnd, dann tätschele ich das kamelfarbene, federbesetzte Flauschjäckchen auf der Stuhllehne und frage: »Na, geht es Gucci wieder besser?«

Ohne eine Antwort zu erwarten, hebe ich die Hand, winke lässig mit den Fingern und verabschiede mich: »Ich wünsche noch einen wunderschönen Abend.«

Die Feststellung, dass Patrik sich scheinbar ein Grinsen verkneift und zur Verschleierung in seine Serviette hüstelt, irritiert mich etwas. Während ich zum Ausgang stöckele, höre ich noch Wörter wie »Gummistiefel« und »Trampel«, aber das stört mich nicht, dieser Punkt ging eindeutig an mich.

»Was war das denn?«, fragt mich Beatrix, kaum dass wir bei den anderen auf der Straße stehen.

»Ach nichts ...«, versuche ich um eine Erklärung zu kommen, aber Bea lässt nicht locker.

»Erzähl' schon, das war ziemlich schräg gerade.«

Ich erzähle ihnen die Sache mit der Fackel, lasse aber Details wie KamiJan oder zu viel Alkohol einfach weg.

»Und deshalb ist die so sauer?«

»Keine Ahnung. Naja, ich denke mal, dass ihr berufsbedingt Mode sehr viel bedeutet ...«, sage ich vage, die drei sehen mich zwar fragend an, nicken aber zustimmend und wir einigen uns darauf, dass die gute Frau Kreuzer wohl etwas überreagiert hat. Dann verabschieden wir uns schweren Herzens und versprechen, bis zum nächsten Mal nicht so viel Zeit verstreichen zu lassen. Dann müsse natürlich auch Nadja wieder dabei sein.

KAPITEL 17

Heute ist der längst überfällige Friseurtermin von Tarzan. Sandy's Hundesalon befindet sich im Gewerbegebiet am anderen Ende der Stadt. Ich bin wie immer spät dran. Denn anstatt den zwar weiteren, dafür meist schnelleren Weg über die Umgehung zu nehmen, mache ich mal wieder den Fehler, durch die Stadt zu fahren.

»Die Strecke ist schließlich viel kürzer, außerdem interessanter als die öde Umgehung«, rechtfertige ich meine Entscheidung Tarzan gegenüber. Den kleinen Hund interessiert das natürlich herzlich wenig, er sitzt ungewöhnlich kleinlaut neben mir auf dem Beifahrersitz. Wenn er im Auto mitfahren muss, bedeutet das meist nichts Gutes. Entweder fahren wir zum Tierarzt oder zum Friseur, beides für ihn völlig inakzeptabel. Missmutig schielt er unter seinen Stirnfransen zu mir rüber. Hätte das garstige Tier der Hundefriseurin im Nachbarort nicht den Arm perforiert, würden wir dort sicherlich weiterhin bedient werden. Aber schon nach unserem ersten Termin meinte sie, sie wolle sich zukünftig wieder mehr auf Rasse- und Ausstellungshunde konzentrieren, ich solle doch mal bei Sandy nachfragen, die würde jeden nehmen.

»Ziehen Sie Tarzan doch einen Maulkorb an«, schlug ich mit Blick auf die kleinen roten Punkte auf ihrem Arm vor.

»Nein, nein!«, wiegelte sie schnell ab. »Das geht nicht, schließlich muss ich die Haare im Gesicht auch schneiden.«

»Wenn Sie mich beim Schneiden zusehen lassen, ist er bestimmt brav wie ein Lämmchen«, behauptete ich, und versuchte so überzeugt wie möglich zu klingen.

»Wissen Sie«, sagte die Friseurin mit in den Nacken gelegtem Kopf, so dass sie auf mich herabschauen konnte, obwohl sie kleiner war als ich, »ich arbeite seit über 30 Jahren nach dem Konzept, dass die Besitzer mir ihre wertvollen Rassehunde vertrauensvoll am Empfang übergeben und später perfekt frisiert wieder abholen. In all den Jahren hatten selbst anspruchsvollste Kunden und Kundinnen nie das Verlangen, mir auf die Finger zu schauen.«

»Aber ich will Sie doch nicht kontrollieren ...«, stammelte ich noch, bevor sie mich mit professionellem Lächeln zur Tür schob. Sie hätte ja noch so viel zu tun, ich wüsste doch sicher, wo ich Sandys Salon fände, und noch alles Gute für mich und den Kleinen.

Abgesehen davon, dass wir seitdem eine halbe Stadtrundfahrt machen müssen, bin ich froh, dass wir dadurch die überaus freundliche, unkomplizierte und immer fröhlich quasselnde Sandy kennengelernt haben. Sie hat natürlich auch alle Rassehundeschnitte im Repertoire, weiß aber genau, dass Tarzan in der Gärtnerei schon nach wenigen Minuten Ähnlichkeit mit einem filzigen Wischmopp hat, wenn sie ihm nicht spätestens alle drei Monate eine pflegeleichte Kurzhaarfrisur schert.

»Na, da ist ja endlich mein süßer Rattenfänger«, flötet Sandy, steckt Tarzan die ersten Leckerchen zwischen die Zähne und nimmt ihn auf den Arm. »War wieder kein Durchkommen in der Stadt? Um diese Zeit ist aber auch viel los, ne? Und diese Ampelschaltungen! Also wenn Sie mich fragen, gibt es nirgends mehr eine ›Grüne Welle‹ ... Okay, wenigstens die Umleitung in der Mollstraße ist ja jetzt mal beendet. Aber diese nervige Baustelle in der Hubertusstraße wird wohl nie fertig, oder? Eigentlich sollte sie nach zwei Monaten fertig sein, jetzt sind es schon vier und noch lange kein Ende in Sicht. Und einen Parkplatz zu ergattern ist mittlerweile reine Glückssache, aber bei mir stehen Sie natürlich bequem auf einem meiner Kundenparkplätze, nicht wahr? Wie immer raspelkurz?«, fragt sie mich ohne Überleitung.

»Äh, ja. Wie immer«, sage ich und suche unauffällig nach der Ursache des leicht hysterischen Sirenengeheuls, das die ganze Zeit Sandy zu übertönen versucht.

Sandy hat den vor sich hin grummelnden Tarzan in das Waschbecken gestellt. Sie lässt sich kein bisschen von ihm beeindrucken und stopft ihm ein paar kleine Kekse ins Mäulchen. »Na, du kleiner Schelm, wer knurrt denn da wie ein gefährlicher Wolf?«, sie lacht und beginnt das Wölfchen zu baden. »Die Kalbsleber-Quinoa-Kekse, die ich an Tarzan verfüttere, sind natürlich bio und mit bestem Leinöl gebacken. Die 200 Gramm Packung kostet nur 7,95«, wendet sie sich an mich.

»Hauptsache, sie schmecken den Hunden«, antworte ich und versuche mir mein Entsetzen über den üppigen Preis nicht anmerken zu lassen.

»Natürlich, der Geschmack ist auch wichtig, nicht wahr ‚mein kleines Leckermäulchen«, betüdelt sie meinen Hund, während sie das Shampoo aufschäumt. »Aber unsere Tiere sind es uns doch wert, nur mit besten Zutaten verwöhnt zu werden. Die Sardine-Hirse-Kräcker mit einem Hauch Rosmarin werden auch gerne genommen, 200 Gramm zu 8,60«, flötet Sandy begeistert weiter, dann braust sie den Schaum wieder aus den Haaren.

Ich überlege, ob ich ihr erzählen soll, was Tarzan sonst so in sich hineinschlingt. Vom morgendlichen Butterbrot bei meinen Eltern über gammelige Kompostabfälle bis zu moderigen Pferdeäpfeln. Stattdessen frage ich sie, wo das nervige Gekläffe und Gewinsel herkommt.

»Ach, das sind Venus und Adonis, die süßen Yorkshire Terrier von Frau Kreuzer, der Besitzerin von ›Fashion DK‹. Die beiden müssen bei mir bleiben, bis ihr Frauchen wieder aus Mailand zurück ist. Was für ein Leben, zweimal im Jahr reist sie in die Hochburgen der Mode und kauft nur die besten Stücke der kommenden Saison für ihre Boutique. Kennen Sie das Geschäft am Edelbert-Reger-Platz?«

Ich werde hellhörig, die erlauchten Hündchen der Dünnen betteln also im Nebenzimmer um Aufmerksamkeit? »Nicht direkt. Aber ich bin Frau Kreuzer schon begegnet«, antworte ich fast wahrheitsgemäß.

»Nette Frau, nicht wahr?«

»Nett? Ja, ... durchaus«, bestätige ich zögerlich und hoffe auf weitere Informationen.

Während Sandy dem übellaunigen Tarzan die Wolle vom Rücken schert, plaudert sie munter weiter: »Seit Jahren bringt sie ihre Hunde alle zwei Wochen zur Wellness und Haarpflege zu mir. Sie nimmt die Süßen schließlich täglich mit ins Geschäft, deshalb müssen sie immer sauber und perfekt gestylt sein.«

»Ist nicht wahr?«, frage ich ungläubig.

»Doch! Solche Kundinnen hätte ich gerne mehr«, kichert Sandy und fährt fort. »Und soll ich Ihnen etwas verraten?« Mit einem verschwörerischen Blinzeln vergewissert sich Sandy meiner Aufmerksamkeit. »Seit neuestem bringt ein Mann die

Hündchen und holt sie manchmal auch wieder ab. Als er heute früh die Hunde abgegeben hat, war ich ja doch ein bisschen neugierig und habe ihn gefragt, wann seine Chefin die beiden wieder abholt. Er hat so süß gelacht und dann gesagt, Frau Kreuzer sei seine Freundin, aber bestimmt nicht seine Chefin.«
Sandy kichert, blickt dann aber wieder konzentriert auf Tarzans Pfötchen, während sie dort die Haare schneidet. Nach einiger Zeit sagt sie, mehr zu sich als zu mir: »Der Mann sieht ja ganz gut aus, aber er hat deutlich ein paar Kilo zu viel auf den Rippen und seine Kleidung war zwar okay, aber nicht besonders stylish ... Und er war mir auf Anhieb sympathisch ... Also an der Seite von Frau Kreuzer kann ich ihn mir nicht so richtig vorstellen.«

»Ich auch nicht«, murmele ich vor mich hin.

»Wie bitte?«

»Ich habe nichts gesagt.«, erwidere ich schnell.

»Frau Kreuzer war ja mal mit dem Zahnarzt Dr. Kreuzer verheiratet. Seit der Scheidung habe ich sie zwar ab und zu in Begleitung eines Mannes gesehen, aber keiner von denen durfte jemals ihre kleinen Lieblinge hier abgegeben.«

»Oh, sie ist geschieden? Das wusste ich gar nicht.«

»Ja, ist aber schon viele Jahre her. Ich habe gehört, dass die Trennung damals wohl ziemlich hart für sie war, obwohl sie die Penthousewohnung und noch einiges mehr bekam. Ihr Mann hat sie für seine Physiotherapeutin verlassen. Die beiden haben zwei Kinder und sind anscheinend glücklich miteinander.«

»Wie tragisch!«, heuchele ich Mitgefühl.

»Ja, ne? Aber so sind die Männer nun mal«, seufzt Sandy in ihre eigenen Gedanken versunken. Ich überlege gerade, ob ich sie vielleicht nach ihren eigenen Erfahrungen dazu fragen oder ihr von Michael und mir erzählen sollte, da sagt sie: »Ich glaube, diesmal hat sie mehr Glück, ihr neuer Freund ist wirklich nett. Vielleicht ist er ja der richtige für sie?«

Sandy hält einen Keks über Tarzans Nase und bewegt mit dem klaren Auftrag »Sitz« die Hand in Richtung Tarzans Hinterkopf. Während seine Augen dem Keks folgen, plumpst sein Hinterteil auf den Frisiertisch. »Guter Junge, so ein braver Bubi …«, gurrt sie und belohnt den Hund mit dem Leckerli. Dann beginnt sie, die Haare an den Ohren und im Gesicht zu schneiden.

Plötzlich habe ich eine Idee. »Ich schaue mal eben nach den Hundemäntelchen, der nächste Winter kommt bestimmt!«, witzele ich, merke aber an Sandy's Gesichtsausdruck, wie seltsam sich mein Vorhaben anhören muss, schließlich haben wir Mitte Juli.

»Äh klar, schauen Sie sich gerne um, ich muss Tarzan ja noch föhnen … Aber die Winterware kommt erst Ende September …«

Ich betrete den Ladenbereich und stöbere eine Zeit lang durch die Auslagen. Aber als ich den Föhn höre, husche ich in Sandys Büro, in dem Venus und Adonis in einer Art Hasengehege auf Beschäftigung warten. Die beiden sehen aus wie Models mit ihrem seidigen, bodenlangen Fell und den mit Haargummis fixierten Stirnhaaren, damit sie überhaupt aus den Augen schauen können. An den Gummis sind Stoffschleifen in rosé und bleu befestigt.

»Ach, ihr Armen, hat euch euer böses Frauchen alleingelassen«, sage ich in einem bedauernden Singsang zu den Hunden, die leise fiepend an dem Gitter hochhüpfen und sich die Ohren kraulen lassen. »Diese blöden Gummis sehen nicht nur albern aus, man kann euch auch gar nicht richtig streicheln«, stelle ich fest und dann geht irgendwie alles ganz schnell. Auf Sandys Schreibtisch sehe ich neben einem Becher mit Stiften auch eine Schere. Damit säbele ich dem Rüden die Haarsträhne mitsamt der blauen Schleife ab. Nur zu gerne würde ich das Büschel als Trophäe mitnehmen, stattdessen verteile ich die Haare auf dem Boden, damit es wie ein »Unfall« aussieht. Schließlich will ich nicht, dass Sandy Ärger bekommt. Beim Anblick des Vokuhila kichere ich wie ein Teenager. Leider bleibt mir nicht viel Zeit, meine Missetat zu feiern, weil Sandy den Föhn ausschaltet. Schnell lege ich die Schere zurück, greife im Verkaufsraum ein paar Tüten der sündhaft teuren Hundekekse und schlendere zurück in den Salon.

»Haben Sie ein Mäntelchen gefunden?«, fragt mich Sandy mit dem frisch frisierten Tarzan auf dem Arm.

»Was?«

»Für Tarzan?«

»Ach so, äh ... nein, leider nicht. Ich warte doch besser auf die neue Kollektion im Herbst. Aber ich nehme von diesen tollen Keksen mit.«

»Gute Wahl, nicht wahr, mein kleiner Rattenfänger?«

Sandy drückt mir meinen – ungewöhnlich wohlriechenden – Hund in den Arm und geht zur Kasse.

»So, Frau Kessler-Beck, das macht dann 90,70 ... sagen wir 90 glatt?«

Hat sie gerade 90 gesagt? Oder habe ich mich wegen der kleinen Sirenen im Hintergrund verhört? Ein Blick auf das Display der Kasse sagt mir leider, dass ich bei den Keksen wohl etwas zu großzügig zugegriffen habe.

»90 glatt, ich muss mit der Karte bezahlen.«

»Aber gerne«, flötet Sandy »und jetzt muss ich unbedingt mit Venus und Adonis eine Runde spazieren gehen, den beiden ist sicherlich ganz langweilig.«

»Ja, tun Sie das. Bei dem schönen Wetter muss man mal raus, nicht wahr?« Ich nicke Sandy besonders herzlich zu und eile mit einem »Tschüss, bis zum nächsten Mal«, zur Tür. Nichts wie raus hier, bevor Sandy die ruinierte Frisur sieht.

KAPITEL 18

»Hannerose, du bist ja noch da. Musst du nicht schon losfahren?«, ruft meine Mutter, als sie die Diele betritt.

»Hallo Oma«, begrüßt Jakob sie aus der Küche »die Mama scheucht gerade Irma aus dem Bad und will dann losfahren.«

»Guten Morgen mein Großer! Soso, während du schon am Frühstück sitzt, besetzt Irma noch das Badezimmer? Muss sie sich noch hübsch machen oder warum braucht sie so lange?«

»Keine Ahnung, Oma«, kichert Jakob. »Wenn ich sie frage, was sie da macht, sagt sie ›Das geht dich nichts an, Kleiner!‹. Ich bin immer megaschnell im Bad fertig.«

»Klar, mein Lieber, du bist der Schnellste. Was meinst du, machen wir uns einen schönen Tag, wenn Mama nicht da ist? Was soll ich denn kochen?«

»Pommes und Frikadellen! Oder Pizza. Wir können auch einen Döner kaufen, dann musst du nichts kochen.«

»Netter Versuch«, lacht meine Mutter. »Aber ich glaube, ich überrasche euch lieber.«

»Hallo Mama, ich bin sofort weg«, rufe ich in Richtung Küche, während ich die letzten Stufen der Treppe herunterhüpfe. »Das Seminar beginnt zwar um zehn, aber die Führung ist erst um halb elf. Laut Navi brauche ich drei Stunden, ich muss halt ein gutes Stück die A7 runter … das schaffe ich locker. Irma kommt gleich, sie muss in der ersten Stunde ein Referat in Erdkunde halten und ist deshalb etwas aufgeregt. Jakob denk' an deine Sportsachen. Wenn was ist, ruft mich an. Tschüss, mein

Großer, bis morgen früh«, sage ich zu Jakob und wuschele ihm durch die Haare.

»Mama, geht's noch?«, wehrt er meine Hand ab und sortiert die zerstörte Frisur neu.

»Tschüss, Mama, bis heute Abend spät, und danke!« Ich drücke meine Mutter zum Abschied.

»Jaja, ist ja gut! Fahr jetzt endlich, aber nicht zu schnell.«

Ich habe mich kurzentschlossen zu einem Seminar des Pilzzüchters, den mir mein Bekannter empfohlen hat, angemeldet und tatsächlich noch einen Platz ergattert. Ich habe einen stillen Freudentanz hingelegt, während ich mit der netten Frau am Telefon die Einzelheiten der Teilnahme besprach. Eine ganztägige Fortbildung, was für ein Luxus. Meine letzten Kurse sind schon etwas länger her, dauerten höchstens einen halben Tag und hatten Themen wie »Kundengespräch am Telefon«, »Grundlagen der Kalkulation« oder »Marketing neu gedacht«. Alles wahnsinnig nützlich, aber völlig unsexy. Jetzt kann ich endlich mal etwas lernen, was mich persönlich interessiert. Eigentlich geht das Seminar am nächsten Tag sogar noch weiter. Das Zusatzmodul »Marketing und Kalkulation« konnte bei Bedarf dazu gebucht werden, aber das war mir dann doch zu viel. Meine Mutter hatte die Idee, dass ich trotzdem dort übernachten und am nächsten Tag gut ausgeschlafen nach Hause fahren könnte. Das war natürlich lieb von ihr gemeint, aber ich wollte lieber abends noch zurück.

Drei Stunden Autofahrt, alleine. Das klingt nach unglaublich viel Zeit, in der ich mir Gedanken zur Umstrukturierung des Betriebs oder über die Ereignisse der letzten Tage machen könnte. Da ich aber das Bürotelefon auf mein Handy umgeleitet habe, telefoniere ich zwei Drittel der Zeit über die Freisprechanlage mit Kunden und Lieferanten. Vor zehn Minuten lotste mich mein Navi von der Autobahn herunter auf eine vielbefahrene Bundesstraße. Jetzt schickt mich die freundlich-neutrale Frauenstimme auf eine Landstraße und nach wenigen Minuten habe ich mein Ziel erreicht. Die Hofeinfahrt für Gäste wird von einem metallenen Torbogen überspannt, auf dem neben der Aufschrift »Pilzzucht Röder« auch ein mit Pilzen gefüllter Korb zu sehen ist. Etwa 200 Meter weiter gibt es noch eine Zufahrt für Lastkraftwagen. Dazwischen erstrecken sich riesige Hallen, die wir wohl gleich besichtigen werden. Ich folge der Beschilderung zum Parkplatz, stelle mein Auto ab und laufe in Richtung der mit »Verwaltung« und »Seminar« ausgeschilderten Gebäude. Vor einem dieser Häuser stehen schon einige Teilnehmer und Teilnehmerinnen. Eine junge Frau verteilt weiße Overalls, Schuhüberzieher und Gesichtsmasken. Ich geselle mich dazu, grüße in die Runde und entschuldige mich für meine zehnminütige Verspätung. Ein weiterer Teilnehmer eilt sogar noch nach mir heran.

Nach dem Verteilen der Schutzkleidung tritt die junge Frau ein paar Schritte zurück und begrüßt uns: »Herzlich willkommen, meine Damen und Herren, zu unserem Seminar ›Grundlagen des gewerblichen Pilzanbaus‹«. Mein Name ist Lisa Röder ... Nochmal kurz zum heutigen Ablauf: Wir beginnen mit einer etwa zweistündigen Betriebsführung, bei der sie einen detaillierten Einblick in alle Bereiche unserer Produktion erhalten. Direkt im Anschluss, also um 12 Uhr 30 gibt es ein gemeinsames Mittagessen. Um 14 Uhr treffen wir uns dann alle in unserem Seminarraum zu vier Unterrichtseinheiten, jeweils mit kurzen Pausen dazwischen. Und um 19 Uhr endet der erste Seminartag.

Für diejenigen, die das Zusatzmodul gebucht haben, beginnt morgen früh um neun Uhr der Unterricht. So, gibt es denn bis hierhin schon Fragen?"

»Wo ist der Seminarraum?«, fragt eine Frau in grüner Gärtnerlatzhose.

»Da.« Lisa zeigt etwas zögernd auf die doppelte Glastür hinter sich, auf der in riesigen, weißen Buchstaben »Seminarraum« steht.

»Und der Speisesaal?«, fragt wieder die Latzhose.

»Den zeige ich Ihnen nach der Führung.«

»Immer der Nase lang, würde ich mal sagen!«, prustet ein älterer Herr und lacht, als hätte er einen tollen Witz gemacht. Der Mann könnte Ende 60 sein, dem Dialekt nach kommt er aus Süddeutschland. Er ist ziemlich füllig um die Taille, knapp mittelgroß und wenn er lacht, wackelt sein grauer Schnauzbart. Ein Teilnehmer lacht herzlich über die Bemerkung, die anderen lächeln und nicken mehr höflich als amüsiert.

»Ich habe ein Zimmer in der Pension ›Waltraut‹ reserviert, hatte vorhin aber keine Zeit mehr einzuchecken. Kann ich das vor dem Mittagessen noch machen?« Die Frage stellt der Mann, der nach mir ankam.

»Ich glaube nicht, dass Sie das schaffen. Die Pension ist zwar ganz in der Nähe, aber die Zeit wird langsam knapp. Rufen Sie dort an, dass Sie später kommen.«

»'Tschuldigung«, meldet sich wie in der Schule der junge Mann, der neben der Latzhose steht »ich hab' 'ne Laktoseintoleranz. Hab' ich bei der Anmeldung vergessen. Gibt's was mit Milch?«

»Äh, keine Ahnung …« Lisas Lächeln ist etwas verrutscht. »Wie ist Ihr Name?«

»Fabian Beyer.« Der Arm sinkt wieder nach unten.

Lisa findet den Namen auf ihrer Liste und notiert etwas darauf. »Ok, Herr Beyer, ich werde in der Küche Bescheid sagen. So, wenn Sie jetzt bitte alle ...«

»Ich hab' bei der Anmeldung angegbn, dass meine Frau eene Glutenunverträchlichkeit hat. Das ist doch angegommen, oda?«, fragt der Mann, der über die Äußerung des älteren Herrn gelacht hat, mit leichtem sächsischem Dialekt. Bei dem Wort »meine« legt er seinen Arm um die kleine rundliche Frau neben sich, die ein Gesicht macht, als wäre sie ganz allgemein unverträglich. Die beiden könnten Anfang bis Mitte 30 sein.

Lisas Lippen werden schmal, sie schaut wieder auf ihre Unterlagen. »Also, wenn Sie Herr und Frau Salzfeldt sind, dann ist das dem Küchenpersonal bereits mitgeteilt worden.«

Die Salzfeldts nicken synchron. »Ich wollt' ja nur nochmal frachen, sowas geht ja gerne enmol verlorn. Nich waa?«

Außer mir haben sich jetzt alle irgendwie an der heiteren Fragerunde beteiligt. Lisa sieht mich kurz lauernd an, aber ich schüttele den Kopf und sage: »Keine weiteren Fragen.«

»Gut, dann wollen wir jetzt mit der Führung beginnen. Darf ich Sie bitten, die Schutzanzüge und Masken anzuziehen, damit keine Keime in die Produktion eingetragen werden.«

Unter Geraschel packen die anderen sechs Teilnehmer und ich die weißen Overalls aus.

»Ich habe mich irgendwie verheddert in dem Dingens, können Sie mir bitte mal helfen, junge Frau?«, fragt mich der ältere Mann, während er mit seinem linken Arm versucht in den Ärmel zu gelangen.

»Klar, lassen Sie mich mal schauen. Ah, ich sehe, woran es

liegt. Sie haben den Ärmel nach innen in die Hose gesteckt. Moment, ich ziehe ihn raus. So, jetzt geht es.«

»Vielen Dank, junge Frau. Ich bin der Winfried, Winfried Kunze. Wir können doch Du sagen? Wir sind ja jetzt sowas wie eine Schicksalsgemeinschaft«, stellt er sich mit verbündendem Augenzwinkern vor und schüttelt meine Hand.

»Ja, klar, ich bin die Hannerose Kessler-Beck, aber alle nennen mich Hanne.«

»Hannerose ist aber ein ungewöhnlicher Name für eine so junge Frau. Meine Frau heißt ja Hannelore, die ist aber auch mindestens 30 Jahre älter als du«, sagt Winfried und lacht wieder, als hätte er einen guten Witz gemacht.

»Den Namen habe ich von meiner Oma. Und so arg jung bin ich nicht mehr, ich habe zwei Kinder im Alter von 11 und 15 Jahren«, erkläre ich Winfried.

»Na, die hast du dann wohl recht früh bekommen!«, feixt Winfried.

»Kennst du dich schon mit Pilzen aus?«, frage ich ihn, um von dem lästigen Thema abzulenken.

»Ja, allerdings! Ich züchte nämlich schon seit zwei Jahren Champignons und Austernseitlinge in unserem Keller. Da kann ich dir jede Menge Tipps geben. Seit ich in Rente bin, sind der Garten und die Pilze mein Hobby.« Winfried wächst vor Stolz um zwei Zentimeter und reicht mir jetzt bis zur Nasenspitze.

»Alle Achtung, na, da wird sich deine Frau ja freuen«, sage ich und meine damit nicht nur die Ernteerträge.

»Klar, freut die sich. Sie hat mir auch den Kurs geschenkt, damit ich mal aus meinem Keller rauskomme, hat sie gesagt.« Wieder lacht Winfried herzlich über seinen kleinen Scherz.

»Aber es gibt doch bestimmt auch Kurse für den Hobbyanbau? Oder willst du für den Verkauf produzieren?«

»Nee, nur für die Familie, aber die ist groß. Ich habe schließlich fünf Kinder und bis jetzt acht Enkel!« Winfried sieht mich stolz an, er strahlt von einem Ohr zum anderen. Ich tue ihm den Gefallen und lobe seine Vermehrungsfreude mit einem anerkennenden Nicken »Wow!« Er nickt eifrig zurück »Ja, ne ... Und wenn ich das schon lerne, dann richtig, von den Profis. Klotzen, nicht kleckern, sag' ich immer.« Wieder wackelt der Schnauzbart.

»So, sind jetzt alle angezogen?« Lisa unterbricht energisch die aufwallenden Gespräche und betrachtet uns mit kontrollierendem Blick. »Bitte auch die Kapuzen über die Haare und die Masken über Mund und Nase, danke.« Während die letzten Kapuzen und Masken übergestülpt werden, zählt sie nochmal durch und schaut auf ihre Anmeldeliste. »Ein Teilnehmer fehlt noch ... naja, sein Pech. Wir fangen schon mal an, vielleicht kommt er ja noch. Wenn Sie mir bitte folgen wollen ...« Lisa läuft mit erhobenem Arm auf die erste Halle zu und die Teilnehmerschar folgt ihr. Wir sehen aus wie ein Spurensicherungstrupp in einem Fernsehkrimi.

Ich beeile mich, auf die andere Seite der Gruppe zu kommen, weil ich mir im Moment Winfrieds großzügige, aber leider ungefragte Wissensoffenbarungen ersparen möchte. Während der Führung erklärt uns Lisa die Funktion der Luftfilteranlage, Heizung und Bewässerung, zeigt uns verschiedene Anbaumethoden beziehungsweise die unterschiedlichen Erden und Substrate. In einer riesigen Halle warten Champignons auf sechs Etagen auf ihre Ernte. An den Regalen befinden sich Schienensysteme, an denen wiederum metallene Wagen befestigt sind. Auf jedem dieser – elektrisch höhenverstellbaren – Wagen steht ein Pflücker oder eine Pflückerin und legt die reifen Pilze in Kisten, welche anschließend über Rollbänder in die benachbarte Halle zur Sortierung und Verpackung gefahren werden. Gerade als wir die Champignons verlassen wollen, stößt der noch fehlende Teilnehmer zu uns.

»Moin zusammen«, grüßt er freundlich in die Runde.

»Gut, dass Sie auch schon da sind, dann können wir jetzt ja zu den Zitronenseitlingen gehen«, erwidert Lisa schmallippig. Die Gruppe murmelt eine Begrüßung.

»So ein Schnösel. Wie kann man nur eine Stunde zu spät zu einem Seminar kommen und sich noch nicht einmal entschuldigen?« Winfried hat sich wieder in meine Nähe geschlichen und reißt mich aus meinen Gedanken. Ich grübele nämlich gerade darüber nach, was mir an dem Schnösel bekannt vorkommt. Vielleicht die Stimme? Zu Winfried sage ich: »Naja, es ist doch sein Problem, wenn er die Führung verpasst. Uns sollte das doch nicht stören, oder?«

»Na klar, wir beide lassen uns doch nicht den Spaß verderben, ne?« Wieder amüsiert sich Winfried köstlich über sein kleines Witzchen.

Am Ende unseres Rundgangs führt uns Lisa in einen Raum mit langen Sitzbänken in der Mitte und Metallspinden an den Wänden. Es scheint die Umkleide der Mitarbeiter zu sein.

»Hier können Sie die Schutzkleidung ausziehen und in die Mülleimer werfen. Wenn alle fertig sind, zeige ich Ihnen den Weg zum Speisesaal.«

Als ich endlich die Maske vom Gesicht und die Kapuze vom

Kopf gepellt habe, ruft jemand neben mir überrascht: »Hanni? Hannilein, bist du das? Ich fasse es nicht!«

Jetzt dämmert es mir, warum ich die ganze Zeit das Gefühl hatte, den Mann zu kennen. Vor mir steht Frederik, ein ehemaliger Studienkollege. »Freddy! Was machst du denn hier? ... Ich meine, was machst du so weit im Süden? Gibt es bei euch da oben keine Seminare über Pilze?« Ich freue mich wirklich, ihn zu sehen. Wir haben uns völlig aus den Augen verloren. Nur einmal hatte ich von einer Studienkollegin gehört, dass sie Freddy begegnet war. Sie meinte damals, er wäre noch ganz der Alte: charmant, witzig und natürlich ungebunden. Frederik kommt aus der Gegend um Oldenburg. Im Gegensatz zu mir hatte er keinen elterlichen Betrieb im Hintergrund, der nach dem Studium auf ihn gewartet hätte. Aber er machte sich nie Sorgen darüber, keinen Job zu finden, eigentlich machte er sich nie Sorgen um irgendetwas.

»Doch, bestimmt gibt es so etwas bei uns auch. Aber du weißt doch, wie gerne ich die Gegend und die Menschen hier im Süden mag.«

»Wohl eher den Wein!«, necke ich ihn.

»Du hast mich durchschaut, ich bin natürlich nur wegen des Weines hier.« Frederik setzt die Miene des entlarvten Missetäters auf. »Lass dich anschauen, Hanni! Mensch, du siehst klasse aus ... wie früher ... nein, viel besser! Deine Haare sind sogar noch länger als damals ...«

»Ach Quatsch, du alter Charmeur!« Ich fahre mir mit einer Hand durch meine Haare und fühle mich geschmeichelt, obwohl ich eigentlich weiß, dass man ein Kompliment von Frederik nicht so ernst nehmen darf. Dann schaue ich ihn genauer an und sage: »Und du hast immer noch diese schönen Wuschellocken ... aber sehe ich da etwa erste graue Haare dazwischen?«

»Erste wäre schön, ich habe es aufgegeben, die grauen auszuzupfen, sonst wäre ich bald kahl.« Freddy hebt in gespielter Verzweiflung die Schultern und verdreht die Augen.

»Graue Schläfen lassen Männer angeblich reifer wirken, habe ich mal gelesen.«

»Und wirke ich reifer?«

»Jaa, durchaus, ein bisschen«, antworte ich gedehnt. Es fällt mir nämlich schwer, mir Frederik als soliden, gediegenen, älteren Herrn vorzustellen. Mit ihm war es damals nie langweilig geworden. Er hatte immer eine Idee, den »Fesseln des Bildungswesens«, wie er es nannte, zu entkommen. Von Anfang an tanzte er auf jeder Party, ließ kein Weinfest aus und stürzte sich, so oft es ging, ins wilde Nachtleben. Da es rund um unseren Studienort nicht so viel Nachtleben gab und wildes schon gar nicht, fuhr er, ohne zu zögern, eine oder zwei Stunden bis zu einem angesagten Club, damals wohl eher Diskothek genannt. Einmal fuhren wir nur zu zweit los. Angeblich hatte er von einer tollen Disko gehört, die allerdings ziemlich weit weg wäre. Ich protestierte, es wäre doch schon zehn Uhr und ich hätte am nächsten Morgen eine Vorlesung. Aber Frederik meinte, man müsse auch mal etwas Verrücktes machen, wir wären noch zu jung, um immer brav und vernünftig zu sein. Als wir nach fast zwei Stunden die französische Grenze überquerten, fragte er mich, ob ich schon mal in Paris gewesen sei. Diese Tour vergesse ich nie. Natürlich wurden wir um drei Uhr nicht mehr in den Club eingelassen. Dafür sahen wir uns ein paar typische Sehenswürdigkeiten im Schnellgang an. Gegen sechs saßen wir mit Kaffee und Croissants auf den Stufen von Sacré-Cœur und ich sank glücklich und frisch verliebt in seine Arme.

»Hanni, was ist? Kommst du?« Frederik hat den Kopf schiefgelegt und grinst mich an.

»Hm? Ja klar, ich komme.«

Zwischenzeitlich haben alle um uns herum ihre Anzüge in den Mülltonnen entsorgt und wir folgen Lisa zum Speisesaal.

»Sag' ich doch, immer der Nase nach. Das duftet köstlich nach Braten und natürlich Pilzen, ne? Ist ja logisch bei einem Pilzzüchter.« Winfried drängt sich von hinten zwischen uns und lacht. Dann zeigt er mit dem Daumen auf Frederik, als wäre er gar nicht da und fragt: »Du kennst den Mann da, der vorhin viel zu spät zur Führung kam und sich noch nicht einmal entschuldigt hat? Stell' mir den mal vor!«

»Äh, Winfried, das ist Frederik, wir haben zusammen studiert. Frederik, das ist Winfried Kunze«, mache ich die beiden bekannt.

»Guten Tag Herr Kunze, war die Führung gut? Habe ich viel verpasst?«, fragt Frederik, ohne auf den Vorwurf der fehlenden Entschuldigung einzugehen.

»Allerdings, junger Mann. Ich glaube nicht, dass Sie das Basiswissen, das uns bis jetzt vermittelt wurde, noch aufholen können. Aber das ist Ihr Problem ... Wir hatten unseren Spaß, ne Hanne?«

»Klar!« Ich nicke etwas gezwungen lächelnd in Winfrieds Richtung.

»Ich denke mal, dass Hanne mir beim Mittagessen die wichtigsten Basisinfos vermitteln kann, nicht wahr, Hannilein?«, fragt mich Frederik.

»Äh, aber ja, natürlich«, antworte ich und Winfried brummt

eine unverständliche Bemerkung vor sich hin, bei der nur das Wort Schnösel deutlich zu hören ist.

Der sogenannte Speisesaal ist eigentlich eine einfach, aber nett eingerichtete Kantine. Die Mitarbeiter nehmen sich ein Tablett und können an einer Theke ein Gericht aus dem Tagesangebot wählen. Rundherum stehen Tische für vier bis sechs Personen. Ich halte unauffällig Ausschau nach einem gemütlichen Plätzchen, an dem ich mit Frederik ungestört über die alten Zeiten reden kann. Aber Lisa führt uns zu einem großen, bereits für zehn Personen eingedeckten Tisch an der Fensterwand. Die doppelflügeligen Türen sind geöffnet, so dass die Wärme der Sonne hereinkommt.

Frederik hält mich kurz am Arm fest und zieht mich plötzlich zum linken Tischende. Winfried ist nach rechts abgebogen, er hält am anderen Tischende einen Platz neben sich frei und winkt mir zu. Enttäuscht muss er feststellen, dass ich in die andere Richtung laufe. Auf den freien Platz hat sich zwischenzeitlich die Frau in der Latzhose gesetzt. Uns gegenüber haben die Salzfeldts Platz genommen. Ich bin froh, dass sie in ein Gespräch über die gesehene Lüftungs- und Bewässerungstechnik vertieft sind. Sie hatten nämlich während der Führung so viele Fragen gestellt, dass Lisa sie irgendwann ziemlich pampig aufforderte, sich doch bitte alle Fragen für später aufzuheben, schließlich wolle man die Führung nicht erst zum Abendessen beenden. Nachdem wir uns aus den dampfenden Schüsseln unser Essen auf die Teller geladen haben, fragt mich Frederik: »Jetzt erzähl' mal, wie ist es dir in den letzten 17 Jahren ergangen, was machst du so? Wie geht es Michael?«

»Ich glaube, Michael geht es gut, wir sind seit zwei Jahren

geschieden. Er lebt mit seiner Freundin zusammen, ich habe keinen neuen Partner«, gebe ich ihm einen schnellen Überblick über meine familiäre Situation.

»Oh, das tut mir leid«, sagt Frederik und klingt dabei sehr ehrlich.

»Danke, aber das ist schon in Ordnung so. Lass uns lieber über meine lieben Kinder reden. Die Große heißt Irma und ist schon 15, der Kleine heißt Jakob und ist 11.« Während wir essen, erzähle ich ihm von den Kindern, meinen Eltern, dem Betrieb, der Überschwemmung und schließlich von meiner Idee, Pilze anzubauen.

»Du hast also schon mehrere potenzielle Abnehmer in der Gastronomie und einige Gemüsehändler auf Wochenmärkten?« Frederik ist beeindruckt.

»Ja, und wir verkaufen natürlich auch ab Hof«, sage ich begeistert.

»Das lohnt sich aber nischt!«, mischt sich plötzlich Herr Salzfeldt in unser Gespräch ein und setzt hinzu: »Um rendabel zu sein, müssen se richtich Masse glotzen, nich rumgleggern. Wir hamm een paar Hallen von ener ehemalichen Genossenschaft gepachtet und werden nadürlich den Großmargt beliefern. Wir machen keene halben Sachen, nich waa, meene Gudsde?« Dabei tätschelt er die Hand seiner zustimmend nickenden Gudsden und wartet auf eine Reaktion von mir.

»Ja, schön, wenn das für Sie passt. Ich will aber erst mal klein anfangen, nur in einem unserer Gewächshäuser. Um ehrlich zu sein, habe ich schon genug Arbeit in der Gärtnerei. Die Pilze sollen ja nur in Kombination mit den Kräutern unser Angebot erweitern.«

»Dann hätten se ooch eenen Kurs für den Hobbyanbau machen können, der wär bestimmt günnsdicher gewäsen.« Meldet sich jetzt die Gudsde schnoddrig und völlig ungefragt zu Wort.

»Meene Gudsde, du dengst immer so doll mit!«, wird sie auch noch prompt vom stolzen Gatten für ihre dämliche Bemerkung gelobt.

»Ich will ja eventuell später erweitern, wenn ich merke, dass es läuft …«, starte ich einen neuen Erklärungsversuch.

»Das wird nischt, globen se mir«, unterbricht mich Herr Besserwisser-Salzfeldt und winkt abwertend in meine Richtung. »Zuerst eenmal machen Bilze ooch Orbeit. Wenn se jetzt schon kaum Zeit hamm, sollten se erst gar nisch damit anfangen. Außerdem rechnet sich die Anschaffung der ganzen Dechnik doch nur, wenn se von Anfang an genug Umsatz, sprich Masse machen. Oder se produzieren eher selten angebotene Sorten, wie zum Beispiel Zitronenseitlinge, Braungappen oder den Tosganapilz. Dann hamm se vielleicht über den heheren Preis eene Schance.«

»Ich wollte mit Champignons und Austernseitlingen beginnen und später Shiitake-Pilze dazu nehmen …«, antworte ich naiv und bereue es sofort.

Frau Salzfeldt gibt ein spöttisches Kichern von sich. Ihr Mann schüttelt fassungslos den Kopf und sieht mich dabei mit einer Mischung aus Mitleid und Ungläubigkeit über so viel Dummheit an.

»Nee, nee, nee, das ooch noch! Sie machen aber ooch alles falsch, was geht, oda? Das sind doch genau die Billichsorten, von denen der Margt schon lange überschwemmt wird …«

»Jetzt reicht es mir aber! Sie kennen mich und meinen Betrieb doch gar nicht. Und außerdem habe ich Sie auch nicht nach Ihrer Meinung gefragt!«, sage ich etwas zu laut und deutlich zu Herrn Salzfeldt. Die Gespräche am Tisch verstummen und alle sehen mich an.

Zum Glück unterbricht Frederik nach wenigen Sekunden den unangenehmen Moment, indem er mich besonders gut gelaunt fragt: »Liebste Hanni, was hältst du davon, wenn wir uns unseren Nachtisch schnappen und dort drüben unter der alten Linde in aller Ruhe essen?« Dann steht er schwungvoll auf, greift sich zwei Desserts und nickt mir aufmunternd zu: »Komm!«

»Super Idee, ich glaube, ich bin hier sowieso fertig«, sage ich frostig und meine damit nicht nur meinen halbvollen Teller, sondern schaue Herrn Salzfeldt in die Augen.

Dieser hebt die Hände, als wolle er sich entschuldigen, sagt aber deutlich gekränkt: »Isch hab's ja nur gut gemeint.«

Seine Frau zieht die Augenbrauen hoch und setzt ätzend mit einem Wer-nicht-will-der-hat-schon-Schulterzucken hinzu: »Du weeßt doch, mein Liebsder, nich jeder kann eenen guden Rad annehm.«

Unter dem Baum ist es herrlich schattig und angenehm leise. Man hört die Vögel zwitschern, das Rascheln der Blätter in der leichten Brise und im Hintergrund die Geräusche aus der Kantine.

»Puh, die können einem ganz schön die Laune verderben. Danke, dass du mich gerettet hast.« Ich lasse mich zufrieden neben Frederik ins Gras sinken und lache ihn an.

»Du wusstest früher schon, wie man sich Ärger aufhalst, und

ich musste dich dann aus aussichtslosen Diskussionen mit den Dozenten retten«, sagt Frederik frech und spitzt den Mund.

»Also entschuldige mal, das kann man doch nicht vergleichen. Die beiden haben schließlich mich provoziert und nicht ich sie ...«

»Ja, liebes Hannilein, weil du anscheinend immer noch so süß und naiv bist wie damals und immer brav Rede und Antwort stehst, anstatt dich gleich zu wehren. Der Typ ist eine nervige Pocke mit der Angriffslust eines Terriers. Und seine Herzensdame ist so charmant wie Fußpilz im Endstadium.«

Ich muss lachen, der Vergleich ist treffend. »Jetzt ist aber mal genug mit dem unappetitlichen Zeug!« Ich schubse ihn mit meinem Knie an. »Erzähl' mal lieber etwas von dir. Bist du eigentlich verheiratet oder mit jemandem zusammen? Hast du Kinder?«

»Nein. Nein. Ja.«

»Aha! So und jetzt nochmal in ganzen Sätzen bitte.«

»Also, verheiratet war ich noch nie. Hat sich irgendwie nicht ergeben. Aber ich war immerhin sieben Jahre lang mit ein und derselben Frau zusammen.« Frederik sieht mich kurz an, als müsste ich ihn für diese außergewöhnliche Leistung beklatschen. Da ich ihm diesen Gefallen aber nicht tue, sondern ihn völlig unbeeindruckt ansehe, fährt er fort. »Melanie und ich haben uns vor einem Jahr getrennt. Unser Sohn Lasse ist jetzt sechs Jahre alt und lebt mit seiner Mutter in Hamburg. Melanie ist sofort nach der Trennung wieder dorthin zurück, ihre ganze Familie wohnt da und sie hat dort einen Job.« Frederik schaut an mir vorbei, auf einen Punkt in der Ferne.

»Das tut mir leid. Siehst du den Kleinen regelmäßig?«

»Naja, regelmäßig schon, alle drei bis vier Wochen. Ich muss ihn aber jedes Mal in Hamburg abholen und wieder heimfahren, das sind viermal 160 Kilometer je Wochenende. Und sonntags müssen wir dann spätestens um halb fünf losfahren, damit er in Ruhe mit seiner Mama zu Abend essen und ihr dabei vom Wochenende erzählen kann. Er fehlt mir. Er ist ein lieber, lustiger Junge. Naja, in den Ferien bleibt er wieder länger.«

»Du vermisst ihn, kann ich gut verstehen. Kannst du nicht etwas näher zu ihm ziehen? Was hält dich in Oldenburg?«

»Meine Freunde, mein Job, meine Familie. Mein Chef bezahlt mir hier den Kurs, damit ich bei ihm im Betrieb eine Bio-Pilzzucht aufbauen kann. Er will mich unbedingt halten und lässt mich zum Beispiel freitags früher raus, wenn ich Lasse abhole. Ich weiß nicht, ob ich so gute Bedingungen nochmal bekomme.«

»Klar, verstehe ich. Und wie ist dein Verhältnis zu Lasses Mutter?«

»Schwierig bis mies …« Frederik lächelt mich gequält an. »Ich darf mir keinen Schnitzer erlauben, sonst hat sie tausend Gründe, um ein Wochenende zu verschieben. Naja, sie ist immer froh, wenn sie nichts mit mir zu tun hat …«, er hält kurz inne, dann murmelt er: »Aber den Unterhalt für Lasse nimmt sie natürlich gerne … Und ich glaube, selbst wenn ich nach Hamburg ziehen würde, würde sie den Kontakt so gering wie möglich halten.«

»Was hast du denn angestellt, um sie so zu verärgern?«

»Ach, komm schon, Hanne, du kennst mich. Ich war noch nie übermäßig zuverlässig oder besonders rücksichtsvoll. Das gebe ich ja zu. Ich treffe mich halt nach wie vor mindestens zweimal die Woche mit meinen Freunden zum Skatspielen oder auf ein Bierchen. Dieses nur zu Hause Vater-Mutter-Kind-Spielen das ist einfach nichts für mich. Am Wochenende gehen wir dann manchmal ausgiebig feiern und am nächsten Tag bin ich halt zu nichts zu gebrauchen ... Außerdem kann ich meine Finger nicht so ganz von anderen Frauen lassen.«

»Na, da hast du dich wohl nicht verändert. Das beweist: ›Graue Haare‹ machen nicht automatisch reifer«, spotte ich, fahre aber ernster fort: »Ich kann Melanie ein bisschen verstehen. Sie ist zu dir gezogen, hat Hamburg aufgegeben, aber du wolltest wohl nie die komplette Verantwortung übernehmen oder etwas aufgeben.«

»Jetzt mach' mal halblang. Ich habe ihr gleich gesagt, dass ich nun mal so bin und sie gar nicht erst versuchen soll mich zu ändern. Und seit der Kleine da ist, bin ich auch schon viel ruhiger geworden. Aber das hat ihr nicht gereicht ... Außerdem kann ich treu sein, wenn sonst alles stimmt, das weißt du.«

»Hä, was meinst du jetzt damit?«

»Naja, damals bei uns. Hättest du mich nicht für Michael verlassen, wären wir vielleicht heute noch zusammen. An mir hat es jedenfalls nicht gelegen«, sagt Frederik überzeugt.

Nein, zweimal nein. Glaube ich. Also die Frage, ob ich wohl mit Frederik noch zusammen wäre, hatte ich mir nach meiner Scheidung auch schon mal gestellt und ganz klar mit »eher nicht« beantwortet. Dem zweiten Teil seiner Aussage muss ich allerdings deutlich widersprechen, denn es hatte durchaus auch an Freddy gelegen. Als wir Michael bei einer Semesterparty kennenlernten, waren Freddy und ich seit einem halben Jahr zusammen. Anfangs unterhielten wir uns über allgemeine Themen, wie das Studium, die Professoren und wo wir später arbeiten wollten. Michael gab ein paar Drinks aus und stellte auch persönliche Fragen, zum Beispiel nach unseren Familien oder welche Ziele wir im Leben hätten. Im Gegensatz zu mir hatte Freddy keine Lust auf diese Konversation und wurde mit steigendem Alkoholpegel immer großmäuliger. Er fing an, mit seinem Sportwagen, den Motorrädern und seinem Segelboot zu prahlen, obwohl diese Fahrzeuge damals schon ihre beste Zeit längst hinter sich hatten. Als er merkte, dass ich mich lieber mit Michael über den Sinn des Lebens unterhielt, statt mir seine Angeberei anzuhören, benahm er sich Michael gegenüber pöbelig und schaffte es schließlich, dass dieser sich anderen Partygästen zuwandte. In den folgenden Tagen ging mir der höfliche, ruhige junge Mann nicht mehr aus dem Kopf. Ich verabredete mich eine Zeit lang mit beiden Männern, ohne dass Freddy von Michael wusste. Michael war nie so spontan und unternehmungslustig wie Freddy. Im Gegenteil, er war eher etwas langweilig, spießig und streberhaft. Trotzdem verliebte ich mich in ihn.

»Ach, Quatsch! Ich habe mich damals für Michael entschieden, weil ich mir mit ihm eine Zukunft vorstellen konnte. Er war nicht nur der Vernünftigere, Zuverlässigere von euch beiden, sondern ich konnte mit ihm auch über alles Mögliche reden. Bei ihm hatte ich das Gefühl, dass er mich und meine Sorgen ernst nimmt. Du sagtest immer nur ›mach' dir keinen Kopf, das wird schon‹ und hattest eine Idee, wie du mich ablenken konntest. Mit dir konnte man zwar eine Menge Spaß haben, aber mit dem Studieren und dem Leben allgemein hast du es nicht so ernst genommen. Und was die Treue angeht, alter Freund: Du hattest damals schon mehrere Eisen im Feuer, neben mir.«

»Das ist nicht wahr!«, sagt Frederik getroffen. »Gut, ich habe mit der einen oder anderen Frau geflirtet. Aber ich hatte nie was mit denen, solange ich mit dir zusammen war.« Frederik schaut mich mit Unschuldsmiene an.

»Okay, mag sein. Aber lange nachgeweint hast du mir nicht und dich schon nach wenigen Tagen von dieser Moni ... nein, Manuela hieß sie ... trösten lassen. Hab' ich recht?«

»Dass du das noch weißt. Mir wäre der Name gerade nicht eingefallen«, Frederik grinst. »Die war sehr anschmiegsam, aber zu langweilig. Nach ein paar Wochen war das wieder vorbei. Nein, im Ernst, Hanni. Eine Frau wie dich habe ich nie wieder getroffen.«

»Ach Quatsch, du Süßholzraspler, ich werde ganz rot!«

»Das solltest du auch, schließlich bist du schuld an meinem Elend!« Frederik boxt mir spielerisch auf den Oberarm und lacht herzlich. »Und wir beide sollten jetzt schleunigst zum Seminar, das ist ja schließlich keen billicher Hobbykurs hier!«, scherzt er noch über Frau Salzfeldts wertvollen Spartipp.

Den Nachmittag verbringen wir überwiegend im Seminarraum. Lisa und ihr Vater wechseln sich ab, um uns die verschiedenen Inhalte zu vermitteln. Ich stelle bald fest, dass die Salzfeldts allgemein gemieden werden, anscheinend haben sie noch weitere Teilnehmer mit ihrer kostenlosen oder besser gesagt schonungslosen Beratung beglückt. In der ersten Pause plaudere ich mit Winfried über seine Kinder und Enkel, was er beruflich gemacht hat und natürlich über seinen Garten. Die beiden anderen Pausen verbringe ich mit Frederik draußen. Wir spazieren durch das angrenzende Wäldchen, reden und lachen miteinander. Natürlich kommen wir beide Male zu spät zur nächsten Unterrichtseinheit. Um halb acht endet das Seminar etwas später als geplant. Nachdem ich bei der Verabschiedung die Salzfeldts elegant geschnitten habe, folge ich den anderen hinaus auf den Parkplatz. Dort steht Winfried an seinem Auto und kramt in seinen Jackentaschen nach dem Autoschlüssel.

»Winfried, hier bist du! Mein Lieber, mach' es gut und viel Erfolg beim Einstieg in den Profianbau«, sage ich lachend und drücke ihm meine Visitenkarte in die Hand. »Hier meine Adresse, wenn du mal in unsere Gegend kommst, melde dich.«

»Oh danke, da komme ich doch gerne. Dir auch viel Erfolg mit den Pilzen«, sagt er, lässt sich gerne noch einmal von mir umarmen und flüstert mir dann zu: »Lass' besser die Finger von diesem Freddy, das ist 'ne Luftpumpe.«

Ich bin nicht wirklich überrascht, dass Winfried nachtragend ist und nichts von Frederik hält, deshalb antworte ich ebenfalls flüsternd: »Das weiß ich doch Winfried. Mach' dir keine Sorgen.« Laut sage ich dann: »Und grüße deine Frau unbekannterweise von mir.« Winfried versichert mir, das zu tun, steigt in sein Auto und fährt vom Parkplatz. Ich winke ihm nach und schlendere zu Frederik, der ein paar Schritte entfernt steht.

»Was hattet ihr zu flüstern? Hatte der alte Herr noch eine Lebensweisheit für dich?«

»Gut erkannt …«, lobe ich ihn, »er meinte, ich solle mich von ›Luftpumpen‹ fernhalten.«

»Oha … und ich bin die Luftpumpe? Das ist hart …« Frederik wirkt wirklich getroffen. »Ich wusste ja, dass er mich nicht sonderlich mochte, aber das hätte ich nicht gedacht.«

»Ach, mach' dir nichts daraus, er war ein bisschen eifersüchtig, weil er abgemeldet war, nachdem du aufgetaucht bist.«

Frederik schüttelt immer noch den Kopf, dann sagt er zögerlich: »Aber sag' mal – Luftpumpe hin oder her – willst du wirklich noch drei Stunden heimfahren? Ich meine, ich bin wirklich froh, dich hier getroffen zu haben. Ich wusste gar nicht mehr, wie gut ich mich immer mit dir gefühlt habe ... und ich will dich noch nicht gehen lassen. Wir könnten vielleicht etwas Nettes essen gehen und du könntest hier bei mir im Hotel übernachten, ich habe nicht nur ein Doppelbett ... sondern auch ein großes Sofa ...«

Ich dachte schon am Nachmittag, dass er mir diesen Vorschlag machen könnte. Und ich muss gestehen, dass mir die Entscheidung schwerfiel. Einerseits fand ich die Idee, einen netten unverbindlichen Abend mit offenem Ausgang dranzuhängen, verführerisch. Am nächsten Morgen könnte ich mich dann, wie im Film, ganz leise davonstehlen, quasi auf Nimmerwiedersehen. Andererseits kommt Frederik mir überlegter, ernster, eben doch »gereifter« als früher und irgendwie verletzlich vor. Ihn einfach so stehen oder besser gesagt »liegen« zu lassen, wäre arg feige von mir. Aber ich bin mir auch nicht sicher, was ich sonst von ihm will. Und ob ich überhaupt etwas von ihm will. Eine Fernbeziehung nach Oldenburg und ab und zu ein Wochenende mit Lasse? Das ist völlig unvernünftig und absolut nicht das, was ich jetzt brauche. Ich will Zeit gewinnen, darüber nachdenken, nichts überstürzen, nicht schon wieder. Also entscheide ich mich für das Heimfahren, habe aber eine Idee: »Nein Freddy, mir geht das zu schnell. Ich will heimfahren, gegen elf bin ich ja schon zu Hause. Aber weißt du was? Du könntest am Samstag zu mir kommen. Die Kinder sind bei Michael und in der Stadt ist wieder Stadtmauerfest. Erinnerst du dich noch daran, als wir damals dort waren?«

»Ja, klar erinnere ich mich. Das war dieses mittelalterlich angehauchte Spektakel, mit Gauklern, Feuershow und definitiv zu viel Honigwein. Das Zeug rühre ich nie wieder an.« Frederik verzieht angewidert das Gesicht.

»Stimmt, dir war noch drei Tage lang elend davon. Naja, es gibt ja auch andere Getränke.«

»Und du meinst, so richtig mit übernachten und so?«, fragt er mit einem Hauch Hoffnung.

»Jaa, aber ich lasse mal offen, wer wo schläft … also es gibt mehrere Betten und Sofas in unserem Haus …«

»Alles klar, Hanni, mach' dir deswegen keinen Stress. Lass uns einfach ein schönes Wochenende miteinander verbringen, mal sehen, wie sich das anfühlt, okay?« Freddy nimmt mich in den Arm und küsst mich. Ich würde gerne ein bisschen schwach werden und den Kuss erwidern, aber diesmal ist die Vernunft nicht nur schneller, sondern auch lauter und hartnäckiger. Schluss. Sofort. Aus. Ich winde mich aus seinen Armen und verabschiede mich hastig: »Huch, schon so spät? Jetzt muss ich aber los … Also dann bis Samstag, sagen wir später Nachmittag?«

Frederik nickt: »Wir telefonieren. Gute Fahrt. Tschüss!« Noch ein kurzes Winken und ich fahre los.

Als ich kurz nach elf zu Hause ankomme, bin ich mit meinen Gedanken noch keinen Schritt weiter. In einem Moment bin ich versucht das Wochenende abzusagen und Frederik nie wiedersehen zu wollen und ein andermal sehne ich mir den Samstag herbei, mit allen Konsequenzen …

KAPITEL 19

Nach dem Partydesaster vom vorletzten Wochenende bot Michael mir sogar freiwillig an, die Kinder an diesem Wochenende zu nehmen. Allerdings haben Petra und er für Freitag Theaterkarten, weshalb er erst am späten Samstagmorgen kommt. Ich frage ihn im harmlosen Plauderton, was sie denn als Programm geplant hätten, ob sie zum Beispiel heute zum Stadtfest gehen würden. Aber er meint, sie hätten eine total anstrengende Woche hinter sich und müssten mal einen Abend gemütlich zu Hause bleiben. Die Kinder könnten im Pool schwimmen und später vor dem Fernseher eine Pizza essen. Aber morgen Mittag würden dann alle zum Fest gehen. Mir fällt ein Stein vom Herzen. Was habe ich doch ein Glück, dass uns somit eine Begegnung erspart bleibt. Ich will Michael nämlich nicht erzählen, dass Frederik mich besuchen wird, das geht ihn einfach nichts mehr an. Auch, dass ich ihn mit der Frau in Niesebach beobachtet habe, erwähne ich nicht. Noch nicht. Diesen Trumpf behalte ich besser für mich, man weiß ja nie, wofür man ihn mal gebrauchen kann.

Normalerweise würde ich mit meinen Freunden zum Stadtmauerfest gehen, aber seit Olavs Party habe ich kaum etwas von ihnen gehört. Nur mit Nadja habe ich ein paar Textnachrichten ausgetauscht. Daher weiß ich auch, dass sie und Philip heute zur Hochzeit ihrer Kusine eingeladen sind. Zu den Vorfällen an Olavs Party schrieb sie, dass sie sowohl Vera als auch Liane gesagt hat, dass sie eher meiner als Kamis Version des Treppensturzes glauben würde, zumal sie gesehen hatte, dass ich den Typen schon am Nachtischbuffet abgewehrt hatte. Sie schrieb mir auch, dass Vera die Geschichte jetzt aus einem anderen Blickwinkel sähe, während Liane immer noch zickig und sauer auf mich wäre ... Soll sie doch sauer sein, ich kann warten, bis sie mal wieder von ihrem rosa Wölkchen purzelt und ernüchtert auf dem Boden der Realität aufschlägt. Dann werde ich ohne große Worte zum freundschaftlichen Alltag übergehen und irgendwann werden wir uns köstlich über den wortwörtlichen »Fall« Kamadeva amüsieren.

Ich freue mich auf Freddy. Ich habe meiner Mutter von unserer Begegnung beim Seminar erzählt und sie erinnerte sich an ihn. Im Gegensatz zu meinem Vater fand sie ihn damals charmant. Mein Vater war, wie allen meinen Freunden gegenüber, skeptisch, ob Freddy seinen hohen Ansprüchen an einen Schwiegersohn genügen würde, obwohl er als Gärtner für unseren Betrieb durchaus nützlich gewesen wäre. Und, ganz typisch für meine Familie, mischte sich natürlich auch noch meine Oma ein. Sie meinte, ich müsse ihn ja nicht gleich heiraten und solle einfach eine schöne Zeit mit ihm haben.

Freddy fährt kurz nach fünf auf den Hof. Er hüpft aus seinem Auto und schaut sich um, während er nach der langen Fahrt seinen Rücken streckt. Ich muss mir eingestehen, dass ich ihn sehr attraktiv finde. Er sieht aber auch aus wie ein Sunnyboy: braun gebrannt, sportliche Figur, zerzauste Locken, knielange Jeans, ein weißes T-Shirt und darüber ein leinenfarbenes, offenes Hemd mit aufgerollten Ärmeln. Da ich ihm erklärt habe, dass Michael und ich neben dem alten Haus meiner Eltern unser eigenes gebaut haben, wendet er sich in diese Richtung und entdeckt mich hinter dem Küchenfenster. Ich bin tatsächlich ziemlich aufgeregt, weil ich mir immer noch nicht sicher bin, was ich von dem Treffen eigentlich erwarte. Ich laufe zur Haustür, um ihn zu begrüßen.

»Hey, Freddy! Wie war die Fahrt?«

»Du, super, es lief alles glatt, deshalb bin ich auch mal pünktlich.« Freddy kommt lachend auf mich zu. »Lass dich mal drücken!« Wir umarmen uns herzlich und küssen uns auf die Wangen.

»Komm zuerst mal rein, eine kleine Betriebsführung können wir nachher noch machen. Willst du lieber etwas Kaltes trinken oder einen Kaffee?«

»Oh ja, gerne beides, in der Reihenfolge, wenn's geht.«

»Klar geht das.« Als wir das Wohnzimmer betreten, sieht Frederik die Hunde, die sich die Nasen an der Terrassentür plattdrücken. Während Theo begeistert wedelt, kläfft Tarzan den Eindringling an. Ich habe die beiden vorhin eilig in den Garten geschickt, damit ich Frederik in Ruhe begrüßen kann.

»Oh, du hast Hunde, wie süß! Darf ich sie reinlassen?«

»Ja, lass sie rein. Der große heißt Theo, den kannst du streicheln, dem kleinen Tarzan musst du erst etwas Zeit geben, er ist etwas grummelig Fremden gegenüber.«

Während Frederik Theo knuddelt und Tarzan an sich schnuppern lässt, schalte ich die Kaffeemaschine ein und stelle Tassen auf das Tablett, auf dem ich vorhin schon kalte Getränke und Gläser bereitgestellt habe. Frederik sieht sich in der Küche und im angrenzenden Wohnzimmer um.

»Schönes Haus. Der offene Grundriss gefällt mir und dass man überall in den Garten kann, ist genial. Und das Grundstück scheint von keiner Seite einsehbar zu sein, eine Oase der Ruhe«, schwärmt er etwas zu pathetisch. »Michael war ja schön blöd, als er das alles verlassen hat.« Frederik macht eine ausladende Handbewegung und schüttelt ungläubig den Kopf.

»Naja, du solltest mal sehen, wie er jetzt wohnt ... das ist ein deutliches Upgrade.«

»Ich meine doch nicht nur das Haus, sondern vor allem dich und die Kinder. Sind sie das?« Freddy zeigt auf die Fotos an den Wänden des freistehenden Kühlschranks, der gleichzeitig eine Ausstellungsfläche für Kinderzeichnungen, Post-, Kino- und Konzertkarten ist.

»Ja, das sind Irma und Jakob. Hier sind noch ältere Fotos von den beiden.« Der Kaffee ist fertig. Ich reiche Frederik das Tablett, nehme den Teller mit den frischen Zimtschnecken und gehe voraus auf die Terrasse. Dort machen wir es uns auf dem Sofa bequem.

»Ihr habt hier wirklich ein kleines Paradies. Jetzt mal im Ernst, hat Michael nie bereut, dass er euch verlassen hat?«

»Ich glaube nicht, warum sollte er? Mit seiner Freundin verkehrt er in feinsten Kreisen, kann sich vor Nobelaufträgen kaum retten und hat nicht dauernd die Kinder an der Backe, was will Mann mehr?« Ich zögere einen Moment, ob ich ihm von meiner Beobachtung in Niesebach erzählen soll, schließlich bin ich mir nicht sicher, ob ich das Gesehene richtig interpretiert habe. Aber was kann schon passieren, Michael wird nie erfahren, dass ich mit Freddy darüber gesprochen habe. »Naja, wenn du so fragst, bin ich mir nicht sicher, ob er so ganz glücklich ist ... Als ich vor einigen Tagen eine Pflanzenlieferung ausgefahren habe, sah ich Michael im Garten einer Kundin und hatte das Gefühl, dass da etwas mehr war als nur ein informatives Kundengespräch.«

Frederik pfeift leise: »Sieh' an, der alte Schwerenöter ... Hattest du mich nicht verlassen, weil er ... wie sagtest du ... der Vernünftigere und Zuverlässigere von uns beiden war? Also wie schon gesagt, das hättest du bei mir besser haben können.« Frederik lehnt sich selbstgefällig grinsend zurück und legt die Arme auf die Rückenlehne des Gartensofas.

»Nicht schon wieder Freddy ...«, stöhne ich genervt, »tu' mir den Gefallen und lass die Vergangenheit ruhen, ja?«

»Ach Hannilein, du hast ja recht.« Frederik lacht, zieht mich an sich und drückt mir einen Kuss auf die Stirn. »Ich freue mich natürlich, im Hier und Jetzt mit dir ein entspanntes Wochenende verbringen zu können.«

»Okay, dann fangen wir mal mit entspannendem Smalltalk an, erzähl' mal, wie war deine Woche?«, fordere ich ihn auf.

Wir reden über die eher belanglosen Dinge, die wir seit dem Pilzseminar erlebt haben, trinken unseren Kaffee und genießen die Zimtschnecken in der Sonne. Als wir fertig sind, stehe ich auf und sage: »Komm, ich zeige dir jetzt mal den Betrieb. In der Zeit, seit du ihn zuletzt gesehen hast, hat sich sehr viel verändert. Wir fangen in dem Gewächshaus an, in dem ich Pilze züchten will.«

»Ist das das, in dem die Überschwemmung war?«

»Ja genau, komm!« Ich nehme ihn bei der Hand und laufe mit ihm durch die Gärtnerei. Es macht Spaß, jemandem, der vom Fach ist und eine andere Sicht auf das Ganze hat als ein Kunde, den Betrieb zu zeigen.

»Wow, konsequente Spezialisierung. Ich weiß noch, dass ihr damals echt alles im Sortiment hattet. Und dass du das nach dem Studium umstellen wolltest.«

»Ja, es war zwar viel Überzeugungsarbeit oder besser gesagt ein Feilschen um jedes Blümelein mit meinem Vater, aber es hat sich gelohnt. Wir konnten dadurch viele Arbeitsgänge vereinfachen beziehungsweise ganz einsparen.«

»Und was macht ihr, wenn ein Kunde einen Baum in seinem Garten pflanzen will?«

»Dann bestelle ich den bei einem Bekannten, der überwiegend Bäume und Sträucher hat, und dafür schickt er uns seine Kunden für den ›Kleinkram‹ wie er das nennt«, erkläre ich ihm gerade, als Theo und Tarzan, die natürlich mit uns laufen, die Köpfe heben und eilig zum Wohnhaus meiner Eltern abbiegen.

»Da ist mein Vater, komm, du willst bestimmt ›Hallo‹ sagen.« Ich hake Frederik unter und ziehe ihn mit.

»Naja ... ich weiß nicht ...«

»Doch natürlich, komm schon, das ist doch ewig her«, beruhige ich ihn. Mein Vater ist damit beschäftigt, das Tor zum Kundenparkplatz zu schließen, als er uns entdeckt.

»Ach, da ist er ja, der Herr ›Fassadenkletterer‹! Meine Frau hat mir erzählt, dass sie Hanne bei diesem Seminar wiedergesehen haben«, sagt mein Vater statt einer Begrüßung.

»Papa, jetzt lass doch mal die alte Geschichte.«

»Wieso? War im Nachhinein doch ganz lustig, wie er da oben hing und nicht mehr vorwärts und rückwärts konnte.« Mein Vater hat sichtlich Spaß daran, Frederik an diese peinliche Aktion zu erinnern.

»Guten Tag Herr Kessler«, sagt Frederik kleinlaut und schüttelt meinem Vater die Hand. »Das war damals nicht meine beste Idee, das gebe ich zu, allein wegen meiner Höhenangst hätte ich nicht da hochklettern dürfen.«

Ich hatte mich damals an einem Freitag von Frederik getrennt und war dann nach Hause gefahren. Ich hatte den Abend bei Nadja verbracht und mit ihr über Freddy und Michael geredet. Als ich dann gegen eins nach Hause kam, war unser Hof hell erleuchtet. Mein Vater saß auf dem Gabelstapler und hob, nahe der Hauswand, eine Palette nach oben. In vier Metern Höhe entdeckte ich Frederik, der sich an unserem metallenen Rankgitter festklammerte. Er hatte die Trennung natürlich nicht einfach so hinnehmen wollen und da ich noch kein Handy hatte, war er einfach losgefahren, um mit mir persönlich zu reden. Als er endlich ankam, war im Haus schon alles dunkel und er traute sich nicht zu klingeln. Da er dachte, ich würde schlafen, warf er ein paar Steinchen an die Fensterscheibe und rief leise nach mir. Nachdem ich nicht reagierte, beschloss er, direkt an mein Fenster im zweiten Stock zu klopfen. Er kletterte das Spalier hoch und streckte sich nach rechts in Richtung Fenster. Dabei riss das Gitter seitlich aus der Verankerung und Freddy kam im wörtlichen Sinne in Schieflage. Schon der Lärm, den er seit seiner Ankunft verursacht hatte, hatte meine Mutter aufgeweckt, als sie dann aber Frederiks Schrei und das Knacken des Metallankers hörte, weckte sie meinen Vater auf. Die beiden dachten natürlich an Einbrecher und mein Vater bewaffnete sich mit einem Rechen. Bei aller Erleichterung, dass sie nur meinen Ex-Freund beim Fensterln erwischt hatten, war mein Vater stinksauer über so viel Unvernunft und den daraus entstandenen Schaden. Es war klar, dass er Frederik nicht aus Mitleid aus seiner misslichen Lage befreite, sondern eher, damit das Gitter nicht ganz aus der Verankerung riss. Meine Mutter und natürlich auch meine inzwischen ebenfalls im Hof stehende Oma hatten mehr Mitleid mit dem liebeskranken jungen Mann. Sie hatten einen romantisch verklärten Blick auf sein Engagement, mich zurückzugewinnen. Als Frederik dann wie ein Häufchen Elend vor mir stand, erbarmte ich mich schließlich und wir redeten noch einmal über meine Gründe, mich von ihm zu trennen. Gegen vier schlief er auf meinem kleinen Sofa ein und als ich morgens aufwachte, war er weg.

»Na, wenigstens geben sie zu, dass das idiotisch war, junger Mann«, sagt mein Vater mit Genugtuung und zeigt zum Haus: »Sehen sie, das Rankgitter gibt es noch, aber wir haben damals die Clematis gegen Rosen eingetauscht, da klettert niemand mehr hoch. War nicht ganz billig, die …«

»Papa, ist gut jetzt!«, sage ich mit Nachdruck zu meinem Vater, damit er die Sache endlich auf sich beruhen lässt. Das ist so typisch für meinen Vater. Wenn es darum geht, jemandem einen Fehler unter die Nase zu reiben, dann kann der alte Kommunikationslegastheniker das plötzlich sehr wortreich. »Frederik hat sich damals entschuldigt und muss das jetzt nicht nochmal tun.«

»Ist ja gut, ich mein' ja nur.«

»Freddy, ich glaube wir müssen jetzt los«, sage ich zu Frederik und erkläre meinem Vater: »Wir wollen nämlich auf das Stadtmauerfest gehen. Tschüss, Papa.« Frederik legt den Arm um meine Schultern, zieht mich an sich und sagt: »Gerne, meine Liebe, lass uns gehen.« Ich ignoriere den missbilligenden Blick meines Vaters, lege meinen Arm um Frederiks Taille und laufe mit ihm zurück zu meinem Haus.

Vor vielen Jahren hatte Michael von der Stadt den Auftrag erhalten, den tristen Grünstreifen entlang der historischen Stadtmauer in ein für alle Generationen nutzbares Freizeitgelände zu verwandeln. So entstanden ein Mini-Skatepark, ein Bouleplatz, eine Art Trimm-dich-Pfad mit Fitnessgeräten, ein Spielplatz, Rasenflächen und viele Sitzgelegenheiten, umgeben von Sträuchern und schattenspendenden Bäumen. Auf diesem Gelände sind jetzt die mittelalterlich hergerichteten Marktbuden, Getränke- und Essensstände aufgebaut.

Wir sind beide bester Laune, Frederik ergreift immer wieder meine Hand und zieht mich zur nächsten Attraktion. »Hmm, hier riecht es ja besonders lecker! Komm, wir schauen mal, was es da gibt.«

»Das sieht aus wie Flammkuchen, nur rustikaler, mit einer Art Brotteig als Grundlage. Und riecht wirklich lecker, das will ich probieren«, stelle ich fest. An dem Stand vor uns werden in einem mit Holz befeuerten Ofen ovale Teigfladen, mit Schinken, Lauch und Käse belegt, gebacken.

»Super Idee, ich stelle mich hier an und kaufe uns zwei so Dinger. Willst du dort drüben etwas zu trinken organisieren?«, fragt mich Frederik und zeigt auf den Getränkestand schräg gegenüber.

»Das mache ich. Was möchtest du?«

»Ich nehme ein dunkles Bier, bitte.«

»Okay. Und wer zuerst fertig ist, sucht an den Tischen dort drüben einen Platz«, sage ich und zeige in Richtung einer Gruppe von Biertischgarnituren unter den Bäumen.

»Alles klar. Bis gleich«, Frederik drückt mich nochmal an sich und stellt sich dann am Ende der Warteschlange an.

Ich muss an dem Getränkestand nicht lange anstehen, weil hinter dem Tresen drei Bedienungen die Bestellungen der Gäste aufnehmen und das Geld kassieren, während drei weitere die

Gläser füllen. Ich nehme unsere Getränke entgegen und schaue nach, ob Frederik auch schon fertig ist. Aber er steht noch fast an der gleichen Stelle in der Schlange. Das Warten scheint ihn allerdings herzlich wenig zu stören, denn er hat einen hübschen Zeitvertreib in Form von zwei wohlgeformten, jungen Damen hinter sich entdeckt. Jedenfalls dreht er sich dauernd um und mustert die Frauen.

Sieh an, der alte Charmeur kann es nicht lassen. Naja, soll er doch gucken. Ich schaue mich mal nach einem Sitzplatz um. Die Biertischgarnituren sind gut besetzt, nur hier und da ist noch ein Plätzchen frei. Während ich suchend durch die Reihen laufe, höre ich plötzlich meinen Namen.

»Hanne?«

Ich drehe mich nach der bekannten Stimme um und entdecke Patrik an einem der Tische. Dorothee sehe ich zum Glück nicht, aber die Leute, die neben ihm sitzen, glaube ich schon in der VHS gesehen zu haben. Ich winke und nicke ihm zaghaft zu, tue aber beschäftigt und suche weiter.

»Hanne. Suchst du einen Platz? Komm doch zu uns.« Patrik zeigt einladend auf die Bank neben sich und der junge Mann, der dort sitzt, rutscht etwas zur Seite.

Ein Blick zu Frederik sagt mir erstens, dass er noch mindesten zehn Minuten braucht und zweitens, dass er jetzt in ein angeregtes Gespräch mit den jungen Frauen vertieft ist. Na, wenn das so ist, kann ich mich auch zu Patrik setzen.

»Hallo, schön dich hier zu treffen«, sage ich unbeholfen, als ich neben ihm stehe.

»Setz' dich doch«, fordert Patrik mich auf und stellt mich dann den anderen vor: »Leute, das ist Hanne, eine Freundin meines Arbeitskollegen Olav, von dem ich euch schon öfter erzählt habe«, dann zeigt er auf die Menschen am Tisch und sagt zu mir: »Und das sind die ›Anonymen Hacker‹ aus meinem VHS-Kurs.«

Wir begrüßen uns und eine junge Frau sagt zu Patrik: »Anonyme Hacker? Was ist das denn für ein cooler Name?«

»Kam mir gerade spontan in den Sinn. Klingt doch besser als ›Programmieren für Fortgeschrittene 2‹, oder?«

Alle am Tisch stimmen begeistert zu, einer hebt sein Glas und ruft: »Auf die ›Anonymen Hacker‹.«

Ich proste ihnen mit meiner Cola zu. Patrik schaut mich verwundert an und fragt amüsiert: »Nanu, heute keinen Wein?«

»Nein, ich bin mit dem Auto da.«

»Ja klar, als Autofahrer sollte man besser keinen Alkohol trinken. Allgemein sollte man nicht so viel Alkohol trinken, nicht wahr?«, sagt er und zwinkert mir grinsend zu.

Zuerst die Anspielung mit den Anonymen Hackern und jetzt noch der Hinweis auf den Alkohol lässt mich darauf schließen, dass Vera oder Olav ihm von meiner Vermutung erzählt haben. Wie peinlich, ich würde mich gerne mal kurz unter dem Tisch verkriechen.

»Und für wen ist das Bier?«

»Für einen alten Studienkollegen, wir haben uns seit 17 Jahren nicht mehr gesehen. Letzte Woche sind wir uns zufällig auf einer Fortbildung begegnet und dieses Wochenende besucht er mich.«

»Ach, es ist bestimmt schön, sich nach so langer Zeit mal wieder zu sehen.« Patrik schaut mich freundlich an und sagt: »Wir wollten sowieso bald austrinken und dann zu dem Platz mit den

Gauklern gehen. Dann habt ihr den Tisch für euch und könnt in Ruhe über alte Zeiten reden.«

»Also wegen uns müsst ihr euch nicht beeilen, lasst euch Zeit, ich glaube, es dauert noch ein Weilchen, bis er an dem Essensstand an der Reihe ist.« Bei dieser Gelegenheit halte ich nochmal nach Freddy Ausschau. Er steht mittlerweile an dritter Stelle, die beiden Frauen hat er natürlich vor sich gelassen ... typisch Freddy.

»Was hast du denn studiert, hast du auch mit Computern zu tun?«, fragt mich der junge Mann, der mir einen Platz auf der Bank freigemacht hat.

Ich winke ab, erzähle ihnen von meiner Arbeit in der Gärtnerei und meinen eher geringen Computerkenntnissen. Berichte aber auch voller Stolz, dass ich es immerhin geschafft habe, unsere Internetseite mit einem fertigen Webseitenprogramm selbst zu gestalten. Natürlich kennen alle das Programm und bestätigen mir, dass es an manchen Stellen umständlich zu bedienen ist. Sie empfehlen mir ein für Laien einfacheres System und bieten mir ihre Hilfe an, wenn ich Probleme oder Fragen hätte oder einen ganz neuen Webauftritt bräuchte. Ich bedanke mich herzlich für das Angebot und sorge noch mit der einen oder anderen Bemerkung über meinen laienhaften Umgang mit Computern für ein paar Lacher.

Dann sehe ich Frederik, der sich mit jeweils einem Fladenbrot in den Händen, suchend umschaut. Ich stehe auf und winke ihm zu. Er entdeckt mich, kommt zu unserem Tisch und sagt: »Hier hast du dich versteckt!« Er reicht mir mein Brot, küsst mich mit einem »Guten Appetit, mein Schatz« auf die Wange und trinkt im Stehen von seinem Bier.

»Ah, das tut gut. Aber leider ist es schon etwas warm geworden.«

»Du hast ja auch so lange angestanden und sogar die jungen Frauen vorgelassen ... wie ritterlich von dir«, sage ich sarkastisch grinsend.

»Naja, wegen den beiden hat es nicht wirklich länger gedauert.« Freddy beugt sich zu mir herunter und flüstert ziemlich laut: »Du bist doch nicht etwa eifersüchtig?«

Ich bin mir sicher, dass Patrik die Frage gehört hat, denn er sieht irritiert zwischen Frederik und mir hin und her, das unbeschwerte Lächeln ist verschwunden. Ich sehe Frederik säuerlich an und zische: »Lass den Quatsch!« Aber er grinst mich nur unbekümmert an und beißt genüsslich in sein Fladenbrot.

Patrik wendet sich an seine Kursteilnehmer: »Trinkt ihr aus? Dann können wir bald los.« Dann sagt er zu Frederik: »Wir wollen noch zu den Gauklern, dann habt ihr Platz an dem Tisch.«

»Ja super, dann kann ich mich endlich mal hinsetzen.«

»Ach eins noch, Hanne«, sagt Patrik an mich gewandt »hast du eigentlich einen Yorkshire Terrier?«

Ich erstarre, verschlucke mich fast an meinem Brot und überlege, was ich antworten soll. Hat Sandy mich verraten?

Aber Frederik kommt mir zuvor und sagt: »Ja, hat sie. Der Zwerg heißt ›Tarzan‹.«

»Soso, Tarzan ist ja ein origineller Name für einen so kleinen Hund. Und den gibt es bestimmt nur einmal ...« Patrik sieht mich lauernd mit leicht zusammengekniffenen Augen an. »Dann kennst du sicherlich Sandy's Hundesalon?«

»Ja ...«, hauche ich mit niedergeschlagenen Augen.

»Und, kannst du den Salon empfehlen?«

»Ja …, Sandy ist sehr nett und versteht ihr Handwerk«, stammele ich und schaue ihn kurz schuldbewusst von unten an.

»Danke, dann werde ich da mal hingehen«, antwortet Patrik zwar freundlich, sieht mich aber ungewöhnlich kühl an.

Freddy beendet den peinlichen Moment: »Ich unterbreche euch nur ungern, aber ich würde mich jetzt wirklich gerne mal hinsetzen.«

»Nur die Ruhe, wir sind schon weg«, sagt Patrik, hebt kurz die Hand zum Gruß und verlässt mit den anderen den Tisch.

Frederik setzt sich neben mich und fragt: »Was war das denn gerade mit dem Hundesalon?«

Statt einer Antwort stelle ich eine Gegenfrage: »Was war das denn gerade mit dem ›Schatz‹?«

»Wieso, du bist doch mein Schatz und ich habe dich wiedergefunden«, antwortet Freddy und fragt mich: »Was ist denn los mit dir? Du bist plötzlich so gereizt, vorhin warst du viel entspannter und lustiger.«

Ich kann Freddy unmöglich erzählen, unter welchen Umständen ich Patrik kennengelernt habe und warum mich die Themen Alkohol und Hundesalon aus der Fassung bringen. Deshalb antworte ich ihm: »Mit mir ist alles in Ordnung. Ich bin wohl nur etwas unterzuckert, weil ich so lange nichts gegessen habe.«

»Ach so, na dann füll' mal den Zuckerspeicher wieder auf, damit du wieder lachen kannst.«

Ich will gerade meine Cola austrinken, da klingelt mein Telefon. Auf dem Display erscheint Michaels Name und Handynummer. »Oh nein, das ist Michael. Hoffentlich ist nichts mit den Kindern!« Ich nehme das Gespräch an: »Hallo Michael, was ist?«

»Hanne, wo bist du denn?? Ich stehe hier vor eurer Haustür. Deine Eltern sind auch nicht da.«

»Dir auch einen wunderschönen Abend ... Warum stehst du vor unserer Haustür? Habe ich etwas verpasst?«

»Hast du meine WhatsApp nicht gelesen? Ist ja mal wieder typisch ... Jakob kübelt und Petra hat Angst, dass er einen Infekt hat und uns ansteckt.«

»Was für ein Unsinn, er hat bestimmt einfach nur etwas Falsches gegessen. Hattet ihr wieder Muscheln in Weißweinsud oder so einen 20 Jahre alten Schimmelkäse aus Eselmilch?« Lästere ich über Michaels und Petras nicht gerade kindgerechte Essgewohnheiten. Samstags kaufen die beiden gerne auf dem Wochenmarkt ein. Nun darf man sich den Markt nicht als eine kleine Ansammlung von Gemüseständchen vorstellen, sondern als umfassendes, die ganze Innenstadt einnehmendes Einkaufserlebnis. Man kann dort natürlich einfach nur markttypische Produkte wie Obst, Gemüse, Blumen und so weiter kaufen. Es gibt aber auch ein erlesenes Feinkostsortiment, Wildspezialitäten, Gewürze, Öle, Weine und Spirituosen, natürlich auch in bio, edel und deluxe. Ich bin eher selten dort, weil wir samstags den Betrieb geöffnet haben. Aber wenn ich einmal Zeit habe, dann erfreue ich mich zum Beispiel an den vielen Avocado- oder Auberginensorten, die ganz anders schmecken als die genormten Standardfrüchte aus dem Supermarkt. Oder ich kaufe Salami- und Schinkensorten, die ich in unserer Metzgerei nicht bekomme. Bei Petra habe ich allerdings das Gefühl, dass sie nicht einfach nur aus Freude an der Vielfalt und Qualität einkauft, sondern bei der Auswahl der exklusivsten und somit teuersten Lebensmittel gesehen werden will, sie zeigt gerne ihren Geschmack für das Besondere.

»Nein, hatten wir natürlich nicht«, motzt Michael ungeduldig in das Handy: »Ihm war heute Nachmittag schon etwas schwindelig, als er im Pool war, und nach dem Abendessen ging es dann los.«

»Okay, ich komme nach Hause«, sage ich resigniert. »Ich brauche allerdings mindestens 20 Minuten, ich bin in der Stadt. Warum geht ihr eigentlich nicht rein, Irma hat doch einen Schlüssel?«

»Hat sie vergessen …«

Als wir eine halbe Stunde später in den Hof einbiegen springt Michael von der Bank vor meinem Haus auf und läuft schnurstracks auf uns zu und ruft gereizt: »Da bist du ja endlich, warum hat das denn so lange gedauert?«

»Wir mussten doch zuerst noch zum Auto laufen …«, antworte ich in ähnlichem Tonfall, während ich aussteige. Auf der anderen Seite des Wagens öffnet Frederik die Tür und steigt ebenfalls aus. Michael schaut ihn irritiert an, dann dämmert ihm, wer da vor ihm steht.

»Frederik?«

»Hallo Michael, lange nicht gesehen.«

»Allerdings. Was machst du hier?«

»Ich besuche Hanne.«

»Naja, klar … aber warum so plötzlich?«, fragt Michael.

Ich kümmere mich lieber mal um die Kinder, die beiden Männer können ihr herzliches Wiedersehen auch ohne mich feiern. Jakob macht einen recht munteren Eindruck und versichert mir, dass es ihm wieder gut geht. Ich sperre die Haustür auf und schicke die Kinder mit der Ankündigung, dass wir später über alles reden, nach oben. »Jakob, zieh' schon mal deinen Schlafanzug an. Wenn du willst, kannst du noch ein bisschen am Tablet spielen.«

Die beiden Männer folgen mir ins Wohnzimmer, Frederik erzählt Michael von unserem Wiedersehen bei dem Pilzseminar. Ich stelle Wasser, Bier und Gläser auf den Couchtisch und setze mich auf das Sofa. Frederik setzt sich neben mich, nimmt sich ein Bier und sagt zu Michael: »Du kannst dir nicht vorstellen, wie froh ich bin, dass wir uns dort getroffen haben. Oder Hanni, wie siehst du das?«, fragt er mich und legt seine Hand auf mein Knie.

Ich merke, dass ich rot werde. Obwohl ich weiß, dass ich mich vor Michael nicht rechtfertigen muss und ausgehen kann, mit wem ich will, wäre es vielleicht doch besser gewesen, ihm zu sagen, dass Freddy mich besuchen kommt. Ich lege meine Hand auf Frederiks: »Ja, ich habe mich auch sehr gefreut, dich wiederzusehen«, dann schiebe ich seine Hand von meinem Knie, während ich die Beine übereinander schlage.

»Ach, ich verstehe!«, ruft Michael mit Blick auf mein Knie. »Deshalb wolltest du die Kinder dieses Wochenende los sein! Damit du hier in aller Ruhe die Beziehung mit Freddy aufwärmen kannst?«

»Sag' mal, spinnst du? Also erstens will hier niemand irgendetwas ›aufwärmen‹ und zweitens wollte ich die Kinder nicht los sein, du hast mir doch selbst angeboten, sie zu nehmen.«

»Aber du hast mir nicht erzählt, dass ausgerechnet Frederik hierherkommt«, ereifert sich Michael.

»Das muss ich auch gar nicht! Und überhaupt ... was hättest du denn gemacht, wenn du es gewusst hättest?«

»Ich hätte natürlich versucht, es dir auszureden, du weißt doch, dass er ein Blender ist. Was willst du eigentlich von ihm?«

Freddy schnappt nach Luft, aber bevor er etwas sagen kann, gifte ich Michael an: »Das geht dich gar nichts an. Vielleicht wollte ich einfach nur ein nettes Wochenende mit einem alten Studienkollegen verbringen?«

»Nettes Wochenende ...«, äfft Michael mich nach, »dass ich nicht lache ...«

Jetzt meldet sich Freddy zu Wort: »Sag mal, bist du etwa eifersüchtig?«

»Ich, eifersüchtig?« Michael beugt sich nach vorne, tippt mit den Fingerspitzen auf seine Brust und sieht Freddy entgeistert an. »Warum sollte ich eifersüchtig sein? Wir sind seit zwei Jahren geschieden ... Außerdem habe ich mich von ihr getrennt ...«

»Na also, warum machst du dann so einen Aufriss? Es kann dir doch egal sein, mit wem Hanne zusammen ist, oder?«

»Das sehe ich anders, schließlich ist sie die Mutter meiner Kinder.«

Ich glaube mich verhört zu haben, was denkt Michael eigentlich, wer er ist? »Wow ... Sag' mal, hörst du dir eigentlich selbst zu? Du hast hier nichts mehr zu melden ...«

Weiter komme ich nicht, weil Frederik mir ins Wort fällt: »Und ich denke mal, du hast auch bei deiner Neuen nichts mehr zu melden ... oder warum triffst du dich sonst mit dieser Kundin zum lauschigen Tête-à-Tête in ihrem Garten?«

»Hä? Welche Kundin?« Michael schaut überrascht von Freddy zu mir.

Ich bin viel zu aufgebracht, um zu bemerken, dass die Weitergabe dieser Information an Freddy äußerst indiskret von mir war und sage im gehässigen Ätsch-Ton zu Michael: »Ich habe dich am Ortseingang von Niesebach mit einer Kundin im Garten gesehen, als ich an der Baustellenampel halten musste. Und das sah ... sagen wir mal ... ›sehr vertraut‹ aus.«

»So ein Quatsch, das war ein ganz normales Beratungsgespräch ...«, ereifert sich Michael, »Frau Klein wollte einfach nur das weitere Vorgehen mit mir besprechen ... Was du da gesehen haben willst, ist völlig lächerlich und wohl eher deinem eigenen Wunschdenken nach einer neuen Beziehung entsprungen. Weißt du, ich denke ja selbst, dass es für dich langsam mal an der Zeit wäre, dir einen neuen Mann zu suchen ... Aber ich hätte nie gedacht, dass du schon so verzweifelt bist, dich Frederik an den Hals werfen zu müssen.« Michael ist wirklich sauer, er wird zynisch.

Das sitzt, ich bin sprachlos. Frederik nutzt die kurze Pause und sagt: »Hanne, ich finde, das müssen wir uns nicht länger bieten lassen«, dabei legt er den Arm um meine Schulter und zieht mich an sich. »Wir beide machen uns jetzt einen gemütlichen Abend und du, Michael, gehst jetzt besser.«

»Sag' mal, geht's noch? Du kannst mich nicht aus meinem eigenen Haus werfen«, ruft Michael entrüstet.

»Ex-Haus, mein Lieber, das hier ist dein EX-Haus«, sage ich langsam und leise, aber deutlich und setze mit drohendem Unterton hinzu: »Und du gehst jetzt wirklich besser.«

»Aber ich ...«

»RAUS! SOFORT!«, brülle ich ihn ohne Vorwarnung an.

»Ja, genau, Hanne. Es wird Zeit, dass du ihm mal Grenzen

setzt. Du solltest dir so etwas nicht gefallen lassen.« Frederik grinst Michael hämisch an.

Und plötzlich weiß ich wieder, was ich will beziehungsweise nicht will. Es fällt mir wie Schuppen von den Augen. Ich will glücklich sein, mehr nicht ... aber auch nicht weniger, keine faulen Kompromisse. Es wird wirklich Zeit, Grenzen zu setzen. Ich winde mich aus Frederiks Arm heraus und sage zu ihm: »Du hast recht, ich sollte mir nicht alles gefallen lassen. Und deshalb gehst du jetzt auch!«

»Was, wieso ich? Was habe ich dir denn getan? Ich habe dir gerade geholfen, schon vergessen? Außerdem, wo soll ich denn heute Nacht schlafen?«

»Ist mir egal, du findest was. Wie wär's mit den Mädels vom Flammkuchenstand?« Ich schaffe es, Frederik emotionslos anzusehen, und bin maßlos stolz auf mich. »Wie auch immer, ich gehe jetzt nach oben, ziehe mir etwas Bequemes an und wenn ich dann mit den Kindern wieder runterkomme seid ihr beide weg«, sage ich ruhig, aber unmissverständlich.

Zehn Minuten später sitzen wir drei gemütlich auf dem Sofa. Den Hunden, die sich bei dem Streitgespräch auf ihre Liegeplätze in der Küche verzogen hatten, sieht man die Erleichterung darüber an, dass sie wieder mit uns alleine sind. Theo hat es sich nach einer großen Streicheleinheit zu unseren Füßen bequem gemacht und Tarzan liegt zwischen uns auf dem Sofa.

Auf die Frage hin, warum es Jakob übel war, erzählt er mir, dass es zum Mittagessen Nudeln mit Gorgonzolasauce und Salbei gab. Petra hatte wie immer alles in einer großen Schüssel gemischt, so dass Jakob keine Nudeln pur essen konnte. Er aß deshalb nur ein paar Gabeln voll. Auch von dem Salat mit ganz viel

Rucola, aß er nur wenig und meinte noch: »Ich würde ja Salat essen, aber nur ohne dieses bittere Ziegenfutter.« Dann hatte er den ganzen Nachmittag in der prallen Sonne im Pool getobt. Kein Wunder, dass ihm da schon schwindelig war. Die Pizza zum Abendessen verschlangen sie dann ohne Aufsicht vor dem Fernseher, während Michael und Petra auf der Terrasse saßen. Schließlich hatte sich Jakob heimlich in den Keller geschlichen und dort in kürzester Zeit eine Packung Eis genascht.

»Ach so, ich verstehe!«, sage ich. »Das konntest du natürlich nicht als Grund für deine Übelkeit angeben. Deshalb dachten die beiden, du hättest einen Darmvirus …«

»Ja …«, Jakobs Stimme klingt kläglich, »hätte ich das Eis nicht gegessen, hätte Papa mich nicht hierhergefahren und dann hättet ihr und der Mann euch nicht gestritten …«

»Was? Nein, nein, mein kleiner Hase, das war doch nicht deine Schuld. Im Gegenteil, es war sogar gut so! Also ich meine natürlich nicht die Kübelei«, sage ich und Jakob grinst mich erleichtert an. »Weißt du, durch diesen Streit konnte ich einiges klären, für mich allein, aber auch für uns drei zusammen … Mach' dir bitte keine Gedanken deshalb.« Ich erzähle den beiden eine kindgerechte Version der ganzen Frederik-Michael-Geschichte und gebe zu, dass eher ich in letzter Zeit ein paar Fehler gemacht habe. Und wo wir gerade beim Fehler eingestehen sind, entschuldigt sich Irma nochmal für ihre Chaos-Party und Omas zerbrochene Vase.

»Irmi, das ist so lieb von dir …«, ich ziehe meine Süßen gerührt an mich und küsse sie ab. Ausnahmsweise lassen die beiden die mütterliche Schmuseattacke über sich ergehen, aber nach einiger Zeit drehen sie dann doch – mit einem »Ist ja gut,

Mama!« – die Köpfe weg. Auch Tarzan wird die Kuschelei zu viel und er quetscht sich durch einen Spalt in Sicherheit. »Apropos Party ... kennt ihr die Story von meiner heimlichen Party, als ich 16 war?«

»Nee, erzähl'. Was war da?« – »Echt jetzt? Und das sagst du erst jetzt?«, rufen beide aufgeregt.

»Okay, okay, ich erzähle ja schon. Und danach schauen wir uns noch einen schönen Film an, egal wie spät es wird, abgemacht?«

Natürlich sind beide begeistert und wir verbringen einen der schönsten Abende seit langem.

KAPITEL 20

In der Woche darauf bringe ich Vera endlich die versprochenen Pflanzen für die Umrandung ihres Rosenbeetes. Seit Olavs Party haben wir nicht mehr miteinander geredet, was ungewöhnlich lange für uns ist. Ich lade die Pflanzen aus dem Lieferwagen auf eine Schubkarre und fahre sie direkt in den Garten. Vera kommt gerade mit einer Karaffe selbstgemachter Zitronenlimonade auf die Terrasse.

»Hallo Hanne!«, begrüßt sie mich. »So ein schönes Wetter heute, nicht wahr?«

»Ja, wirklich schön«, antworte ich etwas steif. Mein unrühmlicher Abgang von der Party steckt mir noch in den Knochen. »Du, ich … es tut mir leid. Ich habe mich an Olavs Geburtstag unmöglich benommen.«

»Ach was! Schwamm drüber. Schließlich muss ich mich ja auch bei dir entschuldigen«, Vera wischt mit einer Handbewegung die peinliche Situation zur Seite. »Stell' mal die Blümchen ab und setz' dich zu mir«, sagt sie und zeigt auf einen Stuhl neben sich. Ich steige die schicksalhafte Treppe hoch und setze mich zu ihr. Auf dem Tisch steht neben einer Kanne Kaffee Veras unwiderstehlich cremiger Käsekuchen, üppig mit frischen Beerenfrüchten und Minzeblättern dekoriert.

»Traumhaft. Und das mitten in der Woche …«, schwärme ich, während Vera Kaffee und Kuchen verteilt.

»Naja, anfangs war ich ziemlich sauer auf dich, weil du hier ein hübsches Chaos angerichtet hast. Allem voran die Sache mit der Fackel. Natürlich weiß ich mittlerweile, dass dieser dämliche Kamadeva dich schon auf der Terrasse genervt hat und du wegen ihm die Treppe heruntergestolpert bist. Aber dann waren da noch deine komische Frage, ob ich nicht wüsste, was Patrik in der VHS macht und dein plötzliches Verschwinden. Was war da eigentlich los?«

»Meine Mutter hat angerufen und gesagt, dass Irma eine wilde Party feiert. Da kämen gerade noch mehr Gäste auf den Hof und es wäre ziemlich laut.«

»Oh nein, ich dachte, die Kinder waren an dem Wochenende bei Michael?«

»Tja, das dachte ich auch. Aber Irma hat ihrem Vater erzählt, sie wäre bei einer Freundin zu einer Party mit Übernachtung eingeladen. Außerdem sagte sie zu ihm, ich wüsste Bescheid, hätte es ihr aber nicht erlaubt. Und du kennst ja Michael, er kann doch seiner Großen unmöglich etwas abschlagen, da gibt er nur allzu gern den Gönner. Und wenn er damit gleichzeitig noch meine Autorität untergraben kann, umso besser. Eigentlich war ich sogar vorgewarnt, ich habe nämlich kurz vor Olavs Geburtstag durch Zufall mitbekommen, dass Irma eine Sturmfrei-Party plant und ihr das natürlich verboten. «

»Na bravo, das ist ja mal wieder optimal gelaufen«, Vera schüttelt den Kopf. »Und klein Irmchen hat das Haus in Schutt und Asche gelegt?«

»Naja fast. Das erzähle ich dir ein anderes Mal, nur so viel: Es war mindestens so chaotisch, wie das Ende eurer Party ...« Ich grinse Vera mit einem schiefen Du-weißt-was-ich-meine-Lachen an und frage sie: »Sag' mal, hast du nochmal etwas von dieser Dorothee und Patrik gehört?«

»Ja, die Sache hat mir keine Ruhe gelassen und ich habe Patrik an dem Abend nochmal angerufen, um ihn zu fragen, ob alles okay ist. Aber er meinte nur, wir sollen uns keine Gedanken machen, so etwas könnte jedem mal passieren. Dorothee hätte etwas überreagiert und du hättest ja angeboten, dass deine Haftpflicht den Schaden übernimmt.«

»Ja, das habe ich natürlich, aber sie hat sich noch nicht bei mir gemeldet.« Ich nippe an meinem Kaffee und sage dann: »Weißt du, als ich Patrik zum ersten Mal in der VHS gesehen habe, war er mir auf Anhieb sympathisch. Einfach nur vom Sehen …« Ich erzähle Vera von unserer ersten Begegnung auf dem Parkplatz, von Renates Falschinformation und sogar die Geschichte im Supermarkt.

»Du hast ihm nicht wirklich den Wein aus der Hand genommen?«, fragt Vera mich ungläubig.

»Doch, leider. Ich war einfach sauer auf alles und jeden … Und dann taucht er bei euch auf der Party auf – wie peinlich – und zu allem Überfluss noch mit dieser Zicke im Schlepptau.« Jetzt erzähle ich Vera auch noch, dass die Dünne nicht nur über den Garten gelästert hat, sondern auch über das Essen, den Wein, meinen Overall, einfach alles.

»Die lade ich nicht mehr ein!« Vera sieht mich empört an. »Ich fand sie auch ziemlich schnippisch. Sie hatte zwar die ganze Zeit ihre Finger an Patrik, aber so richtig nett war sie nicht zu ihm, wie frisch Verliebte wirkten die beiden nicht auf mich.«

»Auf mich auch nicht … Eigentlich hätte mir das auch egal sein können, schließlich hatte ich ihm gegenüber ja meine Vorbehalte. Aber trotzdem war ich enttäuscht oder besser gesagt beleidigt, dass er diese Frau mitgebracht hat, wo er doch mir vorgestellt werden sollte ... was er aber gar nicht wusste ... Hätte es nicht einfach mal glattgehen können? Warum ist immer alles so kompliziert?« Dann erzähle ich Vera, was Sandy über Dorothee ausgeplaudert hat. Und wenn ich schon mal dabei bin, noch die Begegnung im »Gallo«, die komplette Freddy-Geschichte inklusive Stadtmauerfest und das Aufeinandertreffen mit Michael zum krönenden Abschluss.

»Um Himmels Willen ... was du alles in den paar Tagen erlebt hast!«, Vera schüttelt ungläubig den Kopf.

»Ja, ne? Mir war jedenfalls nicht langweilig«, bestätige ich schief grinsend. Dann frage ich Vera: »Sag' mal, hast du Patrik bei diesem Telefonat die Geschichte mit den Anonymen Alkoholikern erzählt?«

»Ich fürchte ja ...«, Vera sieht mich zerknirscht an. »Warum? Hat er etwas gesagt?«

»Ja, er hat beim Stadtfest dauernd irgendwelche Andeutungen zum Thema Alkohol gemacht ... das war echt mega peinlich ... Und er wusste leider auch, dass ich Dorothees Hund die Haare abgeschnitten habe ...«

Vera sieht mich verwirrt an. »Welcher Hund, welche Haare?«, fragt sie und ich erzähle ihr von unserem Friseurtermin bei Sandy.

Vera fängt an zu kichern »Das geschieht der Schnepfe recht. Hast du wenigstens ein Foto gemacht?«

»Nein, ich hatte mein Handy leider in der Handtasche im Salon liegen gelassen.«

»Schade, was ein Spaß!« Vera lacht immer noch bei dem Gedanken an das Gesicht, das Dorothee wahrscheinlich machte, als sie ihren kleinen Liebling derart verstümmelt sah.

»Naja, ob Patrik das auch so spaßig findet? Er muss mich doch für ziemlich kindisch halten. Auf dem Stadtmauerfest hat er mich wohl nicht angelacht, sondern sich über mich lustig gemacht«, sage ich niedergeschlagen.

»Ach was, das glaube ich nicht«, versucht Vera mich zu beruhigen. »Ich kenne ihn, er hat Humor und ist sehr gutmütig ... Ich erzähle dir mal ein bisschen von ihm: Wie du schon weißt, hat er mit Olav studiert, die beiden haben sogar zeitweise in derselben WG gewohnt. Nach dem Studium haben sich ihre Wege zwar getrennt, aber sie hatten noch regelmäßig Kontakt. Zuerst haben dann Olav und ich uns kennengelernt und geheiratet. Patrik war natürlich auf unserer Hochzeit, aber als er dann einige Jahre später in Amerika heiratete, weil ein Teil der Familie seiner Frau dort lebt, konnten wir nicht kommen, unsere Kinder waren noch zu klein. Ich habe aber später seine Frau mal kennengelernt. Sie war quirlig, witzig und kontaktfreudig, aber für meinen Geschmack etwas zu laut und tonangebend. Das mag an ihrem Beruf liegen, sie ist nämlich Lehrerin für Sport und Erdkunde. Ihre Hobbys sind passenderweise Sport und Reisen. Und das wollte sie dann in allen Ferien machen. Sie waren zum Beispiel Gleitschirmfliegen in Südafrika oder Kanufahren in den Rocky Mountains, danach noch Surfen in Portugal oder Skifahren in der Schweiz. Patrik dagegen ist eher der ruhige, gelassene Typ, wie du sicher schon gemerkt hast. Er ist zwar weit davon entfernt, eine Schlaftablette zu sein, aber neben dieser Frau wirkte er fast phlegmatisch. Olav hat ihm mal von unserem gemütlichen Urlaub auf der spanischen Finca, erzählt. Das war ein Traumurlaub, mit Pool, großem Haus und Garten, das Meer nicht weit. Da kam Patrik ins Schwärmen, er würde ja gerne mal zur Olivenernte nach Griechenland, Trüffel im Piemont suchen oder eine Weingutwanderung in der Provence unternehmen.«

»Das könnte mir auch gefallen«, seufze ich schmachtend. »Irgendwie haben alle Ziele etwas mit gutem Essen und eher gemäßigter Aktivität zu tun, genau mein Fall.«

»Ja genau, dich könnte ich mir dabei gut vorstellen«, bestätigt Vera lachend meine Schwärmerei. »Aber seine Frau hatte wohl keine Lust auf derart gediegene Unternehmungen. Patrik begleitete sie jahrelang, wohin sie auch wollte. Aber irgendwann reiste sie alleine und zwei Jahre später ließen sie sich scheiden.«

»Hm, irgendwie tragisch. Gegensätze ziehen sich ja bekanntlich an. Aber hier waren die Unterschiede wohl zu groß. Sie voller Energie und Tatendrang und er der gemütliche Ruhepol. Beziehungsweise sie zu dominant und er zu gutmütig. Er hat seine Wünsche vielleicht zu oft untergeordnet ... Wollten sie eigentlich keine Kinder haben?«

»Doch, also er schon. Aber er sagte mal zu Olav, dass er es schade findet, dass seiner Frau die Kinder in der Schule völlig ausreichen. Nach der Scheidung meinte er dann, jetzt könne er sich wenigstens einen Hund zulegen ...«

»Okay, wirklich tragisch ...«, sage ich mitfühlend. »Für mich klingt das ein ganz kleines bisschen so, als hätte Dorothee Ähnlichkeit mit seiner Exfrau.«

»Da sagst du was!« Vera legt den Kopf schief und überlegt. »Ja, irgendwie schon. Optisch nicht so sehr, seine Frau war zwar sportlich schlank, aber nicht so ausgezehrt. Sie hatte hellere Haare und sah freundlicher aus als Dorothee beziehungsweise sie war auch freundlicher ... was aber wohl keine große Kunst ist.« Wir lachen kurz über die Lästerei und Vera sagt noch: »Aber charakterlich gibt es deutliche Gemeinsamkeiten. Vielleicht fällt er immer auf den gleichen Typ Frau rein?«

»Kann sein. Vielleicht sollte ich meinen Auftritt verändern?«, stelle ich fest, richte mich auf und setze einen strengen Gesichtsausdruck auf, was mir aber nicht sonderlich gelingt, weil ich natürlich lachen muss.

Vera lacht mit: »Lieber nicht, die Rolle passt zum Glück nicht zu dir«, dann gießt sie mir Kaffee nach und fragt: »Weißt du eigentlich, dass er dieses Wochenende umzieht und dann keine zehn Minuten zu Fuß von uns wohnt? Olav hilft beim Umzug.«

»Nein, das wusste ich nicht. Wohin denn?«

»In den Mühlenweg. Weißt du, das ist diese Sackgasse, die von der Ziegeleistraße abgeht. Dahinter kommen nur noch Wiesen und der Wald. Der Glückspilz hat dort ein Haus auf der rechten Seite gemietet.«

»Ja, ich weiß, wo das ist ... schöne Gegend. Vielleicht sollte ich dort ab und zu mal mit den Hunden spazieren gehen?« Vera kennt mich gut genug, um zu wissen, dass die Frage nicht ernst gemeint war.

»Super Idee. Und so unauffällig«, nimmt sie meinen Scherz auf. »Ob er noch mit Dorothee zusammen ist?«

»Keine Ahnung. Auf dem Stadtmauerfest habe ich sie nicht gesehen, er war dort aber mit seinem Computerkurs unterwegs, vielleicht wollte sie da nicht mit ... Ist ja auch egal, ich denke, ich sollte mal einige Zeit Ruhe einkehren lassen ... Außerdem muss ich mich im Betrieb um ein paar Dinge kümmern. Mit der Beseitigung der Hochwasserschäden sind wir fast durch, das macht mir keine Gedanken mehr. Aber ich will den Internetverkauf, also den Versand und danach meine Pilzzucht aufbauen. Das heißt, wir müssen auf absehbare Zeit nicht nur in den Betrieb investieren, sondern auch ein paar Leute einstellen, unter anderem eine Bürokraft. Die Abrechnungen, Buchhaltung und Steuern mache ich nämlich komplett selbst, meist spätabends. Und dann brauchen wir noch jemanden, der fachlich so qualifiziert ist, dass er oder sie mich auch mal vertreten kann, wenn ich nicht da bin. Weißt du, meine Eltern arbeiten zwar noch fast voll mit und unsere Mitarbeiter geben ihr Bestes, aber seit der Trennung von Michael bin ich täglich bis zu zwei Stunden länger im Betrieb und das sechs Tage die Woche. Das geht mit der Zeit in die Knochen … und Urlaub können wir, wenn überhaupt, höchstens eine Woche am Stück machen.«

»Verstehe, da musst du wirklich etwas ändern. Aber ist es im Gartenbau nicht auch schwierig, Mitarbeiter zu finden? Wie willst du vorgehen?«

Ich zähle Vera verschiedene Möglichkeiten auf, wie man über berufsspezifische Internetplattformen und Fachzeitschriften Mitarbeiter suchen kann, gestehe ihr aber auch, dass ich mich vor der Aufgabe etwas fürchte.

»Und was sagt dein Vater dazu?«

»Das ist mir mittlerweile egal. Ich bin kräftemäßig am Limit, so geht es jedenfalls nicht weiter«, sage ich entschlossen.

Dann machen wir uns endlich ans Werk und pflanzen die Stauden in das Beet. Viel später als gedacht, aber sehr zufrieden fahre ich an diesem Abend nach Hause.

KAPITEL 21

Kennen Sie diese Tage, an denen man morgens beim Aufwachen schon weiß: »Das wird heute nichts«?

Glocken läuten. Ich schreite in weißen Pumps und meiner Arbeitslatzhose am Arm meines Vaters die Treppe einer mir unbekannten Kirche hinauf. Oben bleibe ich stehen, drehe mich um und wundere mich, dass wir völlig alleine sind. Wo sind die Gäste und warum bimmeln diese Glocken so nervig? Es dauert noch ein paar Sekunden, bis ich realisiere, dass der Lärm kein Kirchengeläut, sondern das hektische Dauerpiepsen meines Weckers ist, der seit einer Minute versucht mich aufzuwecken. Das dumme Ding hat meine Hochzeit vermasselt, ich weiß noch nicht einmal, wer der Bräutigam war. Enttäuscht haue ich auf die Wiederholungstaste des Weckers und rolle mich zur Seite. Soll er doch in acht Minuten nochmal klingeln, ich kann jetzt nicht sofort aufstehen, denke ich bockig. 42 Minuten später schrecke ich entsetzt hoch. »Mist, verschlafen.« Ich habe den Wecker vorhin wohl ganz ausgeschaltet. Sekunden später hüpfe ich bei dem Versuch, in das zweite Hosenbein zu kommen, auf einem Bein durchs Bad.

»Irma, Jakob! Aufstehen, es ist schon spät!«, brülle ich in Richtung der Kinderzimmer.

In der Küche richte ich ein schnelles Müslifrühstück. Ich reiße den Kühlschrank auf, um Butter, Käse und Salami für die Pausenbrote herauszuholen, da fällt mir ein Becher Sahne entgegen, den wohl irgendjemand – also ich – nicht auf seinen Platz im hinteren Regal gestellt hat. Hektisch greife ich danach, fange ihn aber nicht, sondern gebe ihm erst den richtigen Schwung, um im hohen Bogen davon zu fliegen und auf den Fliesen zu zerschellen. »Cooles Muster«, kommentiert Jakob, als er die Küche betritt. »Gib mal die Milch, Mama.«

Theo und Tarzan schlabbern um die Wette, als Theo anfängt auch noch die Wand abzulecken, verbanne ich die beiden in den Garten. »Wie kann aus einem so kleinen Becher nur so viel Sahne rauskommen?«, zetere ich und wische den Rest auf.

»Wo ist deine Schwester?«, frage ich meinen Sohn, während ich versuche die kalte Butter auf die Brote zu streichen.

»Im Bett, wo sonst?«

»Na super! Warum hast du sie nicht geweckt? IRMA!«, brülle ich nach oben. Immerhin quittiert sie mit einem undefinierbaren Grunzen, dass sie wach ist. »Steh' sofort auf, ich habe verschlafen. Beeil' dich im Bad.«

»Was kann ich denn dafür, dass du verpennt hast?«, mault sie, während sie über den Flur ins Badezimmer schlurft. »Jetzt soll ich mich beeilen!«

»Ich fahre euch natürlich zur Schule, für den Bus ist es zu spät.«

»Das ist ja wohl auch das Mindeste.«

»Noch einen halben Apfel für jeden ... so, die Pausenbrote sind zwar nicht schön, aber besser als nichts.« Ich reiche Jakob seine Brotdose.

»Du hättest uns auch einfach Geld mitgeben können, dann hätten wir uns mal was Leckeres kaufen können.«

»Na vielen Dank, mein Sohn. Aber du wirst dich leider mit Mutterns bescheidener Salamistulle begnügen müssen.«

»Hast du eigentlich die Zeitschriften und Stoffreste rausgesucht, die ich für Kunst brauche?«, fragt mich Jakob beiläufig.

»Bitte was?«

»Ich habe dir doch gesagt, dass ich das Zeug heute für eine Collage brauche«, sagt Jakob anklagend.

»Und ich habe dir gesagt, dass du die Stoffreste bei Oma holen sollst. Die Zeitungen suche ich dir raus. Also husch-husch zu Oma. Und sage ihr, dass die Hunde noch draußen sind.«

»Warum muss ich immer alles selbst machen?«

»Och, du armer, vernachlässigter Hase musst dein Unterrichtsmaterial immer selbst zusammensuchen … Eigentlich haben wir ja vereinbart, dass du deine Schulsachen am Vorabend packen sollst. Dann wäre dir nämlich schon gestern Abend aufgefallen, dass du das Zeug brauchst. Los jetzt! Pack' deine Brotbox und die Wasserflasche in den Ranzen und lauf' zu Oma. Wir treffen uns dann am Auto.«

Irma kommt endlich die Treppe herunter. »Mama, wo sind meine Sportschuhe?«

»Wahrscheinlich da, wo du sie zuletzt hingestellt hast … Oder eventuell sogar auf ihrem Platz in der Diele?«

Irma wühlt hektisch im Schuhregal rum. »Haha, sehr witzig. Nein, hier sind sie nicht.«

»Vielleicht in deiner Sporttasche?«

»Endlich mal eine gute Idee von dir. Und wo ist die?«

»Irma, mach' die Augen auf, die Tasche steht direkt vor dir im Regal.« Ruhig bleiben, einfach entspannt bleiben. Schließlich habe ICH heute verschlafen und die Kinder können nichts dafür.

»Sag' das doch gleich ... Super, die Schuhe sind drin. Können wir endlich los?«

Atmen, Hanne, atmen ...

Ich klemme mir die Tüte mit den Zeitschriften unter den Arm und haste aus der Haustür. Ratsch, der Schultergurt meiner Handtasche bleibt am Türgriff hängen. Außer, dass ich äußerst unsanft abgebremst werde, ist auch noch der Riemen eingerissen. Mist! Und völlig passend für diesen Tag, nehme ich zwei Straßen weiter einem alten Herrn die Vorfahrt. Es kommt zwar nicht zum Zusammenstoß, aber der arme Mann erschrickt heftig und drischt auf seine Hupe ein.

Ansonsten verlief der Vormittag ohne weitere Zwischenfälle. Abgesehen von dem Wasserschlauch, der sich aus der Schelle drehte, weil ich am anderen Ende zu heftig gezogen habe. Bis ich die 50 Meter Schlauchlänge zurückgesprintet war, schoss das Wasser aus dem Hahn. Zu Mittag servierte mir dann Irma eine fünf in Physik, obwohl sie nach eigener Aussage doch so viel gelernt hatte. Physik sei halt doof und die Aufgaben seien natürlich voll unfair gewesen.

Jetzt sitze ich mit meinem Nachmittagskaffee am Computer. Ich will nur schnell nach den E-Mails schauen und dann draußen weiterarbeiten. Das Telefon klingelt, auf dem Display erkenne ich die Nummer der Webers. Familie Weber hat vor kurzem in einem Neubaugebiet ihr Haus bezogen und für den Garten einige Pflanzen bestellt. Als umweltfreundlichen Sichtschutz zu den Nachbarn links und rechts habe ich ihnen eine insgesamt 22 m lange bienen- und vogelfreundliche Hecke aus Blühsträuchern zusammengestellt. Die Pflanzen für den kleinen Vorgarten wollen sie persönlich aussuchen.

»Guten Tag Frau Kessler-Beck. Hier ist Weber.«

»Guten Tag Frau Weber, ich wollte Sie sowieso mal anrufen. Ich habe nämlich gestern die Sträucher für Ihre Hecke reserviert, damit wir sie zur Pflanzzeit im Herbst auch sicher liefern können. Und wenn Sie mal Zeit haben, können Sie jederzeit vorbeikommen und die Stauden für den Vorgarten aussuchen.«

»Naja, also es ist so, mein Mann will jetzt doch eine Doppelgarage plus Gerätehaus auf die Grenze zum Nachbarn bauen, das darf man hier nämlich. Vornedran bleiben natürlich die überdachten Autostellplätze. Dahinter kommt dann so eine zwei Meter hohe doppelte Gitterwand, wissen Sie, diese Gabionen, aber wir füllen sie natürlich mit hellen Steinen, die sehen freundlicher aus als die dunklen. Zu dem Nachbarn auf der anderen Seite auch und die Terrasse bekommt einen Sichtschutz aus Holz oder so. Aber hinten rechts in der Ecke wären zwei, drei kleine Büsche ganz hübsch.«

»Aha.« Mehr kommt gerade nicht aus mir raus, weil mir die Kinnlade runtergefallen ist. »Vielleicht ein paar Sträucher im Vorgarten?«, frage ich matt.

»Ja, natürlich gerne. Aber nur, wenn sie zum Steingarten passen.«

Bei dem Wort »Steingarten« schrillen bei mir die Alarmglocken mit Blaulicht. »Wie, Sie machen einen Schottergarten?«

»Nein, kein Schotter, wir dachten an weißen Kies«, antwortet Frau Weber sichtlich stolz auf ihre tolle Idee.

Nach diesem Tiefschlag brauche ich eine kleine Auszeit. Ich rufe die Hunde und marschiere mit ihnen fast eine Stunde lang durch den Wald. Herrlich, diese kühle Luft, diese Ruhe und meine braven Begleiter, die sich einfach nur freuen, dass wir zusammen unterwegs sind. Im Nachhinein betrachtet, das absolute Highlight des Tages. Auf dem Rückweg begegne ich kurz vor dem Hoftor unserem Nachbarn Ludwig, nebst seiner dicken Dackeldame Dorle. Ludwig ist Ende 70 und seit drei Jahren Witwer. Wie kann man ihn am besten beschreiben? Vielleicht so: Es gibt Menschen, die sind ein Segen für ihre Mitmenschen und es gibt Ludwig. Bis vor etwa zwei Jahren arbeitete er manchmal aushilfsweise in der Gärtnerei, aber nicht, weil er Geld gebraucht hätte und schon gar nicht, um uns zu helfen, sondern aus reiner Neugier. Er will immer über alles Bescheid wissen, tratscht und lästert für sein Leben gern. Ludwig beginnt Sätze gerne mit »Es geht mich ja nix an...«, oder »Ich will ja nix sagen, aber...«. Oder er knallt einem eine Beleidigung hin und liefert dann eine scheinbar verständnisvolle Erklärung nach. Er sagt dann zum Beispiel: »Meinst du nicht, die Astern sind viel zu mickrig für den Preis? Aber es war ja auch trocken in letzter Zeit, ne?« oder »Ihr habt ja mehr Unkraut als Blumen in den Beeten. Aber du hast es ja im Rücken, habe ich gehört.«

Heute war es: »Früher war der Eingangsbereich zum Laden viel schöner geschmückt. Ich denke mal, deine Mutter hat im Moment wenig Zeit oder ist sie etwa krank?«

Ich überlege, auf welche Gemeinheit er diesmal hinauswill. Der Eingang sieht nämlich so einladend aus wie immer. Also antworte ich: »Mama geht es gut, aber sie hilft Ilse bei der Betreuung ihrer dementen Mutter. Deshalb ist sie öfter mal unterwegs.«

»Das kann nicht sein!«, Ludwig schüttelt besserwisserisch den Kopf. »Ilses Mutter ist seit mindestens sechs Wochen im Pflegeheim. War ja auch nicht mehr möglich für die arme Ilse.«

Hoppala, jetzt hat er mich doch eiskalt erwischt. »Vielleicht besucht sie Ilse trotzdem?«, versuche ich meine Überraschung zu überspielen.

»Glaube ich nicht, ich sehe ja von meiner Küche aus so schräg runter, bis zur Kreuzung. Wenn sie zu Ilse wollte, müsste sie nach rechts in die Obergasse laufen. Aber sie biegt immer nach links in die Hauptstraße ab. Aber es geht mich ja auch nix an, wo sie da hingeht, ne?«

»Genau, sie wird schon wissen, was sie macht. Ist ja ihre Sache, nicht wahr, Ludwig? Ich denke mal, seit du ganz in Rente bist, hast du viel zu viel Zeit. Anstatt den Nachbarn nachzuspionieren, solltest du mal etwas mit deinen Enkeln unternehmen.« Ich versuche so zu klingen, als hätte ich nur einen Scherz gemacht, lache aber etwas zu schrill.

»Ich spioniere doch niemandem nach! Was kann ich denn dafür, dass ich von meinem Haus aus das halbe Dorf überblicken kann? Und meine Enkel, die wollen doch nichts mit mir unternehmen, die wollen immer nur Geld, wenn sie mich mal besuchen«, beschwert sich Ludwig.

Er tut mir fast ein bisschen leid, aber nur fast. »So ist das leider mit den jungen Leuten, sie sind zu beschäftigt mit sich selbst. Wenn sie älter sind, kommen sie bestimmt öfter«, sage ich zu Ludwig, obwohl ich selbst nicht daran glaube. »So, und jetzt muss ich mal wieder an die Arbeit. Unkraut jäten, damit man die Blumen wieder sieht, tschüss Ludwig.«

Während ich palettenweise Pflanzen auf Schädlinge untersuche, dabei Verblühtes und hier und da Unkraut entferne, muss ich immer wieder an das Gespräch mit Ludwig denken. Wohin geht meine Mutter zwei- bis dreimal in der Woche zu völlig unterschiedlichen Zeiten? Und wo war sie, als sie sagte, sie würde im Kirchenchor singen? Sollte mein Vater vielleicht doch recht haben? Aber ich kann mir einfach nicht vorstellen, dass sie eine Affäre hat. Ich beschließe, vorerst meinem Vater nicht zu sagen, dass Ilses Mutter im Heim ist. Ich werde Mama einfach bei nächster Gelegenheit darauf ansprechen.

»Hanne? HANNE!« Mein Vater reißt mich mit seinem Gebrüll aus meinen Gedanken.

„Ich bin hier bei den Anemonen. Warum schreist du denn so?

»Deine Mutter …«

Oh nein, nicht jetzt. Ich muss das Thema sofort abwürgen, bevor ich mich verplappere. Ehe er weiterreden kann, sage ich energisch: »Papa, ich will jetzt nicht hören, was Mama schon wieder gemacht hat oder nicht, ich hatte einen echt miesen Tag.«

»Ich soll deine Mutter im Krankenhaus abholen.«

»Was, warum? Was ist passiert?«

»Sie hatte einen Unfall.«

„Was für einen Unfall? Papa! Sag' endlich!

»Mit einem Auto.«

»Oh Gott, sie wurde angefahren?«

»Nein, ich glaube, sie ist gefahren.«

»Hä? Mama kann doch gar nicht fahren …«

»Das weiß ich selbst. Eine Frau vom Krankenhaus hat angerufen und gesagt, dass ich mir keine Sorgen machen soll, sie hätte einen Autounfall gehabt, sei aber nur leicht verletzt worden. Sie müsse einige Zeit eine Halskrause tragen und sich schonen. Alles Weitere wolle meine Frau mir persönlich erklären, wenn ich sie abholen würde … Da muss doch ein anderer Mann dahinterstecken! Wahrscheinlich ist sie bei ihm mitgefahren und er hatte einen Unfall ... Fährst du bitte mit, ich glaube ich, schaffe das nicht allein.« Mein Vater steht ungewöhnlich kraftlos vor mir.

»Klar, ich fahre dich hin. Ich will auch wissen, was da los ist.«
Im Wartezimmer der Notaufnahme sitzt meine Mutter zusammengesunken in einem Sessel. Es sieht so aus, als würde nur die Halskrause sie aufrechthalten. Sie wirkt müde. Als sie uns sieht, huscht ein verzagtes Lächeln über ihr Gesicht.

»Ich wollte euch doch überraschen«, sagt sie und hebt dabei leicht die Hände.

»Ist dir irgendwie gelungen. War aber anders geplant, oder?«

»Ja, ich wollte ...«, beginnt meine Mutter eine Erklärung, wird aber von einer heiteren, kräftigen Männerstimme unterbrochen.

»Sie konnte wirklich nichts dafür, das ist einfach dumm gelaufen.« Ein Mann Anfang 50 in Jeans und lässig aus der Hose hängendem Hemd steuert mit ausgebreiteten Armen eilig auf uns zu. Sein joviales Lachen schallt durch den Flur. Mit einem schnellen Seitenblick zu meinem Vater registriere ich, dass die Rädchen in seinem Kopf die Möglichkeiten durchrattern, ob es sich eventuell um seinen Nebenbuhler handeln könnte.

»Ist der nicht ein bisschen jung für dich?«, raune ich meiner Mutter zu und erkenne einen Moment zu spät, dass Papas Rädchen bei JA stehengeblieben sind. Er geht einfach einen Schritt nach vorne, streckt dem Mann seine Faust entgegen und holt ihn von den Beinen. Eigentlich ganz unspektakulär, der Heraneilende läuft sozusagen in Papas Faust. Unwillkürlich fällt mir Herr Zopfmeister, mein ehemaliger Physiklehrer ein, der Generationen von Schülern mit größter Begeisterung die Newtonschen Gesetze zur Trägheit der Masse und Impulserhaltung anhand von Filmsequenzen zu Crashtests aus der Automobilindustrie vermittelte.

»Walter!« Meine Mutter schnappt nach Luft. »Herr Weiler? Herr Weiler, sind Sie verletzt?« Sie ist aufgesprungen und läuft zu dem Mann, den sie »Herr Weiler« nennt. Der steht schon wieder auf den Füßen, reibt sich das Kinn und schaut verdutzt meinen Vater an. Mein Vater wiederum reibt sich die Faust und schaut etwas unsicher meine Mutter an.

»Wer ist das, Gudrun?«, fragt er seine Frau und nickt dabei in Richtung seines Opfers.

»Das ist Herr Weiler, mein Fahrlehrer. Was dachtest du denn, wer das ist, hä? Ich wollte euch überraschen und endlich meinen Führerschein machen.«

»Warum hast du das nicht gleich gesagt?«, versucht mein Vater die Schuld auf meine Mutter abzuwälzen.

»Ach, jetzt bin ich schuld? Aber du hast natürlich völlig recht. Ich hätte wissen müssen, dass du dem armen Mann zuerst eine reinhaust und dann fragst, wer das eigentlich ist.«

»Nein, aber du hättest ...«

»Stopp!«, rufe ich laut und bringe die beiden Streithähne mit erhobenen Händen und einem gewissen Überraschungsmoment zum Schweigen. »Ruhe jetzt! So ein dummes Geschwätz! Das könnt ihr zu Hause klären, wenn ihr alleine seid.« Dann wende ich mich dem Fahrlehrer zu: »Herr Weiler, sind Sie in Ordnung?«

»Ja, ich glaube schon. Obwohl ich schon gerne wüsste, was hier los ist.«

Meine Mutter antwortet ihm: »Ich habe meiner Familie nicht gesagt, dass ich den Führerschein mache, ich wollte sie überraschen. Für die Theoriestunden sagte ich, ich würde im Chor singen. Und die Fahrstunden habe ich damit erklärt, dass ich meiner Freundin mit ihrer dementen Mutter helfen würde. So konnte ich zu jeder Tageszeit ohne Erklärung aus dem Haus.« Mit einem Hauch Stolz auf ihre gelungenen Täuschungsmanöver schaut sie uns kurz an, dann wendet sie sich wieder an den Fahrlehrer. »Ich war noch sehr jung, als ich unsere erste Tochter bekam, Jahre später die zweite und dann hatte ich einfach nie Zeit. Vor etwa zehn Jahren wollte ich die Sache dann endlich angehen, aber leider wurden nacheinander sowohl mein Schwiegervater als auch mein Vater pflegebedürftig. Wissen Sie, unsere Älteste hier, erledigt fast alle Einkäufe für uns mit, fährt mich manchmal zum Arzt oder zu einer Freundin. Dann ist sie jeden Tag für den Betrieb unterwegs und hat noch zwei Kinder, die dauernd irgendwohin wollen. Ich will sie doch nur etwas entlasten ... Und wenn mir der junge Mann nicht die Vorfahrt genommen hätte, wäre das meine letzte Stunde vor der praktischen Prüfung gewesen.« Meine Mutter lässt kraftlos die Schultern hängen und schaut geknickt in die Runde.

»Und warum hast du mir nichts davon gesagt?«, fragt mein Vater vorwurfsvoll.

»Weil du versucht hättest mir das auszureden. Ich bräuchte doch jetzt keinen Führerschein mehr und außerdem ist das zu teuer ...«

»Stimmt ja auch!«, antwortet mein Vater immer noch bockig. »Aber mit deiner Heimlichtuerei hast du mir eine Heidenangst eingejagt. Ich dachte, du hast einen anderen Mann kennengelernt«, setzt er besorgt hinzu.

»So ein Quatsch, ich will doch keinen anderen! Und falls

doch, bist du der Erste, der es erfährt«, sagt meine Mutter trocken. Dann setzt sie unmissverständlich hinzu: »So, und jetzt entschuldigst du dich gefälligst bei Herrn Weiler!«

»Naja, also ich ... es tut mir leid, dass ...«. druckst mein Vater rum und streckt Herrn Weiler die Hand entgegen.

»Also, wenn das so ist, will ich mal nicht so sein.«, antwortet dieser versöhnlich und ergreift Papas Hand. Und zu meiner Mutter gewandt sagt er: »Die Schuldfrage hat die Polizei ja schon eindeutig geklärt. Der junge Mann war unaufmerksam und zu schnell. Jetzt erholen Sie sich erst mal, dann machen Sie noch zwei, drei Fahrstunden, bis Sie sich wieder sicher fühlen und dann können Sie Ihre Prüfung ablegen. Sie schaffen das, Frau Kessler. Die Fahrstunden bis dahin müssen Sie natürlich nicht bezahlen.«

»Vielen Dank, Herr Weiler. Das ist gut, weil mein Konto mit dem kleinen Erbe meiner Mutter fast leer ist.« Meine Mutter lacht verschmitzt in Richtung meines Vaters und sagt: »Aber ich könnte mir vorstellen, dass mein Mann die noch ausstehende Prüfungsgebühr gerne übernehmen wird.«

»Ja sicher, das mache ich doch gerne!«, sagt mein Vater zwar gönnerhaft, aber ich merke ihm die Erleichterung über den Ausgang der Geschichte deutlich an. Hätte er sich nicht so angestellt und meine Mutter früher zur Rede gestellt, wäre ihm manche Sorge erspart geblieben. Aber er ist ja schon groß und muss lernen, sich auch mal selbst um seine Angelegenheiten zu kümmern.

Auf der Heimfahrt erzähle ich meinen Eltern von meinem Gespräch mit Ludwig und mein Vater regt sich natürlich darüber auf, dass ich ihm nichts davon gesagt habe. Und da wir schon mal so schön beisammensitzen, eröffne ich meinen Eltern noch meinen Entschluss, mindestens drei bis vier neue Mitarbeiter und Mitarbeiterinnen einzustellen, damit wir die Veränderungen im Betrieb angehen können. Und natürlich findet meine Mutter die Idee gut, während mein Vater vehement dagegen ist, weil wir das auch so schaffen würden. Es ist also alles in Ordnung mit ihm, er ist wieder ganz der Alte.

KAPITEL 22

Es ist mal wieder wie verhext heute, kaum lege ich den Telefonhörer auf, klingelt es wieder. Die meisten Anrufe sind angenehmer Natur, von Kunden oder Kundinnen, die etwas bestellen wollen oder eine Frage zur Pflege ihrer Pflanzen haben. Dann ist da aber noch der Anruf eines Händlers, der mir mitteilte, dass sich die Lieferung der 200 Terracotta-Pflanzkübel verzögere, weil der Produzent Lieferschwierigkeiten habe. Und dann Tante Wiltrud, Mamas ältere Schwester, die sich eigentlich nur verwählt hat und jetzt einfach mir, statt meiner Mutter erzählt, was sie so in den letzten fünf Wochen alles erlebt hat! Ich bin jetzt nicht nur auf dem neuesten Stand bezüglich der letzten Vorstandssitzung des örtlichen Rotkreuz-Vereins, der Wetterlage in Osttirol während Wiltruds und Horsts Urlaub vor vier Wochen und der dringend anstehenden Erneuerung ihrer Heizungsanlage, sondern ich weiß jetzt auch alles – wirklich alles – über die Knieoperation von Wiltruds Nachbarin. Als sie mir gerade noch genüsslich bis ins kleinste Detail von der Entfernung der Gallenblase ihrer besten Freundin berichten will, unterbreche ich sie.

»Wiltrud?«

»... und dann musst du dir vorstellen, wie die ...«

»WILTRUD!«, werde ich etwas deutlicher.

»Ja, Hannerose?«

»Wiltrud, das ist ja alles wahnsinnig spannend, aber es tut mir leid, wir müssen jetzt Schluss machen. Ich muss noch etwas im

Betrieb erledigen und dann das Mittagessen kochen, die Kinder kommen in einer Stunde aus der Schule.«

»Ach ja? Sind noch keine Ferien?«

»Nein, am Freitag ist der letzte Schultag.«

»Ach, wirklich? Ich hätte schwören können, dass schon Ferien sind ... Wie geht es den Kinderchen denn, sind sie gut in der Schule?«

Ich schließe kurz die Augen und atme langsam ein und aus: »Ja, Wiltrud, den Kindern geht es gut und sie sind beide gut in der Schule. Aber ich muss jetzt wirklich auflegen ...«

»Jetzt haben wir gar nicht über dich gesprochen!«, sagt meine Tante bedauernd. »Was machen denn die Männer so, hm?«, fragt sie mich mit neckischem Unterton.

Oh nein, liebes Tantchen, dieses Fass machen wir jetzt nicht auf, denke ich für mich, sage aber brav zu ihr: »Du, darüber sprechen wir besser ein anderes Mal, wenn wir mehr Zeit haben, ja?«

»Schade, naja, wenn du meinst ...« Wiltrud ist enttäuscht, schließlich entgeht ihr nicht nur ein bisschen Klatsch und Tratsch, sondern auch die Möglichkeit, mir einen ihrer – alle meine Probleme auf einmal beseitigenden – Ratschläge geben zu können. »Dann rufe ich jetzt mal bei Gudrun an. Ist sie überhaupt im Haus oder steckt sie wieder irgendwo bis zu den Ellbogen im Matsch?« Ich warte kurz auf ein Kichern oder sonst einen Beweis, dass Wiltrud einen Scherz gemacht hat, aber sie scheint das völlig ernst zu meinen.

»Keine Ahnung, probier's einfach mal. Tschüss, bis bald und richte Onkel Horst liebe Grüße aus!«, sage ich betont fröhlich und lege schnell auf. Noch bevor ich nur ansatzweise die Flut an Informationen aus meinem Kopf bekommen kann, klingelt mein Handy. Frederik? Ich schaue gehetzt auf die Uhr, was will der denn jetzt?

»Freddy? Was gibt's?«, begrüße ich ihn schroff.

»Hannilein ... ich habe gerade Mittagspause und esse einen Flammkuchen, da musste ich an dich denken ... und da dachte ich, ich rufe mal an und frage, wie's dir so geht.«

»Äh, gut ... und dir?«

»Ach, mir? Mir geht es auch gut ...«, sagt Frederik, klingt aber nicht sehr überzeugend, sondern eher wie ein Schauspieler, der einen Verwundeten spielt und aufopferungsvoll zu seinen Kameraden »Lasst mich einfach hier zurück ...« sagt.

Absurderweise kommt mir als Erstes der Gedanke, dass ich noch Flammkuchen in der Tiefkühltruhe habe und dass dieser ein prima Mittagessen abgeben würde, falls ich nach diesem Telefonat keine Zeit mehr zum Kochen hätte. Dann räuspere ich mich und tue Frederik den Gefallen, nochmal nachzufragen.

»Bist du dir sicher? Du klingst nicht so.«

»Naja, weißt du, Hanni, es tut mir so leid, dass wir im Streit auseinander gegangen sind. Du fehlst mir ... ehrlich ... Können wir uns nicht nochmal sehen und über alles reden?«

War das gerade ein Schuldeingeständnis? Oder sind Alarmsirene und Blaulicht angesagt?

»Ach Freddy, ich denke, das bringt nichts mehr«, sage ich etwas zu lasch und bereue es sofort.

»Warum nicht? Wir passen doch so gut zueinander. Erklär' mir doch wenigstens mal, warum du mich so plötzlich rausgeworfen hast ... Ich habe das nicht verstanden.«

Also doch Vorsicht geboten. Blaulicht ohne Sirene.

»Okay, ich versuche es ... Also ... du wolltest mir sicherlich nur gegenüber Michael helfen, aber dann hast du die Führung übernommen und über mich bestimmt ...«

»Ich habe was?«, fällt mir Frederik ins Wort. »Ich habe nur die Initiative ergriffen, weil du ja nichts auf die Reihe bekommen hast.«

Sirene!

»Oh doch, mein Lieber, ich hatte dort vielleicht einen kurzen Moment lang nicht alles im Griff, das heißt aber nicht, dass du ...«, erkläre ich sauer, aber Freddy unterbricht mich schon wieder.

»Und das ist alles? Wegen so einer Kleinigkeit wirfst du mich raus? Sag' mal, warum hast du mich überhaupt zu dem Stadtfest eingeladen? Was denkst du, warum ich so weit gefahren bin? Was wolltest du eigentlich von mir? Weißt du eigentlich ...« Frederik ballert mich mit Fragen zu, aber ich schweife in Gedanken ab. Ich versuche mir eine Begründung zurechtzulegen, warum aus uns kein Paar mehr werden kann. Aber wie soll ich ihm erklären, dass ich mir vorgenommen habe, wieder glücklich zu werden, mir ihn in diesem Plan aber definitiv nicht vorstellen kann? Ach Freddylein, ich kann dich einerseits sogar ein bisschen verstehen, aber andererseits macht mich deine Selbstgefälligkeit und Ignoranz einfach wahnsinnig.

Die Frage »Sag' mal, bist du noch dran?« dringt plötzlich in mein Ohr und unterbricht meine Gedanken.

»Ja, Freddy, noch. Weißt du, es war schön, dich mal wiederzusehen, aber mehr wird aus uns nicht«, antworte ich völlig unspektakulär, aber so, dass er es hoffentlich kapiert.

»Wenn das so ist, dann lass mich doch in Ruhe!«, motzt er mich an und legt auf. Kurz und schmerzvoll, für ihn.

»Alles klar, dir auch noch einen schönen Tag.« So ein bisschen ein schlechtes Gewissen habe ich schon. Er hat ja recht, ich war unentschlossen und habe ihm Hoffnung auf eine Beziehung gemacht, anstatt mich gleich nach dem Seminar freundschaftlich von ihm zu verabschieden. Andererseits scheint er aber auch nicht so ganz durchdacht zu haben, was auf ihn zukäme. Außerdem fällt mir wieder ein, wie sehr ich mich darüber geärgert hatte, dass er beim Stadtmauerfest meine Begegnung mit Patrik versemmelt hat. Okay, es war vielleicht keine Absicht von ihm und ich war auch nicht ganz unschuldig ... aber trotzdem!

KAPITEL 23

Ich habe Jakob versprochen, dass wir in der ersten Woche der Sommerferien ins Kino gehen. Neben dem regulären Programm wird in unserem Kino auch ein spezielles Ferienprogramm angeboten. Wir haben uns für Jumanji entschieden. Irma hat den Film schon im März mit Freunden gesehen. Wir stellen uns an dem Snackstand an und ich frage Jakob: »Reicht dir das Menu 1, also mini, oder willst du das Menu 2, das ist medium?«

»3 natürlich, maxi!«, stellt Jakob klar.

Zu dem Mann hinter der Snacktheke sage ich: »Menu 2, bitte.«

»Popcorn süß oder salzig?«

»Süß.«

»Welches Getränk?«

»Cola!«, kräht mein Sohn.

»Nein! Wasser bitte.«

»Mama, es ist doch erst Nachmittag!«

»Es geht mir nicht um das Koffein, sondern um den zusätzlichen Zucker!«

»Wir haben auch zuckerfrei«, bringt sich der junge Mann erzieherisch wertlos ein.

»Spielen Sie nicht mit Ihrer Gesundheit«, zische ich leise durch die Zähne.

Der junge Mann scheint nur das Wort »Gesundheit« verstanden zu haben, denn er zwinkert Jakob verschwörend zu und sagt: »So ungesund ist ab und zu mal 'ne Cola auch nicht.«

Atmen, Hanne, einfach wegatmen. Ich ignoriere den Zuckerfreivorschlag, sage entschieden »Wir nehmen ein Wasser!« und schenke ihm mein schönstes Keine-Widerrede-Lächeln.

»Still, medium oder spritzig?«

»Medium.« Atmen!

»Gekühlt oder Zimmertemperatur?«

»Äh, kalt.«

»Haben sie eine Bonuskarte von uns?«

»Nein.«

»Dann macht das 11,80 bitte.«

»Na, dann legen sie mal noch 'ne Schaufel Popcorn drauf«, versuche ich einen Scherz, aber an seinem verständnislosen Blick merke ich, dass dem Verkäufer nicht mehr nach Scherzen zumute ist.

Wir kommen ausnahmsweise bei voller Beleuchtung in den Kinosaal und müssen unsere Plätze nicht in völliger Dunkelheit ertasten, während schon die kommenden Filme vorgestellt werden. Ich lehne mich in meinem Sessel zurück und genieße die Atmosphäre. Außer uns befinden sich nur acht oder zehn Personen in dem Saal. Entspannt wuschele ich Jakob durch die Haare. Natürlich verzieht er das Gesicht und neigt hektisch den Kopf von mir weg.

»Hey, mein Großer, das haben wir schon lange nicht mehr gemacht, was?«

»Du hast ja nie Zeit für sowas«, wirft mir Jakob vor, während er damit beschäftigt ist, die zerzauste Frisur wieder herzurichten. Ich will ihm gerade beipflichten, dass ich wirklich zu selten Zeit dafür habe, als genau hinter uns ein Paar mit einigem Gezeter und Geraschel seine Plätze einnimmt.

»Au, das war mein Fuß!«, klagt die Frau.

»Ich bin über deine blöde Handtasche gestolpert, was musst du sie auch auf den Boden stellen?«

»Die Tasche steht zwischen meinen Füßen, da kann man gar nicht drüber stolpern.«

»Kann man wohl, hast du doch gemerkt ... Gib' mal die Chips!«

Der Mann reißt seine Chipstüte auf und stopft sich sofort eine große Portion in den Mund. Während er hörbar kaut, sagt er zu seiner Begleiterin: »Ich wollte ja nicht den ganzen Laden kaufen. Fast vierzig Euro für Eintritt, 'ne Handvoll Chips und zwei Cola, damit wir nachmittags zwischen lauter Kids im Kino sitzen.«

»Du weißt doch, dass ich die ganze Woche Nachtschicht habe«, sagt sie zerknirscht.

»Ja, weiß ich, weil deine Kollegin mal wieder mit dir getauscht hat. Du kannst ja nicht ›Nein‹ sagen.« Als er merkt, dass sich seine Partnerin nicht weiter provozieren lässt, wechselt er das Thema. »Ich verstehe immer noch nicht, warum es ausgerechnet dieser Film sein muss. Nur weil du damals den ersten mit Robin Williams so toll fandest.«

»Den zweiten haben wir ja leider verpasst, weil du entweder keine Zeit oder gerade keine Lust hattest. Das ist schon der dritte Jumanji und den will ich nun mal unbedingt sehen, außerdem mag ich ›The Rock‹ Johnson.«, sagt sie schwärmerisch.

Nach einer gebrummelten Missfallensäußerung über den muskelbepackten Schauspieler, motzt ihr offensichtlich nicht so sportbegeisterter Begleiter weiter.

»Die blöde Werbung nervt, jetzt kommen noch mindestens 20 Vorfilme. Das dauert ja ewig.«

»Och Sven, jetzt nörgele doch bitte nicht an allem rum, du verdirbst mir noch den ganzen Spaß.«

»Das ist ja mal wieder typisch, Hauptsache, dir geht es gut!«, schnappt Svenny ein.

Für einige Minuten kehrt, abgesehen von heftigem Chipstütengeraschel, Ruhe auf der Rückbank ein. Aber gerade als die Umsitzenden dem Frieden zu trauen beginnen, beschwert sich der Quengler wieder: »Was ist das denn für eine schlechte Bildqualität? Wofür geben wir denn so viel Geld aus?«

Jetzt hat seine Begleiterin genug und erwidert deutlich gereizt: »Setz' einfach deine 3D-Brille auf, Sven. Setz' das Ding auf und halt' endlich die Klappe!«

»Ruhe!« – »Psst!« – »Streitet draußen weiter!«, rufen die Zuschauer von allen Seiten.

»So, das hast du jetzt von deinem Gekeife, du störst die Leute«, weist Nörgel-Sven seine Partnerin zurecht. Dass er mit seinem nervigen Dauergemotze ihre Reaktion provoziert hat, scheint er dabei bequemerweise auszublenden.

Den Film können wir dann ohne weitere Störfälle anschauen. Danach ist Jakob ganz aufgedreht, er redet wie ein Wasserfall und wir lachen noch einmal über die lustigsten Szenen. Draußen auf dem Parkplatz sehe ich einen Mann, der mit einem etwa sechsjährigen Jungen an der Hand in die gleiche Richtung läuft, in der wir unser Auto geparkt haben. Der Kleine hopst vergnügt neben dem Mann her und plappert munter auf ihn ein. Seine freie Hand wirbelt dabei wild durch die Luft und spielt jede Filmszene noch einmal nach. »Die Toastkanonen fand ich klasse, bäm, bäm. Und die Dinos waren voll lieb. Aber der Emmet hatte ein echt cooles Raumschiff-Haus. Das konnte durchs Weltall fliegen.«

»Ja, aber dann hat es der Rex leider kaputtgemacht. Sag' mal, die Königin war schon etwas gruselig, oder?«, fragt der Mann.

Huch, das ist ja Patrik! Aber wer ist der kleine Junge?

»Quatsch, Paddy-Pat, die war doch harmlos. Aber dass der Rex sich später aufgelöst hat, war irgendwie komisch.«

Die beiden laufen jetzt parallel zu uns. Ich traue mich nicht so recht, in ihre Richtung zu schauen, und tue so, als würde ich unser Auto suchen, obwohl wir schon fast davorstehen.

»Hanne? Hallo! Was für ein Zufall. Welchen Film habt ihr euch denn angesehen?« Patrik hat mich erkannt. Da er die Frage an Jakob gerichtet hat, antwortet dieser: »Jumanji 3.«

»Und ist der gut?«

»Ja, voll der Hammer, echt witzig! Und was habt ihr, ... oder SIE ...«, korrigiert Jakob sich schnell.

Patrik rettet ihn aus der kleinen Peinlichkeit: »Sag' einfach Du. Ich bin Patrik und das ist mein Patenkind Karl, der Sohn meiner Schwester.«

»Wir waren im neuen LEGO-Movie, voll krass, Alter!«, bemüht sich Karl um eine angepasste Ausdrucksweise.

Sein Onkel nickt zustimmend: »Voll krass, Alter!« Dann sieht er mich an: »Gehst du gerne ins Kino?«

»Ja, sehr sogar, aber leider viel zu selten. Mit meinen Freundinnen gehe ich ab und zu mal in Komödien oder Frauenfilme, aber in Actionfilme oder Thriller will keine mit. Und alleine gehe ich dann auch nicht.«

Patrik strahlt mich an: »Stimmt, ALLEIN ist doof. Aber das kann man ja ändern, wir könnten doch mal zusammen ...«

»Das darfst du nicht Paddy-Pat!«, grätscht plötzlich Karl dazwischen, bevor ich antworten kann.

»Was? Warum, DARF ich das nicht?«

»Weil ich gehört habe, wie die Mama zum Papa gesagt hat,

dass du mit keiner Frau mehr ausgehen sollst, bis du weißt, was du willst, und weil du Mamas Freundin verletzt hast.«

»Das hat die Mama gesagt?«

»Ja«, sagt Karl überzeugt, dann überlegt er kurz und fragt vorsichtig: »Du ... Paddy-Pat hast du Mamas Freundin etwa gehauen?«

»Was? Nein, Karlchen, natürlich nicht«, sagt Patrik sanft und erklärt dann: »Weißt du, wenn Erwachsene Streit haben und einer ist traurig, dann sagt man, derjenige ist verletzt ... Verstehst du?« Karl nickt und sein Onkel fährt fort: »Dabei habe ich nur zu ihr gesagt, dass das mit uns nichts wird, weil sie mich behandelt hat wie einen ... Ach, was soll's, das geht jetzt zu weit.« Seine Stimme klingt nicht, als wolle er sich rechtfertigen, sondern eher, als wäre er nicht gerade stolz auf sich. Ein leichtes Schulterzucken und der bedrückte Gesichtsausdruck unterstreichen dieses Gefühl noch. Dann sagt er, eine Spur zu munter, zu seinem Neffen: »Naja, ich denke, wir sollten jetzt heimfahren, Karl, oder was meinst du?«

»Auja, Paddy-Pat!« Zu uns gewandt erklärt Karl stolz: »Ich habe extra kein Popcorn gegessen, damit ich nachher ganz viel Hunger habe. Die Mama macht nämlich Pizza und Paddy hat versprochen, mit uns zu essen.«

»Boah, Pizza! Das ist ja klasse. Dann mal guten Appetit ihr beiden«, wünsche ich, winke zum Abschied und öffne für Jakob unser Auto.

Während Karl zu Patriks Wagen hüpft, kommt Patrik einen Schritt auf mich zu und sagt: »Also ... das mit dem Kinogehen war ernst gemeint ... Ich würde mich freuen ... Aber natürlich nur, wenn dein Begleiter vom Stadtmauerfest ...?«

»Oh, keine Sorge, dem habe ich nämlich gesagt, dass das mit uns nichts wird.«

»Paddy-Pat, komm' jetzt endlich, ich verhungere sonst ...«, kräht Karl ungeduldig.

»Na, das wollen wir natürlich nicht!«, lache ich.

»Dann also bis bald?«, fragt Patrik.

»Gerne! Tschüss, bis dann.«

Ich bleibe kurz neben unserem Auto stehen und winke den beiden hinterher, dann steige ich ein und grinse wohl von einem Ohr zum anderen.

»Bist du in den verknallt?«, fragt mich Jakob ohne Umschweife.

»Was? Nein, ich kenne Patrik doch gar nicht richtig. Wir sind uns erst zwei- oder dreimal begegnet«, dementiere ich heftig.

»Hm, ist klar, Mama ...«

»Wie, ›ist klar, Mama‹?«

»Ich glaube, du bist in ihn verknallt. Er scheint aber ganz cool zu sein«, gibt uns mein Sohn seinen Segen.

»Ja, nicht wahr? Patrik ist total nett!« Ich kann noch gar nicht fassen, was gerade passiert ist. Wir haben ein Date!

»Sag' mal, willst du eigentlich irgendwann mal wieder nach Hause fahren?« Für Jakob ist die Sache damit abgehakt.

Wäre ich alleine im Auto würde ich jetzt jubeln. Zumal ich doppelten Grund dazu habe. Ich hatte nämlich gestern ein klärendes Gespräch mit Michael wegen der Aktion mit Frederik. Ich habe ihm dabei ein für alle Mal klargemacht, dass er, was mein Leben angeht, kein Mitspracherecht mehr besitzt beziehungsweise noch nie hatte. Er kam wieder mit dem Argument, wenn es die Kinder beträfe, hätte er sehr wohl ein Mitsprecherecht. Ich erwiderte, dass er ja dann die Kinder zu sich nehmen könnte, wenn ihm mein Lebenswandel zu unsicher oder mein neuer Partner unpassend erscheine. Worauf er – erwartungsgemäß – sofort einknickte und antwortete: »Also, so habe ich das doch nicht gemeint. Ich denke nach wie vor, dass die Kinder bei dir super aufgehoben sind, weil du ja quasi zu Hause arbeitest und deine Eltern immer ein Auge auf ihre Enkel haben. Weißt du, Petra und ich sind ja kaum zu Hause und wir haben keine Großeltern nebenan wohnen.«

»Ach so? Natürlich, ich habe es ja so total einfach. Ich arbeite ja nur, wenn ich unbedingt muss und kann mir frei nehmen, wann ich will, und ansonsten kümmern sich meine Eltern ...«

»Nein, Hanne, ich meine ja nur, dass du ...«

»Nein, Michael, ich sage dir jetzt mal, was ich meine: In Zukunft sind die Kinder jedes zweite Wochenende bei euch. Punkt. Keine Ausreden mehr. Und wenn ihr wirklich an einem Wochenende absolut nicht könnt, dann nehmt ihr sie halt am folgenden Wochenende auch noch. Außerdem lässt du dir immer ein kleines, aber nettes Programm einfallen und versuchst erst gar nicht, die Kinder durch chronische Langeweile dazu zu bringen, dass sie nicht mehr zu euch wollen. Das muss gar nicht viel sein, mal ins Kino gehen, in den Zoo oder zu deinen Eltern. Dir fällt schon etwas ein, glaube mir.«

»Was, ich soll sie jedes Wochenende betüdeln und bespaßen? Das machst du doch auch nicht.«

»Nein, ich bespaße sie nur die restlichen 300 Tage im Jahr!«, antwortete ich sarkastisch. »Nächstes Wochenende hast du Glück, da kommt nur Irma zu euch, weil Jakob einen Freund zum Übernachten eingeladen hat. Da könnte doch zum Beispiel

Petra mal mit ihr zum Shoppen ins Outlet-Center fahren. Nur die beiden Damen. Was meinst du?«

»Ich weiß nicht, ich glaube Petra lassen wir besser raus aus der Sache«, Michael sah mich gequält an. »Aber vielleicht könnte ich ja mit ihr dorthin fahren«, sagte er, noch nicht so ganz überzeugt von der Idee.

»Ja klar, kannst du das machen. Das ist doch mal eine coole Vater-Tochter-Aktion. Irma wird begeistert sein.« Ich lachte ihn aufmunternd an und verkniff mir eine Bemerkung darüber, dass seine Kreditkarte wohl heiß laufen würde. Ich wollte ja die gute Stimmung nicht gleich wieder trüben und positive Bestärkung soll doch so guttun, habe ich mal gehört. Und da wir gerade so schön dabei waren, grundlegende Dinge unserer elterlichen Zusammenarbeit zu klären, nutzte ich die Gelegenheit für eine heikle Frage: »Sag' mal ... noch was anderes, läuft da was mit dir und der Kundin in Niesebach?«

»Was? Nein, natürlich nicht. Ich weiß gar nicht, was du da gesehen haben willst. Ich mache den Auftrag einfach gerne. Es ist zur Abwechslung mal wieder schön, einfach nur einen kleinen Garten neu zu gestalten, anstatt ein Megaprojekt nach dem anderen abzunudeln, bei dem sich niemand persönlich darüber freut, wenn es fertig ist, geschweige denn sich bei mir bedankt.«

»Und wie bedankt sich die besagte Dame bei dir?«

»Hanne, hör auf. Du verstehst das falsch, Luise ist ganz anders ...« Michael stutzte, er hatte sich verquatscht und schien nach Worten zu suchen beziehungsweise zu überlegen, wie viel er mir überhaupt davon erzählen wollte.

»Du meinst anders als Petra? Also ›anders‹ im Sinne von: Sie ist herzlich, lieb ... also normal halt?«, kam ich ihm mit einer Erklärung zuvor.

Michael sah mich zerknirscht an und nickte.

»Also ist da was. Ich wusste es doch!«, stellte ich mit einer gewissen Genugtuung, aber seltsamerweise ohne jeglichen Hohn oder Triumph fest. »Da hast du dich ganz schön in die Zwickmühle gebracht, mein Lieber. Ahnt Petra etwas davon?«

»Um Himmels willen, nein natürlich nicht. Es ist ja auch noch nichts passiert mit Luise und mir, sie hat nur ...«

»Oh, bitte keine Details, so genau will ich es gar nicht wissen«, ich hatte beide Hände erhoben und winkte abwehrend in seine Richtung. »Ich bin mir absolut sicher, dass ich in dieser Angelegenheit nicht die richtige Ansprechpartnerin für dich bin.«

»Ja, da hast du natürlich recht, sorry. Nur noch so viel dazu: Ich ... ich weiß ja selbst noch nicht, wo das hinführt. Aber Petra darf natürlich nichts davon erfahren.« Er sah mich flehend an.

»Nee, natürlich nicht, also von mir erfährt sie nichts!«, sagte ich ernst und setzte dann mit einem schelmischen Grinsen hinzu: »Obwohl so ein Druckmittel schon reizvoll ist ... und zum Wohle unserer Kinder, müsste ich Petra ...«

»Sag' mal, willst du mich erpressen?«, fragte er mit zusammengezogenen Augenbrauen, aber um seine Mundwinkel kräuselte sich ein Lächeln.

»Was? Nein, was denkst du denn von mir? Etwas so Abscheuliches würde ich doch nie tun«, antwortete ich, die Unschuld in Person.

»Von wegen, du wirst es schamlos ausnutzen. Damit hast du einen Freischein für jedes beliebige Wochenende ...«, sagte Michael, mit gespielt leidender Stimme.

»… und die Elternabende nicht zu vergessen.«

»Elternabende? Jetzt wirst du unverschämt.«

»Gerade hast du mir noch leidgetan, in deinem Dilemma. Mach' es nicht gleich wieder kaputt«, warnte ich ihn und meinte es auch genau so.

»Nein, mache ich nicht. Du hast ja recht, ich sollte wieder präsenter sein und dich nicht immer mit allem alleine lassen.«

»Hört, hört. Ich bin mal gespannt, wie lange dieser gute Vorsatz hält«, sagte ich skeptisch und fragte nach: »Was meinst du eigentlich mit ›präsenter‹? Arztbesuche, Fahrten zum Training, Kleider und Geschenke kaufen? Oder soll ich das nicht besser, wie die 15 Jahre zuvor auch, einfach weiterhin machen?«

»Äh, naja … nein … also mal sehen, was ich da übernehmen kann«, stammelte Michael mit gedämpfter Begeisterung, während ich ihn herausfordernd ansah. »Lass uns erst mal mit diesem Wochenende anfangen, ja? Ich könnte Irma am Freitag sogar schon um vier abholen, ich habe nämlich noch einen Termin bei einem neuen Kunden, und komme sowieso bei euch vorbei, wenn ich heimfahre.«

»Alles klar, mach' das.«

»Und bitte verrate Irma noch nicht, dass ich mit ihr zum Outlet fahre, ja?«

»Natürlich nicht! War das nicht sowieso von Anfang an deine Idee?«, fragte ich.

»Ach so? Ja, klar … danke! Tschüss dann, bis Freitag.«

»Bis Freitag … und füttere mir das Kind gut!«, rief ich ihm in Anspielung auf Jakobs Heißhungerattacke hinterher. Denn, wenn die liebe Petra sich noch nicht einmal an der Betreuung der Kinder ihres Lebensgefährten beteiligen wollte, sollte sie sich auch gefälligst aus deren kulinarischer Erziehung heraushalten.

Nach diesem Gespräch fiel mir plötzlich auf, dass sich meine Einstellung Michael gegenüber grundlegend verändert hat. Ich kann ihm endlich wieder auf Augenhöhe begegnen. Ich dachte ja vorher schon, ich wäre über die Trennung hinweg. Aber wenn ich ehrlich bin, versetzte mir eine Begegnung mit ihm immer einen kleinen Stich.

Sein Auszug damals hatte mich eiskalt erwischt. Ich prallte wie eine Kugel im Flipperautomat in einem Dreieck aus Zorn, Trauer und Verdrängung hin und her. Wie konnte er nur einfach so von heute auf morgen die Kinder und mich verlassen? Und dann auch noch für diese Frau. Das Einzige, was Michael mir als Antwort auf das »Warum« sagte war, dass ihm schon lange »etwas« gefehlt hätte und dass Petra ihm genau »das« geben könnte. Und dann meinte er noch, ich hätte jahrelang die Zeichen nicht sehen wollen und seine Andeutungen ignoriert. Klar, ich war schuld. Zeichen und Andeutungen ... Ich brauchte lange, bis ich wieder selbstsicher genug war, zu sagen: Mag ja sein, dass ich eine gewisse Mitschuld habe und zu oft die rosarote Brille aufhatte, aber ich war einfach glücklich mit ihm, mir fehlte nichts ... und wenn, hätte ich es gesagt! Im Nachhinein betrachtet, war es direkt nach der Trennung natürlich Michael, den ich vermisst habe, aber irgendwann war es wohl nur noch das Gefühl, geliebt zu werden, das mir gefehlt hat.

Und wenn er jetzt bemerkt, dass ihm bei Petra »etwas« fehlt? Soll er doch! Ich bin raus.

KAPITEL 24

Schon wieder eine Woche vorbei. Eine gute Woche, sehr gut sogar. Zum einen, weil wir jeden Tag unglaublich viele Kunden hatten. Ganze Horden gut gelaunter Menschen liefen bei schönstem Sonnenschein durch unsere Schaugärten und erfreuten sich an der überbordenden Blütenfülle und Farbenpracht. Auf unserer Ausstellungsfläche sind unterschiedliche Gartensituationen nachgestellt, wie sie die Besucher von zu Hause kennen. Da gibt es außer der ebenen Fläche in Südlage Beispiele für Hanglagen, Schattengärten oder besonders trockene Ecken. Natürlich wollen viele ihre Gärten sofort in ein solches Blütenmeer verwandeln. Für diese Kunden bieten wir auch im Hochsommer ein breites Angebot an Staudensorten an, die an Sonne, Wind und Regen gewöhnt sind und in einem extra großen Topf genug Wurzelmasse bilden konnten, um ausgepflanzt im Garten der Käufer zu überleben. Mein Vater wird dann nicht müde, den Kunden zu erklären, dass die meisten der in Super- und Baumärkten in voller Blüte angebotenen Gewächshauspflanzen, zwar attraktiv aussehen, aber zu kleine Töpfe haben und daher unter freiem Himmel, bei Hitze und Wasserknappheit, schnell ihre Blüten verlieren oder sogar ganz eingehen. Den geduldigeren Kunden, die auf die bessere Pflanzzeit im Frühjahr oder Herbst warten wollen, empfehle ich, ein Foto der Pflanze in voller Blüte, mit Sortenbezeichnung zu machen, um sie sich dann für die nächste Saison vormerken zu können.

Zum anderen war die Woche natürlich gut, weil Patrik und

ich ein Date haben. Naja, eigentlich ein eventuelles Date, sozusagen ein Vielleicht-Date. Ich verbiete mir, allzu euphorisch zu sein, schließlich haben die vergangenen Wochen gezeigt, dass immer mal wieder etwas schiefgehen kann. Zwischen einer leichten Grippe und dem Weltuntergang kann heutzutage ja so viel passieren.

Noch ein freudiges Ereignis erheiterte mich diese Woche: Liane rief an, um mir mitzuteilen, dass sie die Beziehung zu Kami beendet hat.

Meine schwungvoll geballte Faust und das kaum hörbare »Yes!« bekam sie nicht mit und selbst wenn, wäre es mir egal gewesen. Liane jammerte mir vor, sie hätte ihren »Gott der Liebe« tatsächlich immer wieder dabei erwischt, wie er anderen Frauen nicht einfach nur hinterher schaute oder sie ganz zufällig mal berührte, sondern sie unverblümt anmachte. Wer hätte das gedacht? Ich kann es nicht lassen und muss sie nochmal mit der Nase darauf stupsen.

»Siehst du? Das hat er an Olavs Geburtstag bei mir auch gemacht. Hättest du mir damals geglaubt, wäre dir und mir so mancher Kummer erspart geblieben.«

»Ach, liebe Hanne, ich weiß. Ich habe mich dir gegenüber doof verhalten, kannst du mir nochmal verzeihen?«

Geht doch, man muss nur Geduld haben ... »Klar, Liane, jeder macht mal einen Fehler ...«, sagte ich beruhigend zu ihr und gab ihr noch einen Rat: »Aber vielleicht solltest du in Zukunft bei der Auswahl deiner Partner etwas wählerischer sein und sie nicht gleich in der ersten Woche zu einer Party bei Freunden mitbringen?«

»Du hast ja so recht! Das mache ich bestimmt nicht wieder!«, versicherte mir Liane und erklärte mir dann noch, dass sie Yoga in Zukunft nur noch für sich zu Hause machen wolle, die ganzen Kurse brächten sie nicht mehr weiter. Ich atmete erleichtert ein und aus. Das war doch mal eine Erkenntnis. Aber ich hatte mich zu früh gefreut, denn als Nächstes erzählte sie mir ganz begeistert von ihrer neuen Leidenschaft, dem Tangotanzen. Das wäre so toll, so befreiend und würde mir sicherlich auch gefallen, ob ich nicht Lust hätte, mitzumachen.

Nein, hätte ich nicht, und zwar absolut gar nicht!!! Um meine heftige Absage etwas abzumildern, lud ich Liane für nächste Woche zum Essen gehen ein, ich würde mich nach dem Wochenende bei ihr melden.

Aber jetzt ist erst mal Freitag. Michael hat tatsächlich Wort gehalten und Irma um vier abgeholt. Jetzt ist es halb sechs und Sylvia Morbacher bringt, wie vereinbart, Emil zum Übernachten zu uns.

»Hallo ihr zwei«, rufe ich, laufe ihnen ein Stück entgegen und sage zu Emil: »Jakob ist in seinem Zimmer, du kennst dich ja aus.« Emil nickt und flitzt zum Haus.

»Du glaubst nicht, was für Berge an Essen und Getränken ich gestern eingekauft habe, um die ganzen Helfer am Wochenende zu versorgen«, stöhnt Sylvia.

»Euer Großkampftag auf der Baustelle? Wie viele seid ihr denn?«

»Heute nur vier, aber morgen sind wir zu elft, also Eltern, Geschwister und ein paar Freunde. Und wenn wir uns nicht nur gegenseitig im Weg rumstehen, dann werden wir endlich mit den Vorarbeiten für das neue Dach fertig.«

»Jippieh!!«, jubele ich. »Das wäre toll. Ich freue mich für euch.«

Plötzlich nehme ich im Augenwinkel einen Schatten wahr, ein riesiger, grauer Hund hüpft auf Sylvia zu und versucht an ihr hochzuspringen. Ich bin völlig überrascht und weiche instinktiv ein paar Schritte zurück. Aber Sylvia reagiert völlig souverän, als wären solche Überfälle ganz normal für sie. Sie wehrt den Irischen Wolfshund mit einer schnellen Handbewegung und einem ernsten »Runter, Higg!« ab. Während sie den Riesenhund angemessen begrüßt, fragt sie ihn: »Was machst du denn hier?« und erklärt mir: »Das ist Higgins, der Hund meines Bruders. Higg, wo ist dein Herrchen?«

Wir schauen beide in Richtung des Kundenparkplatzes und da kommt das Herrchen, es ist Patrik.

»Higgins, braver Junge.« Er tätschelt den Hund, nickt mir mit einem freundlichen »Hallo« zu und sagt zu Sylvia: »Ich habe draußen dein Auto gesehen.«

»Bruderherz, was führt dich denn hierher?«, fragt Sylvia herzlich.

»Das könnte ich dich fragen, du hast doch im Moment überhaupt keine Zeit für den Garten.«

»Das stimmt leider. Ich bin auch nicht wegen der Pflanzen hier, ich habe Emil zu Hannes, also Frau Kessler-Becks Sohn Jakob gebracht ...« Bei der Nennung meines Namens zeigt Sylvia in meine Richtung und bemerkt, dass ich Patrik und sie fassungslos anstarre. »Alles okay, Hanne?«, fragt sie mich besorgt.

»Ihr seid Geschwister?«, hauche ich, weil ich vor Aufregung vergessen habe, zu atmen.

»Ihr kennt euch?«, fragt Patrik zeitgleich und schaut uns mit großen Augen an.

»Ja, seit dem letzten Elternabend, so Mitte Juni, oder Hanne?«

Silvia ist etwas verwirrt, ihr dämmert erst langsam die seltsame Verbindung zwischen uns dreien.

Ich finde immer noch keine Worte und nicke nur stumm.

»Ist ja irre, was für ein Zufall!« Patrik kann es kaum glauben und schüttelt den Kopf.

»Jetzt sag' bloß, Hanne ist die mysteriöse Frau, von der du mir noch nichts erzählen wolltest?«, platzt es aus Sylvia heraus.

»Ja, genau, das ist die mysteriöse Frau.« Patrik hat sich wieder gefangen und lacht mich verschmitzt an. »Und ich bin hier, weil ich sie fragen will, ob sie heute Abend mit mir ins Kino geht.« Dann zwinkert er seiner Schwester zu: »Aber du darfst mich nicht bei Karl verpetzen.«

»Oh nein, die peinliche Sache mit Karl auf dem Kinoparkplatz ... Das warst du?« Sylvia schaut mich verlegen an und greift sich an die Stirn.

In Erinnerung an Karls energischen Auftritt muss ich lachen: »Ja, das war ich. Aber ich muss sagen, dein Sohn war sehr überzeugend.« Ich nicke Sylvia anerkennend zu. Für mich war die Situation ja nicht peinlich gewesen, schließlich erfuhr ich dadurch, dass Patrik und Dorothee kein Paar mehr waren.

Sylvia schaut uns immer noch verblüfft an, dann holt sie ihr Handy aus der Handtasche, sagt: »Wartet mal kurz, ich glaube, ich habe da eine Idee«, und läuft zügig hinter das alte Gewächshaus.

Ich schaue ratlos hinter Sylvia her und frage Patrik: »Sag' mal, ich krieg' das gerade nicht zusammen. Ist Sylvia wirklich mit Dorothee befreundet, wie Karl auf dem Parkplatz sagte?«

»Oh, nein ... nein, zum Glück nicht!« Patrik lacht. »Ich denke mal, Karl weiß gar nicht, woher die beiden sich kennen und hat das einfach so gesagt. Dorothee ist Klientin in dem Steuerberatungsbüro, in dem Sylvia arbeitet. Irgendwie kamen sie ins Gespräch über Computer, IT-Probleme, Buchführungsprogramme und so weiter. Dorothee muss Sylvia total die Ohren vollgejammert haben, wie schwer es wäre, jemanden zu finden, der ihr kompetent und zuverlässig bei diesen Dingen helfen könnte. Leider hatte Sylvia die Idee, dass ich dieser Jemand sein könnte ... Naja, den Rest kennst du ...« Patrik grinst mich schief an.

»Moment, so einfach kommst du mir nicht davon.« Ich kneife die Augen zusammen und neige den Kopf zur Seite »Etwas genauer will ich das schon wissen. Also: Du hast Dorothee hier und da ein bisschen am Computer geholfen ... okay ... Das erklärt aber nicht, wie um Himmels willen du mit dieser Kratzbürste zusammenkommen konntest ...«

Treffer! Patrik ist die Frage sichtlich unangenehm, er zieht den Kopf zwischen die Schultern und druckst herum. »Mmmh, naja, wie soll ich das sagen? Also ... sie hatte durchaus auch ...«

»Vorzüge?«, versuche ich ihm bei der Suche nach einer geeigneten Umschreibung behilflich zu sein.

Patrik wiegt langsam den Kopf hin und her und sagt dann gedehnt: »Jaa, ich sage mal, sie hatte auch ›angenehme Seiten‹.«

»Angenehme Seiten? Soso, traut man ihr gar nicht zu ...«, spöttele ich, lasse aber offen, ob ich mich mehr über die angenehmen Seiten oder über ihn amüsiere.

»Ja, ich weiß, das hätte an Olavs Party anders laufen sollen«, sagt Patrik entschuldigend und weil ich ihn fragend ansehe, erklärt er mir: »Also kurz bevor wir uns im Kino gesehen haben, war Vera bei mir ... einfach nur mal schauen, wie ich jetzt wohne, hat sie gesagt ... Aber eigentlich wollte sie mir die eine oder andere Information über dich zukommen lassen.« Patrik kichert. »Wir hatten eine Menge Spaß ... die Sache mit den Weinflaschen, Adonis' Haarpracht oder das werte Befinden von ›Gucci‹ ...«

Jetzt bin ich diejenige, die den Kopf zwischen die Schultern zieht, aber bevor ich mich dazu äußern kann, kommt Sylvia wieder hinter dem Gewächshaus hervor. »So ihr beiden ... Ich habe das Gefühl, dass euch ein Abend zu zweit ganz guttäte und habe deshalb Karo, das ist die Frau unseres jüngeren Bruders, gefragt, ob es ihr etwas ausmachen würde, wenn sie noch zwei Jungs mehr zu betreuen hätte. Und sie hat gesagt, dass das natürlich kein Problem wäre.«

Ich schaue die beiden fragend an. »Hä?«

Sylvia klärt mich auf: »Unsere Schwägerin Karo ist das absolute Muttertier. Sie ist Kindergärtnerin mit Leib und Seele und außerdem mit dem zweiten Kind schwanger, weshalb sie morgen eh nicht helfen kann. Stattdessen hat sie angeboten, die Kinder zu betreuen, aber Emil wollte lieber zu Jakob.«

Ich finde zwar die Aussicht auf einen Abend mit Patrik sehr verführerisch, fühle mich aber auch etwas überrumpelt. »Das klingt gut«, sage ich gedehnt, »aber ich denke mal, wir sollten die Jungs fragen.«

Emil und Jakob kriegen sich kaum ein, sie kichern darüber, dass Jakob bereits Karl und Patrik kennengelernt hat und Emil fragt scherzhaft, ob sie jetzt miteinander verwandt wären. Die beiden sind zwar nicht restlos überzeugt, dass es eine gute Idee wäre, das Wochenende bei Karo zu verbringen, aber nach der Versicherung, dass sie auch dort am Computer spielen dürften, willigen sie ein.

»Sag' mal, was hast du Karo eigentlich erzählt, warum jetzt plötzlich nicht nur Emil, sondern auch noch Jakob zu ihr kommt?«, fragt Patrik seine Schwester.

»Ach, nur das Nötigste ...«, sagt Sylvia leichthin, vermeidet aber den Blickkontakt zu ihrem Bruder.

»Nur das Nötigste? Na klasse, das heißt, morgen weiß die ganze Familie Bescheid?«

»Naja ... ganz ohne Info ging es ja wohl nicht. Und ich habe ihr gesagt, dass sie niemandem etwas sagen soll.«

»Na, da bin ich aber beruhigt«, sagt Patrik lachend zu Sylvia und erklärt mir dann: »Karo zu sagen, dass sie nichts weitererzählen soll, ist so ziemlich die sicherste Methode, um für eine weitreichende Informationskampagne der nahen und fernen Verwandtschaft zu sorgen.«

Ich muss auch lachen und antworte ihm: »Ich glaube, jeder hat eine ›Karo‹ in der Familie.«

»Und so, wie ich unsere Eltern und Geschwister kenne, werden sie nicht lockerlassen und darauf bestehen, dass du morgen Abend zum großen Abschlussessen kommst ... Also kann ich dich auch gleich einladen ... oder geht dir das zu schnell?«, fragt Patrik und hebt entschuldigend die Schultern.

»Das ist eine super Idee«, ruft Sylvia begeistert dazwischen. »Ich würde mich auch freuen, wenn du kämst ... und so schlimm ist unsere Familie auch wieder nicht.«

»Okay, okay, alles klar. Ich ergebe mich!«, sage ich lachend.

»Klasse, dann bis morgen Abend. Und dich sehe ich morgen früh um neun wieder.« Sylvia tippt ihrem Bruder grinsend auf die Brust, dann ruft sie die Jungs und läuft mit ihnen zum Kundenparkplatz.

»Und was machen wir beide jetzt, gehen wir heute Abend ins Kino?«, fragt mich Patrik.

»Och, ich denke mal, das Kino steht nächste Woche auch noch. Heute fällt uns bestimmt was Besseres ein, komm erst mal rein«, antworte ich und grinse ihn an. Und da ist es wieder, das ›schelmische Glitzern‹ in seinen Augen, das mir schon bei unserer ersten Begegnung vor der VHS die Knie hat schwach werden lassen. Den ganzen Quatsch dazwischen hätten wir uns sparen können. Obwohl … im Nachhinein war es auch eine ganz lustige Zeit. An der Haustür schaue ich mich verstohlen um, ob uns auch niemand beobachtet hat und zum ersten Mal seit langem habe ich so ein Gefühl, dass das mit dem Schier-platzen-können-vor-Glück wieder was werden könnte.

LIEBE LESERIN, LIEBER LESER!

Sowohl die Geschichte, als auch alle darin vorkommenden Personen und Charaktere sind von mir frei erfunden. Aus Mangel an eigener Erfahrung sind auch die Abläufe in der Gärtnerei frei ausgedacht und hoffentlich nicht allzu weit von der Realität entfernt.

Yoga-Übungen harmonisieren Körper, Geist und Seele. Liebe Yogapraktizierende und Yogalehrende, sehen Sie mir die Verwendung von Yoga-Klischees bitte wohlwollend atmend nach.

Und zuletzt: Alkoholsucht ist eine Krankheit. Ich habe größte Achtung vor der Arbeit in der Suchtberatung und Suchttherapie und vor den Menschen, die sich immer wieder ihrer Krankheit stellen. Die Treffen der Anonymen Alkoholiker sind dabei ein haltgebender Anker für viele Betroffene.

DANKSAGUNG

Ein riesiges Dankeschön geht an meinen lieben Mann für die Unterstützung in allen Lebenslagen.

Natürlich auch an die besten Söhne der Welt, danke für die geduldige Hilfe am Computer.

Danke an meine Schwester Claudia, du bist die beste Erstleserin, die ich mir wünschen konnte.

Danke an unseren Freund Markus, der mir als wandelndes Techniklexikon souverän meine Fragen zur Elektrizität und Physik beantwortet hat.